# L'HOMME DÉLAISSÉ

DU MÊME AUTEUR

Détonations rapprochées
Seuil, 2003
« Points », n° P1272
et livre-disque, éd. Livraphone, 2006

La Mort au fond du canyon
Seuil, 2004
et « Points », n° P1394

Winterkill
Seuil, 2005
et « Points », n° P1562

Sanglants Trophées
Seuil, 2006
et « Points », n° P1782

C. J. Box

# L'HOMME DÉLAISSÉ

roman

TRADUIT DE L'ANGLAIS (ÉTATS-UNIS)
PAR ANICK HAUSMAN

ÉDITIONS DU SEUIL
27, rue Jacob, Pariv VI$^{e}$

COLLECTION DIRIGÉE
PAR ROBERT PÉPIN

Titre original : *Out of Range*
Éditeur original : G. P. Putnam's Sons,
a member of Penguin Group Inc., N.Y.

ISBN original : 0-399-15291-1

ISBN 978-2-02-084741-4



www.seuil.com

Pour les gardes-chasse du Wyoming
… et pour Laurie, toujours

# PREMIÈRE PARTIE

L'éloignement de la source de nourriture nous permet de nous sentir en apparence plus à l'aise et de développer grandement notre degré d'ignorance.

Gary Snyder, *La Pratique sauvage*[1]

Guider le bateau et les pirogues vers l'amont demandait un effort considérable à chaque homme ; c'est pourquoi ils ingurgitaient d'énormes quantités de nourriture. Comparée au bœuf, la chair de venaison et de wapiti était maigre, même à cette saison. Les soldats consommaient chacun jusqu'à neuf livres de viande par jour, en plus des fruits de la région et de la farine de maïs, et cela ne suffisait pas à les rassasier.

Stephen E. Ambrose,
*Undaunted Courage : Meriwether Lewis, Thomas Jefferson and the Opening of the American West*

1. Traduit de l'américain par Olivier Delbard. Paris, Éditions du Rocher, 1999. Toutes les notes sont de la traductrice.

# 1

Avant d'aller chercher son arme dans son pick-up, le garde-chasse du Wyoming prépara et mangea quatre livres et demie de viande.

Il avait commencé son repas par des steaks d'antilope dés-épaissis, farinés et dorés à l'huile d'olive, suivis d'une côte de wapiti salée, poivrée et aillée qu'il avait fait revenir dans une poêle en fonte. Il avait siroté un premier verre – du Yukon Jack avec de l'eau et des glaçons – en préparant l'antilope. Arrivé à la demi-douzaine de blancs de tourterelles grillés, il avait laissé tomber l'eau et les glaçons. Tard dans la soirée, assis devant une assiette dans laquelle gisait un filet de wapiti sanguinolent, il avait abandonné le verre pour boire directement à la bouteille.

Il n'avait mangé aucun légume, hormis l'ail et l'épaisse couche d'oignons frits dont il avait recouvert sa côte de bœuf Hereford. Seulement de la viande.

Il s'était levé. Il avait besoin d'air.

Les murs vacillaient autour de lui, la tête lui tournait. Ses grosses chaussures avaient résonné sur le plancher lorsqu'il s'était dirigé vers la porte. Il s'était appuyé au chambranle pour ne pas perdre l'équilibre. Il avait fixé des yeux une chiure de mouche sur le mur et s'était concentré sur les quatre images que lui en renvoyait son esprit pour tenter de les ramener à quelque chose de plus gérable.

Puis il avait ouvert la porte. Il faisait noir, à l'exception de la lumière bleutée qui tombait d'un lampadaire à l'angle nord de la rue. La pleine lune éclairait les crêtes montagneuses qui se découpaient sur le ciel bleu-gris. La fraîcheur de l'automne commençait à se faire sentir. Il avait suivi le trottoir en trébuchant jusqu'à son pick-up. Au fur et à mesure qu'il approchait du véhicule, celui-ci semblait se dilater et se contracter, comme s'il respirait.

– Ça sent rudement bon chez vous ! avait lancé quelqu'un.

Surpris, le garde-chasse avait jeté un coup d'œil vers la voix et tendu l'oreille par-dessus le bourdonnement sourd qui résonnait dans sa tête. Béret écossais sur le crâne, un voisin promenait son caniche au milieu de la rue.

– C'est la viande, avait répondu sèchement Will Jensen en criant presque.

Ces derniers temps, il avait du mal à s'entendre par-dessus le bourdonnement qu'il avait dans les oreilles.

– À un de ces jours ! avait lancé le voisin en s'éloignant. Bon appétit !

Les gens d'ici sont incroyables ! Un caniche et un béret écossais, non mais ! avait songé Will.

Son .44 Magnum, l'arme qu'il utilisait pour les ours, se trouvait sur la banquette du pick-up, là où il l'avait laissé. Il l'avait sorti de son holster et pris mollement dans la main droite. En repartant vers la maison, il avait trébuché et s'était étalé dans les gravillons. Quelque part dans son cerveau, un voyant rouge s'était allumé… dans sa chute, un coup de feu aurait pu partir. Un petit ricanement lui avait échappé. Rien à foutre !

Il ne savait pas combien de temps s'était écoulé. Lorsqu'il avait repris connaissance, il était affalé sur la table, le nez dans son assiette. Il avait gratté le bout de peau de tétras grillé collé sur sa joue jusqu'à ce qu'il tombe par terre.

D'un geste rageur, il avait balayé la table du bras, laissant des traînées de gras sur le Formica. Son assiette sale s'était cassée en deux en heurtant le mur.

Où était donc passé son flingue ?

Sur le lit, là où il l'avait jeté plus tôt. En même temps que son arme, il avait pris une photo encadrée de sa famille sur la table de nuit avant de regagner la cuisine.

« Délaissement » était un mot qu'il avait appris à aimer ces derniers temps. Il décrivait parfaitement ce qu'il ressentait. « Délaissement, dit-il tout haut. J'éprouve un profond délaissement. Je suis un homme délaissé. » Ce mot avait quelque chose d'apaisant, il disait exactement ce qu'il ressentait et lui faisait accepter ce qu'il était vraiment.

Bon sang, mais qu'est-ce qui n'allait pas ? Pourquoi diable se sentait-il aussi mal après tant d'années d'une vie normale ?

Le bourdonnement dans ses oreilles s'était atténué et lui rappelait la brise légère dans les frondaisons. Ses yeux s'étaient emplis de larmes brûlantes et il avait bu une grande rasade au goulot. Il avait armé le .44 et fait tourner le barillet. Puis il avait ouvert la bouche et s'était appuyé le canon de l'arme contre le haut de son palais. Il avait un goût âcre et métallique. Quand l'avait-il nettoyé pour la dernière fois ?

Qu'est-ce que ça pouvait faire de toute façon ? avait-il songé.

Il avait regardé la photo posée sur la table. Elle tanguait. Il avait fermé les yeux si fort qu'il avait vu des éclairs orangés derrière ses paupières. Il avait essayé de se concentrer sur l'arme qu'il tenait dans son poing fermé et sur le canon dans sa bouche. Il avait l'estomac en feu ; il avait dû faire un effort énorme pour réprimer une violente sensation de nausée. Il avait senti le goût amer du whisky pour la deuxième fois.

Concentre-toi…

# 2

Le mariage de Bud Longbrake et de Missy Vankueren eut lieu à midi, un samedi ensoleillé de septembre, sur la pelouse du Longbrake Ranch, à trente kilomètres de la ville. Tout le monde était là.

Le gouverneur et son épouse, la plupart des sénateurs de l'État – Bud était lui-même sénateur et porte-parole de la majorité –, l'unique représentant du Wyoming au Congrès et pratiquement la moitié de Saddlestring se partageaient les deux cent cinquante chaises pliantes et la pelouse. Les deux sénateurs fédéraux s'étaient fait excuser. Les contreforts bleutés du massif des Bighorn servaient de toile de fond au tableau. Une odeur d'herbe fraîche et de feu de bois flottait dans l'air. Un bœuf de premier choix et un cochon du cheptel Longbrake étaient en train de rôtir derrière la maison. C'était une belle matinée, sans un brin de vent. Un unique nuage errait paresseusement au-dessus des sommets. Seuls le claquement des portières marquant l'arrivée de nouveaux invités – un pré fraîchement tondu faisait office de parking à l'arrière de la maison – et les meuglements occasionnels du bétail parqué dans un enclos lointain venaient troubler le silence.

Joe Pickett était assis au deuxième rang. Il portait une veste et une cravate, un pantalon noir et des bottes de cow-boy bien cirées, noires elles aussi. Mince et de taille moyenne, il avait dans les trente-cinq ans. Sheridan, sa fille âgée de treize ans, était assise à côté de lui dans sa nouvelle robe bleue. Il la trouvait resplendissante. Longs cheveux blonds éclaircis au soleil de l'été, une pointe de rose sur les lèvres, visage agréable et ouvert et regard prompt à saisir tout ce qui se passait. Elle avait les yeux rivés sur sa mère, Marybeth, et sur sa petite sœur Lucy, âgée de huit ans, qui, elles aussi, participaient à la cérémonie de mariage. Vêtue de taffetas blanc, Lucy faisait office de demoiselle d'honneur et Marybeth, en dame d'honneur, se tenait sur une petite estrade à côté de Dale Longbrake et des autres invités d'honneur. Les hommes portaient des smokings noirs style western et des Stetson.

Joe et sa femme échangèrent un regard et il lut l'exaspération sur son visage. Sa mère, Missy Vankueren, était passée pro dans l'art du mariage – c'était la quatrième fois qu'elle tenait le rôle de la mariée. Ça faisait plus d'un an qu'elle travaillait à l'organisation de la cérémonie avec la véhémence et la minutie d'un général préparant une offensive terrestre d'envergure et elle avait enrôlé une Marybeth réticente dans le rôle du second. Après maintes discutions et d'interminables coups de fil, le jour J était enfin arrivé. « Opération Mariage gigantesque au ranch », comme l'avait baptisé Marybeth.

D'un hochement de tête, Joe désigna les montagnes et chuchota à l'oreille de Sheridan :

– Tu vois ce nuage ?

Sheridan regarda le ciel.

– Oui.

– Je parie que pour son cinquième mariage Missy aura trouvé un truc pour s'en débarrasser.

– Papa ! murmura-t-elle sur un ton de reproche.

Mais les coins de sa bouche se soulevèrent légèrement, esquissant un sourire complice. Il lui fit un clin d'œil et elle leva les yeux au ciel avant de reporter son attention sur les invités d'honneur. La cérémonie était sur le point de commencer.

Un murmure grandissant parcourut l'assistance lorsque la mariée apparut sous une arche de fleurs roses et blanches. Joe et Sheridan se levèrent en même temps que le reste des invités. Des applaudissements gagnèrent toutes les rangées lorsque la mariée avança, radieuse, les yeux écarquillés, contemplant avec une modestie affectée cette multitude de gens venus pour elle.

– J'ai du mal à croire que c'est ma grand-mère, dit Sheridan. Elle est…

– Superbe, enchaîna Joe.

On lui donnait trente ans, pas soixante. Corps svelte, cheveux bruns impeccables, teint parfait et regard pétillant dans un visage exagérément large qui la rendait particulièrement photogénique. Elle tenait un bouquet de fleurs roses et blanches contre l'étoffe chatoyante de sa robe prune.

Joe entendit Bud Longbrake s'exprimer sur le ton du connaisseur averti qu'il réservait d'ordinaire à ses meilleurs chevaux ou à ses taureaux de reproduction :

– Joli brin de femme !

La réception eut lieu derrière l'énorme bâtisse en rondins, sous les peupliers de Virginie centenaires. Un orchestre de swing venu de Billings jouait sur une scène tandis que les couples tournoyaient sur un plancher de bois qu'on était allé chercher dans une salle de bal de Winchester datant des années quarante. Unique en son genre, il était monté sur d'énormes ressorts et avait servi pour les bals du samedi soir à l'époque où les Big Bands s'arrêtaient dans le Wyoming avant de rejoindre la côte Est ou Ouest, où ils se produisaient en vrais professionnels.

Joe et Sheridan se joignirent aux invités qui attendaient en file indienne pour serrer les mains et adresser les félicitations d'usage aux nouveaux mariés.

– Bienvenue dans la famille ! lança Bud Longbrake à Joe en lui flanquant une grande claque dans le dos.

Une famille, j'en ai déjà une, merci, pensa Joe.

Missy leva les bras vers Joe et attira son visage tout contre le sien. Il sentit le bouquet qu'elle avait toujours à la main s'écraser contre ses cheveux.

– Vous ne m'auriez jamais cru capable de réussir ce coup-là, pas vrai ? lui chuchota-t-elle à l'oreille.

Surpris, il eut un mouvement de recul. Elle lui décocha un sourire espiègle et il ne put s'empêcher de sourire à son tour. C'était une adversaire de taille. Le genre qu'il valait mieux éviter dans les ruelles sombres.

– Félicitations, Missy. Bud est quelqu'un de bien.

– Oh, je crois que c'est moi qui ai fait la meilleure affaire, dit Bud en prenant Missy par la taille.

– C'est vrai, répondit-elle en lui décochant un sourire radieux.

Et son nom figure déjà sur le titre de propriété du ranch, pensa Joe. Elle possède la moitié de toutes ces terres, d'aussi loin qu'on peut voir. Un vrai coup de maître, c'est sûr.

Marybeth, qui était la suivante dans la file, n'avait rien perdu des propos échangés.

– Tu es superbe, lui dit Joe.

– Dieu merci, c'est fini, dit-elle du bout des lèvres.

Il acquiesça d'un hochement de tête.

– Bienvenue dans la famille ! dit Bud à Sheridan.

Joe lui lança un regard furieux.

– Joe, tu es vraiment sûr qu'elle a dit ça ? lui demanda Marybeth un peu plus tard, tandis qu'ils prenaient place à une table installée sous les arbres avec leurs assiettes de hors-d'œuvre.

Joe avait attendu que Sheridan et Lucy aillent rejoindre leurs amies avant de parler à Marybeth de sa mère.

– Texto.

Marybeth hocha la tête et lui jeta un regard interrogateur pour voir s'il plaisantait. Manifestement ce n'était pas le cas.

– Elle est vraiment incroyable !

– Elle l'a toujours été, lui confirma Joe. Je n'arrive pas à comprendre comment tu as pu survivre à ça.

Marybeth sourit et lui tapota doucement la main.

– Je me le demande souvent moi aussi.

Joe but au goulot d'une bouteille de bière qu'on venait de lui servir, tout juste sortie d'un grand container rempli de glaçons.

– Vous avez une drôle de relation tous les deux, poursuivit Marybeth en regardant sa mère à l'autre bout de la pelouse.

– Je croyais ne pas en avoir du tout.

Missy avait toujours dit que Marybeth aurait pu faire un bien meilleur mariage. Au lieu d'épouser un docteur, un magnat de l'immobilier ou un sénateur, sa fille la plus prometteuse s'était retrouvée avec Joe Pickett, un garde-chasse du Wyoming, dont le salaire ne dépassait pas trente-six mille dollars par an. Et dire qu'elle aurait pu être avocate d'affaires ou femme de politicien! Au lieu de ça, elle avait suivi Joe à droite et à gauche pendant les premières années, avant sa nomination au poste de garde-chasse du district de Saddlestring. Sheridan était née, puis Lucy, et à partir de ce moment-là Missy avait considéré que la vie de sa fille était fichue. Suite à certains événements liés au travail de Joe, Marybeth avait été blessée et ne pouvait plus avoir d'enfants. Et après, ils avaient perdu une fille adoptive. Tout ça était certainement très frustrant pour Missy. Elle qui semblait avoir parfaitement maîtrisé les techniques de l'ascension sociale – changer de mari dès qu'un nouveau candidat plus riche et plus brillant se présentait – et sa fille qui n'avait toujours pas compris! Missy avait vraiment voulu lui montrer l'exemple en épousant Bud Longbrake sous son nez, se disait Joe.

Marybeth n'avait rien perdu de son enthousiasme, de son intelligence, de sa beauté et de son ambition, et Joe et Missy le savaient tous les deux. Mais elle semblait aussi habitée par une mélancolie grandissante qu'elle essayait de surmonter de son mieux.

– Regarde les enfants de Bud, lui dit-elle en montrant d'un geste du menton un groupe de personnes assis sous les arbres, à l'écart des autres invités. Ils n'ont pas vraiment l'air ravis. Sois discret quand même.

Joe changea légèrement de position. Bud avait un fils et une fille d'un mariage précédent. Son fils, Bud Junior, était venu de Missoula, où il était musicien de rue et étudiant professionnel à l'université locale. Il portait un grand short kaki, un tee-shirt et des sandales en cuir et affichait une mine revêche. D'après Missy, il n'avait jamais montré le moindre intérêt pour le ranch et se contentait d'attendre tranquillement que Bud disparaisse ou qu'il vende le ranch. Même après les impôts qu'il aurait à payer, il se retrouverait avec un énorme héritage. Même chose pour Sally, la fille de Bud. Mariée trois fois (comme sa nouvelle belle-mère qui venait de la dépasser dans la course), Sally vivait à Portland, dans l'Oregon, et était actuellement entre deux maris. Elle était séduisante à sa façon, genre bohème qui a souffert. Il avait entendu dire que c'était une artiste qui travaillait le fer.

– Effectivement, ils n'ont pas l'air ravis, dit Joe en se retournant.

– Ils n'ont pas apprécié que Bud mette le nom de Missy sur les titres de propriété de toutes ces terres, reprit-elle en balayant l'horizon des yeux. Hier soir, à la répétition générale, Bud Junior avait un coup dans le nez et en a profité pour balancer quelques trucs à son père avant de s'effondrer dans les buissons. Sally, elle, a dû rester une demi-heure avant de disparaître avec un des ouvriers de Bud.

– Bienvenue dans la famille, dit Joe à sa femme.

Kyle McLanahan, le nouveau shérif du Twelve Sleep County, se tenait juste devant eux dans la file des invités qui attendaient leur tour devant les tables du buffet. Il flottait dans l'air léger des montagnes une forte odeur de bœuf et de porc grillés.

– Kyle, dit Joe.

– Joe, Marybeth. Je crois que des félicitations s'imposent.

– En effet, dit Joe.

– Même chose pour vous, dit Marybeth froidement. Je ne vous avais pas revu depuis les élections.

McLanahan hocha la tête et remonta son pantalon. Puis il se tourna vers les montagnes en plissant les paupières.

– On a du pain sur la planche.

– C'est vrai, admit Joe.

Kyle McLanahan avait longtemps été le principal adjoint de la légende locale, O. R. Barnum, dit « Bud », shérif du comté pendant vingt-huit ans. Toutes ces années durant, Barnum avait pour ainsi dire imposé sa loi en se mêlant de toutes les affaires du comté. Mais ces cinq dernières années avaient annoncé sa fin ; sa réputation avait commencé à se ternir avant de se voir gravement compromise et de s'écrouler pour de bon. Que son déclin ait coïncidé avec l'arrivée de Joe à Saddlestring n'avait rien d'un hasard. Mal gérée par lui, l'affaire de l'assassinat des guides de chasse[1] avait amorcé sa déchéance. Son implication douteuse dans l'affaire du Stockman's Trust[2] avait entaché encore davantage sa réputation. Et sa complicité avec Melinda Strickland dans le raid lancé contre le campement des Souverains[3] avait convaincu les gens du coin qu'il avait abandonné son engagement pour la communauté au profit de ses intérêts personnels. Suite à son aveuglement dans l'affaire des mutilations de bétail[4], l'hebdomadaire local, le *Saddlestring Roundup*, s'était retourné contre lui. D'une façon ou d'une autre, Joe avait été mêlé à ces affaires. Au vu de tout ce qui se disait sur lui, Barnum avait retiré sa candidature quinze jours avant les élections. McLanahan en avait profité pour se lancer dans la course, ainsi que Mike Reed, l'autre adjoint du shérif. Pour Joe, Reed était un flic honnête, alors que McLanahan… McLanahan, c'était McLanahan. Instable et borné, tout à fait dans la lignée du style Barnum : intrigues politiques et corruption. McLanahan avait été élu avec quatre-vingts pour cent des voix.

– Vous avez écouté votre radio de bord ce matin ? lui demanda McLanahan. J'ai vu votre pick-up dans le parking.

– Je ne suis pas en service, lui répondit Joe en faisant non de la tête.

Parce qu'elles participaient à la cérémonie, Marybeth et Lucy avaient quitté la petite maison que l'État mettait à leur disposition tôt dans la matinée, à bord du van de Marybeth. Après le petit déjeuner, Joe et Sheridan les avaient rejointes dans le pick-up Ford vert marqué du logo du département Chasse et Pêche, mais Joe n'avait pas allumé sa radio pendant le trajet.

– Alors vous ignorez qu'un garde-chasse a été retrouvé mort à Jackson, dit McLanahan.

Joe sentit un frisson glacé le parcourir.

– Quoi ?!

1. Cf. *Détonations rapprochées*, publié dans cette même collection.
2. Cf. *La Mort au fond du canyon*, publié dans cette même collection.
3. Cf. *Winterkill*, publié dans cette même collection.
4. Cf. *Sanglants Trophées*, publié dans cette même collection.

Sheridan s'était vite lassée de jouer avec Lucy et ses amies dans la zone réservée aux enfants – suffisamment à l'écart pour ne pas déranger les adultes. C'était bien là une idée de Missy, pensa Sheridan. Un portique y avait été dressé ainsi que des petites chaises et des tables, sur lesquelles on avait disposé des services à thé en plastique.

Elle s'éloigna de la zone de jeux et des invités et se dirigea vers le pré aménagé en parking. C'était dur d'avoir treize ans. Trop âgée pour jouer avec les bébés et trop jeune pour être avec les adultes. Ses parents étaient plutôt sympas, ils la traitaient toujours avec respect, même si sa mère commençait à lui taper sur les nerfs sans qu'elle puisse vraiment dire pourquoi. Dans une situation comme celle-ci, les adultes la traitaient toujours avec condescendance. Elle grimpa dans la cabine du pick-up de son père et se regarda dans le rétroviseur. Elle avait quand même l'air moins débile maintenant qu'elle avait des lentilles de contact. Elle alluma distraitement la radio, calée sur les ondes réservées aux gardes-chasse et aux contrôleurs de marquage. Sheridan avait toujours aimé écouter les échanges entre les hommes et le central des bureaux de Cheyenne – généralement une voix féminine. Il y avait une quantité étonnante d'activités sur les ondes pour un samedi matin de début septembre.

– Le garde-chasse de Jackson, précisa McLanahan en suivant Joe et Marybeth à leur table. Trouvé mort chez lui ce matin.

– Assassiné ? demanda Joe.

Il sentit Marybeth se raidir.

– Non. Il a bouffé son flingue.

Marybeth retint son souffle un instant.

– .44 Magnum, poursuivit McLanahan. Il ne restait pas grand-chose de sa tête, d'après ce que j'ai compris.

Joe bondit de sa chaise et approcha son visage de celui du shérif.

– Ça suffira avec les détails. Pas devant ma femme.

– Désolé, Joe, dit McLanahan en prenant un air vexé et surpris. Je pensais que vous aimeriez savoir.

Le nouveau shérif fit volte-face et se dirigea vers sa table, à l'autre bout de la pelouse.

– Il parlait de Will Jensen ? demanda Marybeth.

– Non, répondit Joe, encore sous le choc. C'est impossible. Il a dû mal comprendre, comme d'habitude.

Marybeth hocha la tête.

– Je me rappelle le jour où nous avons fait connaissance de Will et Susan. Tu te souviens de leurs enfants ? Sheridan et leur fils galopaient dans la maison pendant que tu discutais avec Will à la table de la cuisine.

Tout ça n'avait aucun sens. Jensen était solide comme un roc, une véritable force de la nature, un des meilleurs éléments du département. C'était un modèle pour tous les gardes-chasse, le genre d'homme que Joe aurait voulu devenir.

– Je me rappelle avoir pensé combien leur famille était semblable à la nôtre, poursuivit Marybeth en levant les yeux vers Joe.

Joe se rassit, troublé.

– Pas la peine de s'affoler tant que nous ne savons pas vraiment ce qui s'est passé. N'oublie pas que pour l'instant les seules informations que nous avons viennent de l'adjoint McLanahan.

– Du shérif McLanahan, le corrigea gentiment Marybeth.

Joe leva les yeux et aperçut Sheridan en train de courir vers eux depuis le parking, sa robe bleue voletant derrière elle.

– Tout ce que je sais, c'est que Will Jensen ne s'est pas suicidé, dit Joe abruptement. C'est impossible.

– Joe…

– Papa ! lança Sheridan avant de s'arrêter devant eux, hors d'haleine. Devine ce que je viens d'entendre sur ta radio ?

# 3

Lorsqu'ils prirent le chemin du retour, la douce lumière de fin d'après-midi faisait resplendir les prairies verdoyantes et flamboyer les meules de foin au dos rond dans un éclat de bronze, comme si elles étaient éclairées de l'intérieur. Pareilles à une mer houleuse, les vastes étendues herbeuses ondulaient jusqu'aux montagnes tandis que les ombres s'allongeaient dans les reliefs du terrain. On sentait déjà l'air vif de l'automne proche et quelques-uns des peupliers qui bordaient la rivière avaient commencé à changer de couleur.

Sheridan, silencieuse, semblait somnoler sur le siège passager. Marybeth suivait son mari et son aînée dans le van, suffisamment loin pour que le nuage de poussière soulevé par le pick-up ait le temps de se dissiper.

– C'est beau, dit Sheridan. Cette période de l'année devrait être ma préférée.

– Je trouve que c'est le meilleur moment en effet.

– Peut-être qu'un jour je serai d'accord avec toi. Mais aujourd'hui, j'ai le cafard.

Joe comprenait. La semaine précédente, sa fille avait commencé le collège et ça voulait dire une nouvelle école, un nouvel emploi du temps et beaucoup plus d'élèves. La quantité de devoirs avait triplé par rapport à l'année précédente. Et en plus elle s'était inscrite aux épreuves de sélection de l'équipe de volley de l'école. Depuis que Lucy et Sheridan avaient des emplois du temps différents, Marybeth passait beaucoup plus de temps en voiture ; entre l'école et leurs activités, elle était toujours en train de les déposer ou de les récupérer quelque part. Le matin, c'était

Joe qui conduisait Sheridan au collège et, même si elle n'en laissait rien paraître, il savait que tous ces changements la perturbaient et qu'elle était anxieuse.

Joe aimait beaucoup l'automne, même si ça signifiait que la saison de la chasse au gros gibier allait bientôt commencer et qu'il serait sur le terrain dès avant l'aube et jusqu'à bien après le coucher du soleil pour vérifier les permis de chasse et contrôler les chasseurs pendant presque deux mois et demi. Pour un garde-chasse, c'était la période la plus chargée de l'année et souvent la plus épuisante. Mais, comme toujours, Joe se jetterait à corps perdu dans le travail et s'adapterait à son nouveau rythme. Et, comme toujours, il ressentirait une vague déception lorsque la saison de la chasse se terminerait pour laisser la place à l'hiver. Il aimait travailler dur, passer ses journées dehors et ressentir le frisson qui le parcourait chaque fois qu'il s'approchait d'un camp de chasseurs en se demandant sur qui ou sur quoi il allait tomber. Pendant ces deux mois-là, les trois quarts des gens qu'il rencontrait étaient armés. Et ces hommes ne vivaient que pour la chasse. Ils attendaient l'automne dans le seul but de pouvoir chasser une semaine ou deux. Ils étaient là pour picoler avec les copains, s'empiffrer comme des soldats qui auraient marché une année entière, abattre une antilope, un cerf, un wapiti ou un orignal et libérer toute leur énergie primale et les tensions accumulées pendant toute une année d'humiliations et de frustrations. Il lui arrivait parfois de tomber sur des individus qui n'avaient aucune envie de le rencontrer. Et c'était là que les choses devenaient intéressantes.

Mais ce soir-là, Joe se sentait fatigué. Il avait trop mangé et trop bu, il avait même fait danser Marybeth, Sheridan et Lucy. Missy, légèrement éméchée, l'avait traîné depuis leur table jusqu'à la piste pour son avant-dernière danse. Après quoi, elle avait rejoint Bud dans sa Suburban noire pour filer vers le petit aéroport de Saddlestring. Les nouveaux mariés devaient embarquer dans l'avion de dix-sept places qui faisait la navette entre Saddlestring et Denver, avant de poursuivre leur voyage de noces en Italie, où ils resteraient dix jours. Bud serait de retour à temps pour rassembler le bétail qui devait quitter les hauts pâturages pour rejoindre la vallée avant l'hiver.

Tout en conduisant, il ne pouvait s'empêcher de penser à Will Jensen et aux circonstances qui avaient pu le conduire au suicide. Tout ça n'avait aucun sens. Will était un type solide et équilibré. Entièrement dévoué à sa famille et à son travail. En tout cas, c'était ce qu'il avait toujours pensé.

Depuis six ans, les Pickett habitaient une petite maison à un étage qui appartenait à l'État. À une douzaine de kilomètres de Saddlestring, elle se trouvait en retrait de Bighorn Road, derrière une barrière blanche fraîchement repeinte. Un garage séparé abritait la motoneige de Joe et le van familial, et derrière la maison une grange et un enclos hébergeaient leurs deux chevaux. Saddlestring était considéré comme un district « à deux chevaux », ce qui signifiait que l'administration fournissait à son garde-chasse de quoi en nourrir et équiper au moins deux. Dans le jardin de devant, c'était le versant sud de la Wolf Mountain qu'on découvrait. Entre la maison et les montagnes, la branche est de la Twelve Sleep River serpentait à travers une prairie envahie de saules pour rejoindre le cours d'eau principal et la ville.

En entrant dans la maison, Joe jeta un coup d'œil dans son minuscule bureau près de l'entrée et constata que le témoin lumineux de son répondeur clignotait. À cette époque-là de l'année, il recevait beaucoup d'appels. Chasseurs, pêcheurs, éleveurs, guides de chasse ou simples citoyens appelaient à n'importe quelle heure du jour ou de la nuit. Les trois quarts d'entre eux imaginaient que Joe travaillait dans un bureau, quelque part dans un bâtiment du département Chasse et Pêche. En réalité, son bureau était une pièce étriquée dans sa propre maison. Marybeth et Sheridan lui servaient parfois de réceptionnistes ou d'assistantes bénévoles et il arrivait même que Lucy réponde au téléphone ou à la sonnette de l'entrée. Dans un État comme le Wyoming où, à l'automne, les hommes se saluaient en disant « T'as eu ton wapiti cette année ? », le garde-chasse occupait une position importante.

Il s'assit à son bureau et dénoua sa cravate en regardant Marybeth et Lucy qui passaient devant la porte ouverte. Elles portaient d'énormes bouquets de fleurs que Missy leur avait expressément demandé d'emporter. Le bureau de Joe s'emplit de l'odeur prenante des fleurs.

Il avait trois messages. Le premier venait de Herman Klein, un éleveur qui vivait sur l'autre versant de la Wolf Mountain. Les wapitis avaient commencé à descendre vers la vallée et à brouter ses réserves de fourrage. L'année précédente, il avait demandé que des barrières soient érigées autour de ses réserves de foin et il espérait que les ouvriers allaient s'y mettre bientôt, avant l'hiver. Joe lâcha un juron et nota sur son calepin de les contacter dès le lendemain matin et de rappeler Herman Klein. Une des rares tâches dont il avait réussi à se décharger depuis ses débuts était la construction des barrières à wapitis. Il pouvait désormais engager un entrepreneur local. Malheureusement, celui qui se chargeait de ce genre de travaux n'était pas sérieux.

Le deuxième message était bizarre. On entendait le souffle rauque d'un homme et une vague musique en arrière-fond, mais pas le moindre mot. Et ça, pendant toute la durée de l'enregistrement. Joe contempla le combiné avec perplexité et effaça le message. C'était la troisième fois en un mois qu'il recevait ce genre de message. C'était trop pour qu'il puisse s'agir d'une erreur ou d'un mauvais numéro. Mais il ne pouvait rien y faire.

Le dernier message avait été laissé par Trey Crump, son superviseur basé à Cody.

– Joe, Trey à l'appareil. Tu as sans doute appris que Will Jensen s'était suicidé à Jackson.

Joe se redressa sur sa chaise. Il n'y avait donc plus aucun doute.

– Nous ne connaissons pas encore tous les détails de l'affaire, poursuivit Trey d'une voix empreinte de tristesse, mais le médecin légiste du comté de Teton a exclu l'hypothèse du meurtre. Il faut croire que la méthode choisie laissait peu de doutes.

Il marqua une longue pause avant de reprendre.

– Impossible de laisser le poste de garde-chasse vacant dans ce coin, même pour quelques jours. La chasse au wapiti ouvre à la fin de la semaine prochaine, soit quinze jours avant ton district. Il se passe trop de choses là-bas et il y a trop de problèmes pour qu'on reste sans rien faire.

Le cœur de Joe bondit dans sa poitrine. L'année précédente, il avait fait une demande pour être affecté à un nouveau district. Le comté de Twelve Sleep lui faisait l'effet d'un étau en train de se refermer doucement sur lui. Il s'y était passé trop de choses. Et même s'il aimait beaucoup la région des Bighorn et le district de Saddlestring, il savait que, pour progresser au sein du département, il devrait probablement changer de poste. Avec Marybeth, ils avaient même envisagé de déménager dans un lieu offrant de meilleures perspectives d'avenir.

– Le directeur m'a appelé ce matin pour me demander de lui recommander quelqu'un qui puisse assumer temporairement le poste de garde-chasse. Et c'est toi que j'ai proposé, lui dit Trey avec un rire las. J'ai bien cru qu'il allait péter un plomb, mais je lui ai dit que je ne voyais que deux hommes capables de gérer un district aussi difficile que celui de Teton. Le premier c'était toi et l'autre, Dieu ait son âme, c'était Will.

Joe leva les yeux. Marybeth, appuyée au montant de la porte, tentait de lire l'expression de son visage.

– J'ai déjà contacté Phil Kiner à Laramie, reprit Trey. Il a un stagiaire avec lui et peut donc se libérer deux ou trois semaines pour assurer l'ouverture de la chasse chez toi. Il a bossé dans le coin à ses débuts et connaît plutôt bien la région. Ce n'est pas toi bien sûr, mais il devrait s'en sortir. J'aimerais que tu te rendes à Jackson dans les plus brefs délais. C'est possible ? Appelle-moi dès que tu peux pour me donner ta réponse.

Joe reposa le combiné sur son support.

– C'était Trey ? lui demanda Marybeth.

– Oui.

– C'est vrai ce qu'on dit sur Will Jensen ?

– Oui.

– Je n'arrive pas à y croire, dit-elle en hochant la tête.

Joe haussa les épaules dans un geste d'incompréhension.

– Il t'a demandé de reprendre son poste ?

Joe tenta de lire en elle. Son visage était impassible, mais ses yeux brillants la trahissaient. Il lui tardait d'en savoir plus.

– Temporairement.

– Et tu vas le faire ?

– Qu'est-ce que tu en penses, toi ?

– Quand devrais-tu commencer ?

– Il faudrait que je parte lundi. La chasse au wapiti ouvre la semaine prochaine.

– Dans deux jours ?

Elle croisa les bras, les yeux braqués sur lui.

Sheridan avait enfilé un jean et un sweat-shirt et apporté ses devoirs d'histoire dans la salle de séjour pour pouvoir s'étaler sur la table basse. Lorsqu'elle vit le dos de sa mère dans l'embrasure de la porte du bureau, elle comprit à sa posture que ses parents étaient au milieu d'une conversation importante. Elle avait imaginé un système de notation pour les discussions de ses parents et en avait fait part à Lucy.

Le niveau Un correspondait à un échange de propos banals pouvant parfois légèrement déraper. Pendant un niveau Un, ses parents allaient et venaient librement dans la maison en parlant comme si leurs filles ne pouvaient pas les entendre ou comme si elles n'existaient pas. Le niveau Deux, c'était quand son père était dans son bureau et que sa mère se tenait dans l'encadrement de la porte. Les filles arrivaient à entendre leurs propos même s'ils ne leur étaient pas destinés.

Sheridan vit sa mère entrer dans le bureau et refermer la porte derrière elle. Au même moment, Lucy apparut dans le couloir, toujours vêtue de sa robe de demoiselle d'honneur. C'était ça, la différence entre Sheridan et Lucy. Dès que Sheridan arrivait à la maison, elle se changeait.

– On a un niveau Trois, murmura-t-elle à l'adresse de sa sœur.

– De quoi ils parlent ?

– Ça a à voir avec Jackson, lui répondit Sheridan sans hausser la voix. Je n'ai pas tout compris.

– Je préférerais pouvoir venir avec toi, dit Marybeth. Mais avec l'école qui vient juste de commencer et tous les trajets en voiture que ça implique, c'est impossible.

Sans parler du fait qu'elle avait recommencé à travailler, pensa Joe. Marybeth avait pris en main la comptabilité et la gestion de la pharmacie locale, de la Wolf Mountain Taxidermy et de la nouvelle galerie d'art de Saddlestring.

– Je peux appeler Trey et refuser sa proposition, dit Joe.

– Ne t'avise pas de faire ça ! lança-t-elle. C'est une occasion en or. Et manifestement, Trey t'estime assez pour te proposer le poste.

– Je ne sais ni combien de temps ça va durer, ni si ça débouchera sur quelque chose.

– Mais il y a quand même une chance que ça mène à autre chose. Dans le Wyoming, il n'y a pas mieux que Jackson Hole pour se faire connaître.

Joe savait que Will Jensen avait fait parler de lui à plusieurs reprises, mais ça faisait partie du boulot. Le département envoyait parfois des coupures de presse lorsqu'un garde-chasse apparaissait aux informations ou était mis en avant dans les journaux locaux. Il y avait eu deux fois plus d'articles sur Will Jensen que sur n'importe quel autre garde-chasse.

– Jackson n'a rien à voir avec Saddlestring, dit Joe d'un ton peu convaincant. C'est carrément un autre monde.

Marybeth s'avança vers lui et s'assit sur son bureau.

– Es-tu en train de me dire que tu ne veux pas y aller ?

– Non, ce n'est pas ça. Mais ce n'est pas vraiment le moment de vous laisser seules, toi et les filles, même pour deux ou trois semaines.

Elle lâcha un rire sonore, dans lequel Joe perçut une pointe d'amertume qui le mit mal à l'aise.

– Joe, dès que la saison de la chasse commence, on ne te voit plus de toute façon. Ce n'est pas comme si tu étais avec nous pour…

– Faire ma part du boulot ? poursuivit-il à sa place.

Il sentit son visage s'empourprer.

– Ce n'est pas ce que j'ai voulu dire.

Joe était piqué au vif.

– Depuis deux ans, j'assiste pratiquement à tous les matchs de Sheridan, dit-il. Et l'année dernière, à Noël, je suis allé voir la pièce de théâtre de Lucy.

Marybeth lui sourit pour montrer qu'elle ne cherchait pas la dispute.

– Et tu as manqué tout le reste, ajouta-t-elle doucement. Les réunions avec les professeurs, la chorale de Lucy, le premier jour d'école, la pièce de Sheridan, le carnaval…

– Seulement en septembre et en octobre, dit-il sur la défensive.

– Et en novembre, ajouta-t-elle. Joe, ce que je veux dire, c'est que tu ne seras pas là de toute façon. Alors que tu sois ici ou à Jackson, ça ne changera pas grand-chose pour nous. Nous sommes des grandes, tu sais.

Il avait toujours la nuque en feu. Être un bon père et un bon mari, c'était tout pour lui. Il faisait vraiment de son mieux pour compenser ses absences pendant le reste de l'année et, chaque fois qu'il le pouvait, il emmenait Sheridan avec lui pour qu'ils passent plus de temps ensemble. Et il ferait la même chose avec Lucy quand elle serait plus grande.

– Trey m'a dit que Phil Kiner pourrait me remplacer pendant deux ou trois semaines, reprit Joe d'un ton maussade. Tu n'as pas besoin de t'inquiéter pour ça.

– Les gens vont continuer à t'appeler et les chasseurs éméchés à s'arrêter à la maison, sans compter les éleveurs en rogne… Mais, bon, on ne peut pas y faire grand-chose.

– Bon Dieu…

Elle se pencha et déposa un baiser sur son front.

– Joe, nous devons faire équipe tous les deux. Il n'y a que comme ça qu'on s'en sortira. Pas de doute là-dessus. La situation est encore un peu… chaotique chez nous.

Il détourna le regard, mais continua de l'écouter en lui caressant la cuisse.

– Si nous voulons améliorer l'état de nos finances, il va falloir prendre des risques. Et si ce changement te permet d'obtenir un meilleur poste ou un meilleur salaire, c'est quelque chose qu'il faut envisager.

– Tu crois que tu t'en sortiras ?

Elle baissa les yeux vers lui et lui sourit.

– Pendant un certain temps en tout cas. J'espère seulement

que tu ne seras pas absent trop longtemps. Si c'était le cas, il faudrait que tu reviennes nous chercher.

– Tu crois que tu te plairais à Jackson ?

– Je n'en sais rien, répondit-elle en haussant les épaules. Il y a de meilleurs restaurants. Et davantage de choses à faire. Mais je ne suis pas sûre de vouloir élever mes enfants là-bas.

– Moi non plus.

– Tu peux toujours aller reconnaître le terrain pour nous. Te renseigner sur les écoles, l'ambiance de la ville. Ensuite, tu me diras ce que tu en penses.

– C'est une décision que nous devrons prendre ensemble, comme toujours, dit-il en hochant la tête.

– C'est ce que j'ai voulu dire en parlant de faire équipe.

– Je vais appeler Trey pour lui dire que j'accepte.

Derrière la porte, Sheridan et Lucy échangèrent un regard.

– Les enfants de Jackson sont les plus snobs de tout le Wyoming, murmura Sheridan. Quand on joue contre eux, on essaie de les démolir, mais on n'y arrive jamais. Si tu voyais leur bus ! C'est le plus chouette que j'aie jamais vu.

– Ils font du ski là-bas, non ? demanda Lucy, les yeux écarquillés. Et ils ont un musée Believe-It-or-Not[1], pas vrai ?

La porte s'ouvrit brusquement et leur père apparut dans l'encadrement.

– Le spectacle est terminé, mesdemoiselles. Vous n'auriez pas des devoirs à faire par hasard ?

Il sortit pour aller nourrir les chevaux. L'unique éclairage projetait une lumière blafarde à travers l'enclos. Toby le cheval pie et Doc le jeune alezan hennirent doucement en le voyant arriver. Ça voulait dire qu'ils allaient recevoir leur ration. Joe leur jeta du fourrage et les regarda manger, un pied sur la barrière.

1. Chaîne de musées créée par Robert Ripley et qui recense toutes les bizarreries de la planète.

La Wolf Mountain profilait sa silhouette noire sur le ciel sombre parsemé d'étoiles.

Elle allait lui manquer. La Crazy Woman Creek aussi. Et le point de vue qu'il avait de son « perchoir » favori dans le piémont des Bighorn, celui d'où il pouvait voir la courbure de la Terre.

Il se frotta les yeux. C'était aller un peu vite en besogne, pensa-t-il. Il était trop tôt pour penser à tout ça. Il avait encore beaucoup à faire avant de partir pour Jackson.

En revenant vers la maison, il repensa au deuxième coup de téléphone. Celui où on n'entendait que le souffle d'un homme pendant toute la durée du message. Il s'agissait vraisemblablement d'une plaisanterie ou d'une erreur. Mais comme Joe donnait son nom dans le message d'accueil, l'homme savait forcément qui il appelait, et comme le numéro de Joe figurait dans le mince annuaire téléphonique du comté de Twelve Sleep, ça pouvait être n'importe qui : un chasseur qu'il aurait sanctionné, un éleveur avec qui il aurait eu maille à partir ou même un employé de l'État ou un représentant fédéral avec qui il aurait pu être en désaccord sur des droits de pâturage. Qui que ce fût, c'était probablement quelqu'un d'inoffensif.

Mais s'il devait s'absenter pendant deux ou trois semaines, il ne voulait pas faire courir le moindre risque à Marybeth et à ses filles. Il lui faudrait demander de l'aide.

# 4

Ce dimanche-là, ils avaient prévu de faire les bagages de Joe après la messe pour qu'il puisse partir tôt le lundi matin. Ils pensaient tous les deux y passer tout l'après-midi et Joe fut vaguement déçu d'avoir fini en une heure. Il emporterait un gros sac avec ses chemises d'uniforme rouges, plusieurs Wrangler, des sous-vêtements, son gilet Filson, plusieurs vestes, sa grosse parka et ses bottes. Tout le matériel dont il avait besoin se trouvait déjà dans son pick-up – où il passait la plus grande partie de son temps. Il fit le tour de la maison et de la grange pour voir s'il n'oubliait pas quelque chose qui pourrait lui être utile à Jackson. Mais il ne trouva pas grand-chose à ajouter à ses bagages. Il prit seulement quelques livres qu'il n'avait pas encore lus et la petite photo de sa famille qu'il gardait sur son bureau, regrettant de ne pas en avoir une plus récente.

Il écoutait distraitement les résultats de la première semaine de la saison de football NFL à la radio en suivant la route à deux voies qui longeait la rivière et conduisait chez Nate Romanowski, lorsqu'il décida de dresser un inventaire rapide de ce qu'il avait dans son pick-up.

Ses armes de service : la carabine .308 fixée sous la banquette, la Winchester .270 montée sur le râtelier derrière sa tête et la carabine Remington Wingmaster calibre .12 coincée dans les ressorts derrière son siège. Plus le .22 armé à blanc qu'il utilisait pour éloigner les wapitis des réserves de fourrage.

Dans le coffre en métal verrouillé monté sur le plateau

arrière : des chaînes, des câbles de remorquage, des outils, une trousse servant à la collecte des preuves matérielles, un kit d'examen *post mortem*, de la nourriture et des couvertures de survie, des manuels et des tableaux comparatifs de calibres de balles et d'échantillons sanguins, des fusées de détresse et un sac à dos pour les patrouilles à pied. Et, scotché à l'intérieur du couvercle du coffre, un ajout récent : ses dernières volontés, rédigées la veille. Même Marybeth n'était pas au courant. Il se demanda si Will Jensen avait pensé à en faire autant.

Nate Romanowski habitait une petite maison en pierre au bord de la Twelve Sleep River, à une dizaine de kilomètres de la route principale. Il avait trois oiseaux dans sa volière : un faucon pèlerin, une buse à queue rousse et un jeune faucon des prairies. Lorsqu'il arriva, Nate était en train de seller un bison. Il avait les yeux au beurre noir et le nez tuméfié.

Quelques mois auparavant, Nate lui avait parlé de sa fascination pour les bisons. Après avoir lu un article dans un vieux journal trouvé dans un coin de sa maison, il s'était pris de passion pour ces animaux. L'auteur de l'article décrivait le spectacle de femmes chevauchant des bisons au cours du grand rodéo des Cheyenne Frontier Days. Montées sur des bisons sauvages lâchés dans l'arène, elles devaient rester en selle le plus longtemps possible. Nate avait été fasciné par la photo d'une cow-girl en robe et pantalon bouffant, juchée sur un énorme bison. Il n'avait jamais pensé qu'un humain puisse monter un tel animal – mais sur la photo, floue il faut bien le dire, celui-ci avait l'air docile. Pourquoi pas moi ? s'était-il dit. Et cette idée était vite devenue une obsession. Sheridan, qu'il initiait à l'art de la fauconnerie tous les vendredis après-midi, avait dit à son père que Nate avait acheté un bison à un éleveur de la région de Clearmont. C'était donc la bête que Joe avait sous les yeux.

Il gara le pick-up à côté de la Jeep cabossée de Nate et bondit hors de la cabine. Il faisait doux et le ciel était dégagé. Le murmure étouffé de la rivière montait jusqu'à lui.

– Impossible d'utiliser une selle normale, dit Nate en guise de salut. Les sangles sont beaucoup trop courtes. J'ai dû en fabriquer des spéciales pour que ça marche.

Romanowski était arrivé à Saddlestring trois ans plus tôt. Grand et anguleux, il avait de longs cheveux blonds attachés en queue-de-cheval, un nez en bec d'aigle et des yeux pénétrants d'un bleu glacé. Les trois quarts des habitants du comté se méfiaient de lui et nombreux étaient ceux qui s'interrogeaient sur l'amitié que semblait porter Joe à un homme qui se baladait avec une arme aussi puissante qu'un Casull .454. Il avait quitté le Montana dans des circonstances suspectes, suite à la mort de deux agents fédéraux, et Joe avait presque involontairement prouvé son innocence dans une autre affaire de meurtre. À sa sortie de prison, Nate avait juré fidélité à Joe et à sa famille, et son dévouement ne s'était jamais démenti. La rumeur publique voulait qu'il ait travaillé plusieurs années pour les services secrets du ministère de la Défense. Même s'il ne connaissait pas tous les détails de son passé, Joe savait que c'était vrai. Il savait aussi que Nate était capable d'actes violents d'une grande précision et qu'il était en relation avec des groupes et des individus louches un peu partout dans le monde. Mais il ignorait qu'elles étaient ses sources de revenus. Tout ce qu'il savait, c'était qu'il lui arrivait de disparaître plusieurs semaines d'affilée (il n'oubliait jamais d'appeler pour annuler ses rendez-vous avec Sheridan) et qu'il déconseillait à Joe de venir chez lui certains jours (probablement quand il avait de la visite). C'était quelque chose dont ils ne parlaient jamais, même si Nate y avait fait allusion plusieurs fois. Joe préférait ne rien savoir.

Le bison se tenait au milieu d'un enclos entouré d'une barrière récente. Bien que solidement construite (quatre traverses en consolidaient les montants), le côté est était légèrement incurvé, probablement à l'endroit où l'animal s'était appuyé ou avait essayé de passer la tête entre les barres. Joe se demanda si la clôture résisterait si l'animal décidait de sortir.

Une botte appuyée sur le rail inférieur de la barrière, les bras croisés sur celui du haut, Joe les observait. Il avait toujours été impressionné par la taille et l'aspect imposant du bison. Cette énorme masse brune possédait des épaules à la musculature redoutable et une tête compacte au milieu d'une grosse toison laineuse. Joe savait que sa puissance phénoménale était concentrée dans la partie antérieure du corps, ce qui lui permettait d'atteindre la vitesse de soixante-cinq kilomètres / heure en quelques secondes. Ses petites cornes pointues étaient recourbées vers l'arrière et ses yeux deux billes noires brillant sous les boucles sombres de sa toison terreuse.

Nate resserra la sous-ventrière et le bison tressaillit. S'attendant à une réaction violente de l'animal, Joe recula instinctivement de quelques pas. Le bison tourna la tête et regarda fixement Nate.

– J'en suis resté là la semaine dernière, dit Nate en le regardant par-dessus son épaule.

– Que s'est-il passé ?

Nate porta une main à son œil.

– Il n'a pas vraiment aimé la selle.

– Et aujourd'hui ?

Nate haussa les épaules.

– Il ne l'apprécie pas davantage. Mais il a compris où je voulais en venir et il a l'air plus résigné. J'ai essayé de le persuader qu'on allait bien s'amuser.

Joe hocha la tête. Nate communiquait avec les animaux sur des bases tout à fait mystérieuses. Il ne s'agissait ni de les dresser ni de les soumettre, mais d'utiliser certains signes et certains gestes pour entrer en contact avec eux. Il avait appris tout ça avec les faucons qui, eux, avaient la possibilité (même s'ils ne choisissaient que très rarement cette option) de s'envoler sans jamais revenir chaque fois qu'ils étaient lâchés dans l'azur.

– J'ai vu votre selle dans le pick-up, dit Nate en faisant passer très délicatement un licou par-dessus la tête du bison. Vous allez quelque part ?

– À Jackson. Le garde-chasse vient de se suicider. On m'envoie là-bas pour le remplacer.

Nate leva les yeux vers lui. Il tentait manifestement de déchiffrer l'expression de son visage.

– Quoi ? demanda Joe.

– Jackson est très différent d'ici. J'y connais des gens. J'y ai même passé un peu de temps moi-même.

Joe attendit une suite qui ne vint pas.

– Où voulez-vous en venir ? demanda-t-il.

– Je disais juste que Jackson était un endroit différent.

– Merci du renseignement, dit Joe en s'appuyant sur la clôture.

Nate passa les minutes suivantes à caresser le mastodonte et à lui chuchoter des mots doux à l'oreille. Le bison sembla se détendre et poussa même un long soupir. Une odeur d'herbe fraîche monta de son haleine chaude. Nate bondit gracieusement en selle.

– C'est la première fois qu'il me laisse faire, dit-il doucement.

– Ça n'a pas l'air de le déranger. (Le bison se mit à remuer les oreilles nerveusement.) Est-ce qu'il lui arrive de ruer ?

– Vous avez vu ma tête ? La réponse est oui, il lui arrive de ruer.

Joe attendit qu'il se passe quelque chose. Mais non, rien n'arriva. Assis sur l'animal, Nate ne bougeait plus.

– Il ne me reste plus qu'à le faire avancer et à le manœuvrer, dit Nate. Mais ça risque de prendre un bout de temps.

Tout d'un coup, Joe eut la vision de Nate Romanowski, son holster à l'épaule, en train de chevaucher un bison dans les rues de Saddlestring pendant le défilé apathique du 4-Juillet. Rien que d'y penser, il se mit à rire.

– Combien d'appels de ce genre avez-vous reçus ? lui demanda Nate lorsqu'ils furent assis chez lui devant une tasse de café.

Le bison avait été dessellé et mis au pré.

– Trois le mois dernier.

– Peut-être une erreur de numéro ?

– Bien sûr, dit Joe en acquiesçant d'un signe de tête. Mais quelles sont les chances que ce soit une erreur ?

– Quelqu'un pourrait-il identifier la provenance de ces appels ? Vous avez l'affichage du numéro appelant ?

– Je l'ai demandé ce matin. Au prochain appel de ce genre, nous devrions savoir de qui il s'agit. Peut-être comprendrons-nous alors la raison de ces coups de fil.

– Je passerai voir Marybeth pendant votre absence.

– Je vous en serais très reconnaissant. Parfois les choses s'emballent un peu pendant la saison de la chasse. Comme vous le savez, Marybeth est parfaitement capable de gérer la situation, mais je serais plus tranquille si je savais que vous avez un œil sur elle.

– Je ne reviens pas sur mes promesses, dit Nate.

Joe aurait voulu ajouter quelque chose. Rappeler à Nate que cette « promesse » qu'il avait faite de protéger sa famille était son idée à lui, quelque chose que Joe n'avait jamais demandé ou même accepté. S'allier à quelqu'un comme Nate pouvait parfois être gênant – d'instinct en tout cas, c'est ce qu'il ressentait. Nate était un personnage étrange et un peu effrayant. Mais, dans une situation comme celle-ci, Joe avait besoin d'un homme tel que lui, quelqu'un qui tenait parole et ne se souciait ni des apparences, ni des contraintes sociales, ni même de la loi.

– Merci pour le café, dit Joe en se levant.

– Et pas de folies à Jackson ! lui lança Nate.

– De la part d'un type qui essaie de monter un bison… dit Joe en souriant.

– Si vous avez besoin d'aide, appelez-moi.

Joe s'arrêta sur le seuil et se retourna.

– Et réciproquement.

Cette nuit-là, Joe s'assit à son bureau et dressa la liste des projets en cours et de leurs états d'avancement avant de l'envoyer par e-mail à Phil Kiner à Laramie. Maxine, roulée en boule à ses pieds et sentant, comme tous les chiens, qu'elle allait bientôt être abandonnée, le regardait de ses grands yeux bruns – histoire qu'il se sente bien coupable. Toute la soirée avait été comme ça.

Déjà, au dîner, l'ambiance était morose ; Sheridan s'était plainte que les légumes qui accompagnaient le rôti n'étaient pas assez cuits. Joe avait parfaitement interprété son attitude : elle avait l'âge où, lorsqu'elle était en colère contre son père ou qu'elle en voulait au monde entier, elle s'en prenait à sa mère, soit l'autorité dans la famille. Quant à Lucy, sa façon à elle de marquer sa désapprobation à son égard était de l'ignorer complètement et de faire comme s'il n'était pas là – et ça, c'était encore pire.

Il relut le long message qu'il venait de rédiger. Il avait probablement oublié des trucs, mais de toute façon il était impossible d'expliquer à Phil tout ce qu'il savait sur les chasseurs à problèmes ou sur les particularités de chaque habitant du comté. C'était bizarre de ne pas savoir s'il allait revenir dans son district.

# 5

Pour franchir les Bighorn Mountains d'est en ouest, trois chemins s'offrent au voyageur : l'US 16 qui traverse le Ten Sleep Canyon et Worland, l'US 14 par le Shell Canyon et Greybull, et l'US 14-A, via le Medicine Wheel Passage qui mène à Lovell. C'est ce dernier que choisit Joe, pas seulement par bravade – la route sinueuse était toute en montées et descentes –, mais aussi pour la vue qu'il découvrirait une fois au sommet : l'immense étendue brune et sans fin du bassin des Bighorn. Il mâchait du chewing-gum pour éviter d'avoir les oreilles bouchées à cause de l'altitude et jetait régulièrement un coup d'œil à l'endroit où se tenait habituellement Maxine, sa chienne labrador, qu'il avait laissée à la maison le temps d'aller explorer son nouveau district. Il était à quelque trois mille mètres d'altitude lorsque, étrangement surgis d'un ciel clair et dégagé, de minuscules flocons de neige durcie se mirent à crépiter sur le pare-brise.

Il éprouvait décidément des sentiments mitigés. Le souvenir de la dernière matinée qu'il avait passée avec sa famille ne le quittait pas. Sheridan et Lucy, en tenue d'école, s'activant dans la cuisine pour confectionner les sandwichs de leur déjeuner. Marybeth, en pull et pantalon kaki, s'apprêtant à partir à la pharmacie locale, où elle s'occupait de la comptabilité. Ses cheveux blonds n'avaient jamais été aussi courts. Sa nouvelle coupe lui allait bien, mais il ne s'y était pas encore habitué. Il était resté planté bêtement dans l'entrée à les regarder. Les adieux avaient été un peu précipités ; déjà le bus arrivait en cahotant dans Bighorn Road. Après que les portes du bus se furent refermées sur les filles, Joe et Marybeth s'étaient dirigés vers le pick-up. Tout était prêt pour le départ.

– Appelle-moi souvent, lui avait-elle dit.

– Aussi souvent que je pourrai, lui avait-il répondu en l'embrassant.

– Passe-moi un coup de fil quand tu seras arrivé. Que je sache si le voyage s'est bien passé.

La scène n'avait rien de dramatique. Alors pourquoi avait-il l'impression qu'il s'agissait d'un épisode capital ? Comment pouvait-il se sentir à la fois coupable et euphorique ?

Il redescendait le versant ouest des Bighorn lorsque la neige s'arrêta aussi soudainement qu'elle était venue et la température remonta rapidement. Dans la vallée, la chaleur faisait miroiter l'asphalte de la grand-route et les roses s'épanouissaient dans les bacs à fleurs de la bourgade de Lovell, qu'il laissa très vite dans son rétroviseur.

Un grésillement à sa radio de bord interrompit le fil de ses pensées. Il saisit le combiné. C'était le central qui lui transmettait un message de Trey. Le lieu de rendez-vous devait être changé : il y avait un problème avec un ours.

Trey Crump attendait Joe dans son pick-up garé sous les arbres, au sommet d'une piste accidentée à deux voies, à quelque six kilomètres du Dead Indian Pass. Dès que Joe arriva, Trey sortit de son véhicule pour grimper dans celui de Joe. Ils échangèrent une poignée de main vigoureuse.

Trey avait l'air plus massif qu'il ne l'était vraiment, avec son visage carré, son épaisse moustache poivre et sel et ses joues flasques. La chemise d'uniforme tendue sur une imposante bedaine, il avait un air bourru, mais ses yeux enfoncés et son regard compatissant trahissaient le romantique qu'il était vraiment. Joe l'appréciait et l'admirait beaucoup, même s'il ne le voyait que très rarement. Trey portait le badge numéro 4, ce qui voulait dire qu'il était quatrième dans la hiérarchie du département. Joe avait reçu son nouveau badge peu de temps auparavant, passant du cinquante-deuxième au quarante-quatrième rang. Comme il n'y avait que cinquante-cinq gardes-chasse de plein droit – et trente-cinq stagiaires sans assignation de district –, Joe était fier de sa nouvelle promotion. Avec la mort de Will Jensen, Joe aurait le badge numéro 43. Il se sentit coupable d'y avoir pensé.

Trey s'excusa de n'avoir pas pu le retrouver à l'hôtel Irma de Cody pour le petit déjeuner. À cinq heures du matin, il avait reçu un appel lui signalant qu'un grizzli s'était introduit dans plusieurs chalets du Sunlight Basin. Le suspect était l'ours numéro 304, bien connu dans la région. Ce matin-là, l'animal de deux cents kilos avait descellé une porte blindée avant de pénétrer dans un chalet et de le saccager, arrachant les placards des murs et jetant le poêle en fonte de la cuisine dans la chambre.

– C'est une situation difficile, lui dit Trey de sa grosse voix rocailleuse. Tu pourrais m'être utile.

Joe distinguait les toits de plusieurs chalets en contrebas, au milieu de l'épaisse futaie, et un piège à ours installé dans une clairière inondée de soleil. Le piège était monté sur des roues afin de pouvoir être remorqué facilement, un cadavre de biche ou d'antilope servant d'appât à l'intérieur. Dès que l'ours pénétrerait dans la cage et tirerait sur l'appât, une lourde porte métallique s'abattrait et se refermerait sur lui. Il ne resterait plus qu'à remorquer la cage enfermant l'animal en colère pour le conduire dans un lieu éloigné où il pourrait être relâché. C'était ça ou bien l'euthanasie immédiate si l'équipe de l'Institut national pour la protection des grizzlis en décidait ainsi.

Joe fit la grimace. Il en avait assez des grizzlis. L'année précédente déjà, un grizzli échappé de Yellowstone avait débarqué dans les Bighorn. Il savait d'expérience ce qu'un tel animal pouvait faire à l'homme.

– Il n'y a que des histoires de grizzlis en ce moment, reprit Trey en laissant échapper un soupir. Rien que ce matin, on a reçu trois appels. C'est pour ça que je suis tout seul ici, mon équipe habituelle s'occupe des autres appels, même s'ils auraient préféré rester ici pour me donner un coup de main avec 304. On l'aime bien et on ne voudrait pas qu'il lui arrive malheur.

Joe s'aperçut tout d'un coup que le fusil à lunette de Trey était posé sur un vieux bleu de travail étalé sur le capot de son pick-up.

– Tu es censé l'abattre, c'est ça ? demanda-t-il.

– C'est ce que nous avons recommandé aux fédéraux, répondit Trey d'un ton résigné. C'est la quatrième fois qu'il s'attaque à des chalets dans la vallée. Même si on l'emmène très loin, il se débrouille pour revenir. Les hommes ne lui font plus peur.

Sur le détecteur que Trey avait dans son pick-up, on percevait un battement faible et régulier. Joe savait que c'était le collier radio de 304 qui transmettait le signal. L'ours était toujours dans les parages. Il ne restait plus qu'à l'attendre.

Joe balaya du regard les crêtes et les pentes vallonnées alentour, à l'affût du moindre mouvement. Rien.

– Le plus triste, c'est que 304 a vécu dans ces montagnes pendant six ou sept ans sans qu'il y ait le moindre incident. Jusqu'à ce qu'un type laisse de la nourriture pour chiens devant sa porte. 304 s'est rendu compte qu'il aimait bien ça et il est revenu. Il a très vite compris qu'il trouverait tout un tas de trucs à manger dans le chalet. Mais ça a commencé avec la nourriture pour chiens, et tu sais ce qu'on dit.

– Un ours nourri est un ours mort, dit Joe.

– Exactement.

La nuit vint, la lune réduite à une balafre blanche dans le ciel. Assis en silence dans la cabine du pick-up, Joe et Trey s'écoutaient respirer.

– Désolé d'avoir interrompu ton voyage comme ça, dit Trey. Il te tarde sans doute d'arriver là-bas.

– Ce n'est pas grave.

– Joe, il faut que je te demande quelque chose.

Joe grommela entre ses dents.

– Après ce qui s'est passé l'année dernière, tu es sûr de pouvoir m'aider avec cet ours ?

Joe se tourna vers lui. Trey l'observait.

– J'en suis sûr.

– Vraiment ? Parce que sinon…

– Je t'ai dit que ce n'était pas un problème.

Au bout d'un moment, Trey sortit du pick-up de Joe pour rejoindre le sien et tenter de dormir un peu. Joe jeta un coup d'œil à son portable pour voir s'il pouvait appeler Marybeth et lui faire part du changement de programme. Pas le moindre signal de réception. Il décida d'appeler le central et demanda qu'on prévienne Marybeth et le bureau de Jackson qu'il arriverait avec du retard.

Il essaya de dormir. L'air froid s'insinuait dans la cabine par les portières et les vitres. Le battement régulier émis par le collier de l'ours rythmait son attente.

À deux heures trente, un claquement métallique monta de la clairière sombre. Joe se redressa d'un bond et se cogna la tête contre le volant. Il se tourna vers le pick-up de Trey et vit que lui aussi l'avait entendu. Il venait d'allumer le plafonnier et de baisser sa vitre.

Au moment où Joe ouvrait sa portière, un rugissement monta dans la nuit, déchirant le silence et envahissant l'espace.

– On dirait qu'on l'a eu, dit Trey sans le moindre entrain.

Joe sentit les poils de ses avant-bras se dresser et un frisson lui parcourir la nuque.

# 6

Avant même que le faisceau des phares ne vienne éclairer l'intérieur du piège, Joe perçut l'odeur du grizzli. Forte et musquée, comme celle d'un chien mouillé qui aurait deux fois la taille d'un joueur de rugby.

– Nom de Dieu ! s'écria Trey lorsqu'ils aperçurent l'ours recroquevillé au fond du piège et clignant des yeux dans le faisceau de lumière artificielle. Il est encore plus gros que la dernière fois.

– C'est 304 ? demanda Joe d'une voix à peine audible, comme si la présence de l'ours l'avait dépouillé de toute son énergie.

L'ours était acculé au fond du piège, énorme tête penchée en avant, truffe noire et humide. Un filet de salive rose pendait comme un collier de rubis entre ses babines et le cadavre à moitié dévoré qui gisait à ses pieds. Apeuré, l'animal respirait bruyamment, faisant vibrer la cage tout entière.

– Oui, c'est bien lui.

Sur le siège entre eux, un fusil tranquillisant armé d'une seringue pleine de Telazol. Dès que l'ours serait sous l'effet du sédatif, ils devraient vérifier le numéro d'identification qu'il avait près de l'oreille et lui injecter une dose mortelle d'Euthanol.

Au volant de son pick-up, Joe s'approcha de la grille métallique et braqua légèrement pour que Trey se trouve dans l'axe de l'ours.

– Je déteste ça, dit Trey en armant le fusil et en mettant l'animal en joue par la vitre ouverte. Plus que toute autre chose.

Lorsqu'il appuya sur la détente, Joe distingua l'éclat de la seringue dans la lueur des phares avant qu'elle ne disparaisse à l'intérieur du piège. L'épaisse fourrure du grizzli l'empêcha de voir à quel endroit il avait été touché, mais il l'entendit grogner.

– Tu l'as eu ? demanda-t-il.

– Je crois.

– Combien de temps avant qu'il s'endorme ?

– Cinq minutes.

Ils en attendirent dix. Joe n'arrivait pas à voir si l'ours dormait ou pas. Il distinguait juste l'éclat de son regard et le filet de salive.

– Je crois que c'est bon, dit Trey en se glissant hors de la cabine avec son fusil chargé et un kit contenant la dose mortelle d'Euthanol.

À son tour, Joe descendit du pick-up, fusil en main, et les deux hommes s'approchèrent du piège. Joe percevait la respiration du grizzli et son odeur puissante mêlée à celle du sang du cadavre. Ensemble, ils allumèrent leurs lampes torches. Trey braqua la sienne sur le système de fermeture de la grille tandis que Joe éclairait l'ours.

Ce qu'il vit le terrifia. Non seulement le grizzli clignait des yeux, mais il venait de détourner la tête pour éviter la lumière.

– Trey, murmura Joe d'un ton insistant.

– Merde ! cria Trey en faisant volte-face. La grille n'est pas verrouillée !

Le grizzli poussa un grognement et bondit si vite et si fort hors du piège que la grille se souleva dans un fracas métallique et retomba sur le toit de la cage. Joe n'avait jamais vu un animal aussi massif se déplacer aussi rapidement et comprit tout de suite que, si l'ours décidait de charger, il ne pourrait rien faire. Il recula vers le pick-up, fusil levé. Puis il sentit plus qu'il ne vit Trey tirer au jugé en direction de l'énorme masse brune qui s'enfuyait en courant vers la forêt.

Lorsque la détonation retentit, le grizzli fit un bond en avant comme s'il venait de recevoir un coup de pied dans le derrière, mais poursuivit sa course. Joe braqua son arme sur la silhouette indistincte, la mit en joue, mais n'appuya pas sur la détente.

Ils s'immobilisèrent un instant et tendirent l'oreille. Aussi subtilement qu'une météorite, l'ours s'enfonçait dans le sous-bois dans un tonnerre de branches cassées. Joe s'étonna de pouvoir l'entendre par-dessus les battements affolés de son cœur.

Il leur fallut une bonne vingtaine de minutes pour retrouver leur calme et prendre la mesure de la situation. Heureusement qu'il faisait sombre et que Trey ne pouvait pas voir le tremblement qui agitait les mains de son coéquipier.

Joe serra son fusil contre lui, à l'affût du moindre bruit pouvant signaler le retour de l'ours. Pendant ce temps, Trey examinait la grille du piège pour tenter de comprendre pourquoi le système de verrouillage n'avait pas fonctionné.

– Je ne comprends pas ce qui s'est passé, dit-il d'une voix morose en se redressant et saisissant le fusil qu'il avait posé contre la paroi du piège. J'ai l'impression de l'avoir touché. Et il y a des taches de sang dans l'herbe.

Ils suivirent les traces de l'ours à travers la clairière jusqu'à la lisière de la forêt. À plusieurs endroits, des traînées de sang maculaient l'herbe ou le tapis de feuilles mortes. Joe sentit l'accablement le saisir.

– Il n'y a rien de plus dangereux qu'un grizzli blessé, dit Trey d'une voix grave. Il va falloir le retrouver.

Trey appela le central pour communiquer leur position.

– Nous allons rester ici jusqu'à ce que nous l'ayons localisé. Veuillez appeler mon épouse et Marybeth Pickett à Saddlestring pour leur expliquer la situation. Oh, et n'oubliez pas d'appeler Jackson Hole. Dites-leur que Joe Pickett aura quelques jours de retard.

Ils passèrent les trois jours suivants à parcourir d'innombrables pistes forestières sur les traces du grizzli blessé, tirant derrière eux le van avec les chevaux de Trey. Ils tombèrent sur une carcasse d'orignal pourrissante et partiellement dévorée et retrouvèrent les traces de l'ours à l'endroit où il avait traversé un ruisseau. Il avait essayé de pénétrer dans un autre chalet – de profondes entailles étaient visibles sur la porte et les volets et des gouttes écarlates maculaient le perron. Vu la quantité de sang qu'il avait perdue, ils s'attendaient à retrouver son cadavre d'une minute à l'autre. Joe éprouvait presque autant d'admiration que de crainte pour cette énorme bête. Il aurait aimé la laisser partir et mourir en paix, s'il avait été certain qu'elle allait bien mourir.

Les deux hommes étaient de plus en plus tendus. Trey s'en voulait de n'avoir réussi qu'à blesser l'animal et Joe pensait que Trey lui reprochait de ne pas avoir tiré. Joe s'en voulait lui aussi et n'arrêtait pas de repenser au moment où l'ours s'était enfui. S'il n'était pas sûr d'avoir paniqué et de s'être figé, il savait très bien qu'il n'avait pas abattu le grizzli. Tout s'était passé si vite qu'il n'avait pas eu le temps de viser. Mais avait-il seulement essayé ?

Le surlendemain, dans l'après-midi, ils perdirent le signal. Ils grimpèrent sur le point le plus haut des environs et se garèrent. Ils allaient devoir attendre que l'ours revienne dans la zone de réception.

– Vu qu'on n'a rien d'autre à faire, autant que je te mette au jus tout de suite, dit Trey d'un air encore plus sombre que d'habitude. On est dans une sacrée merde à Jackson, Joe. Je veux que tu saches où tu vas mettre les pieds.

Joe acquiesça d'un hochement de tête.

– Je commence vraiment à m'inquiéter, reprit Trey d'un air peiné. J'ai l'impression que plusieurs de mes gars ont du mal à gérer la pression. J'aimerais pouvoir les aider, mais je ne vois pas comment.

– Que veux-tu dire ?

Mais il connaissait déjà la réponse. L'année précédente, au cours d'un contrôle de chasse dans les Wind River Mountains, un garde-chasse s'était querellé avec son fils et l'avait abattu d'un coup de fusil avant de retourner son arme contre lui. On n'avait jamais su pourquoi ils s'étaient disputés. Dans le sud du Wyoming, un autre garde-chasse chargé d'un vaste district pratiquement inhabité avait disparu sans laisser de traces. On l'avait retrouvé au Nouveau-Mexique après une cuite de trois semaines. Il racontait à qui voulait l'entendre que les gens du coin en avaient tous après lui et qu'il avait été obligé de s'enfuir pour sauver sa peau. Une enquête interne avait été ouverte et, aucune preuve n'appuyant ses accusations, il avait été renvoyé.

Contrairement à tous les représentants de la loi que connaissait Joe, les gardes-chasse étaient quasiment autonomes, chacun gérant son district comme il l'entendait. Tous étaient tenus de rédiger des rapports mensuels pour leurs superviseurs, mais ces derniers, ayant leur propre district à gérer, ne les contrôlaient que rarement. C'était un des aspects de son travail que Joe préférait. Il était basé sur la confiance, la compétence et le sens moral. Mais ce genre d'autonomie pouvait devenir un enfer de solitude pour certains et faire des ravages.

– Ce n'est pas comme s'il n'y avait aucune pression à l'époque où j'ai commencé, dit Trey. On avait notre lot de braconniers, d'individus bornés et d'abrutis récalcitrants. Mais il n'y avait pas toutes ces magouilles politiques.

– Tu crois que c'est ce qui est arrivé à Will ? Que c'est ça qui l'a usé ?

Trey acquiesça d'un signe de tête.

– On ne pourra jamais en être sûr. En tout cas, il n'en parlait pas, sauf quand il se mettait à râler, comme ça nous arrive à tous. Mais côté magouilles politiques, y a pas mieux que Jackson. On dirait que tous les extrêmes s'y retrouvent. Chasseurs et défenseurs des animaux. Promoteurs et écolos. Riches et pauvres. Gros propriétaires venus d'ailleurs et péquenauds du coin. Braconniers chasseurs d'ours et gentils randonneurs. Et ça ne s'arrête pas au niveau local ! C'est national et même international. D'après moi, il pensait que tout le monde en avait après lui et que les gens n'étaient pas satisfaits de son travail. Il ne me l'a jamais dit, mais il suffit de lire les journaux pour voir dans quel pétrin il se trouvait. Jackson est unique en son genre, poursuivit Trey. Tout y est exagéré. Les problèmes prennent des proportions incroyables. Jackson, c'est notre Californie à nous, pour le meilleur et pour le pire. Ce qui s'y passe finit par influencer le reste du Wyoming et même au-delà. Tout le monde le sait. Et c'est pour ça que les grands combats naissent à Jackson. Tous ceux qui y gagnent des batailles savent que ça ne sera jamais aussi difficile ailleurs. Jackson, c'est la ligne de front.

Joe le laissa poursuivre, il parlait rarement aussi longtemps. Trey voyait en lui son confident et il acceptait ce rôle sans rien dire.

Trey leva la tête et regarda Joe dans les yeux.

– À la fin, Will Jensen a dû être très perturbé. Ça me fait de la peine d'y penser.

– Je ne l'aurais jamais cru capable d'un geste pareil, dit Joe.

– Moi non plus, dit Trey, l'air grave. C'était vraiment un gars solide et il a dû se passer quelque chose ces six derniers mois, même si je n'ai pas la moindre idée de ce que ça peut être.

Trey baissa la tête un moment sans rien dire, puis il descendit du pick-up et balaya du regard les arbres et les étendues herbeuses à la recherche du grizzli. Le soleil de cette fin d'après-midi étirait les ombres de la forêt. Joe l'observa en repensant à tout ce qu'il venait de lui dire.

– J'aimerais bien que 304 se montre un peu, dit Trey en remontant dans le pick-up.

– Pour Will… commença Joe. Ses six derniers mois…

Trey se renversa sur son siège.

– Comme je te l'ai déjà dit, il lui est arrivé quelque chose. Pour commencer, il ne m'envoyait pratiquement plus aucun rapport. Et ceux que je recevais étaient de véritables torchons. En plus de ça, il s'est fait arrêter au moins deux fois pour conduite en état d'ivresse. Je crois qu'il y a eu d'autres incidents de ce type, mais que les flics du coin ont fermé les yeux.

– Will ? s'écria Joe, perplexe.

– Will, oui. Et je viens d'apprendre que sa femme et ses enfants l'avaient quitté.

– Susan l'avait quitté ?

Les cas de divorce n'étaient pas rares dans les familles des gardes-chasse, Joe le savait. Ils étaient même plus fréquents que dans la police. C'était dû à la nature même du travail, au lieu de vie – généralement une maison isolée appartenant à l'État –, à l'acharnement que ces hommes mettaient au travail (Joe était de ceux-là) et à la pression extérieure grandissante. Lorsqu'il était devenu garde-chasse, Joe avait très vite compris que certaines femmes aiment les hommes en uniforme. Il leur avait toujours résisté. Mais il n'était pas parfait, il le savait. Will Jensen, lui, était presque « parfait » et c'est pour ça qu'il avait été affecté au district de Jackson.

– Je m'en veux terriblement, dit Trey. J'aurais dû le voir venir. J'aurais dû me bouger le cul et aller lui parler. J'aurais peut-être pu l'aider.

– Ce n'est pas la peine de culpabiliser. Will ne t'a pas demandé ton aide.

– Tu l'aurais fait, toi ?

Joe ne mit pas très longtemps à répondre.

– Probablement pas.

Trey hocha la tête d'un air triomphant.

– J'en étais sûr. Aucun de mes gars ne le ferait. Personne ne parle de ce qui se passe dans sa tête.

Joe remarqua que Trey, si préoccupé qu'il fût, ne prononçait jamais le mot « sentiment ».

– Quelque chose est arrivé à Will pendant ces derniers mois, dit Joe. Six mois, ce n'est pas très long quand on y pense.

– Je trouve aussi. Sauf s'il avait accumulé un tas de trucs et qu'il n'a pas pu empêcher l'explosion finale.

Le soleil s'apprêtait à disparaître entre deux sommets lorsque Trey déplia une carte sur la banquette. Toujours aucun signal audible.

– Il y a deux districts dans la région de Jackson, dit-il en posant un doigt boudiné sur la carte. South Jackson, qui couvre les Hoback Mountains vers le sud et fait une sorte de « L », et North Jackson, l'ancien district de Will qui englobe la ville, remonte jusqu'au parc de Yellowstone et franchit la ligne de partage des eaux. Ici, ajouta-t-il en posant le doigt sur un trait en pointillé, à Two Ocean Pass.

Joe effectua un rapide calcul. Le district de North Jackson couvrait une superficie de plus de trois mille kilomètres carrés, essentiellement composée de régions montagneuses inaccessibles en voiture et particulièrement spectaculaires.

– La plus grande partie du district ne peut être parcourue

qu'à cheval, continua Trey. Il paraît que c'est la région la plus sauvage de tout le pays. C'est la route de migration naturelle des wapitis qui descendent de Yellowstone et c'est là que les guides de chasse établissent leurs camps. Il y a un refuge qui appartient au département Chasse et Pêche que tu pourras utiliser. Tu auras trente-sept guides de chasse à surveiller. Certains de ces types sont les plus frustes qui soient et d'autres les plus honorables que j'aie jamais rencontrés. Il y en a toujours qui enfreignent le règlement et qui appâtent les ours et les wapitis avec des blocs de sel. Mais je suis sûr que Will a consigné tout ça par écrit. Tu as entendu parler de Smoke Van Horn ?

– Bien sûr, répondit Joe.

Van Horn était le guide de chasse le plus fort en gueule et le plus irascible de tout le Wyoming. Certains journaux l'avaient baptisé « le Lion des Teton ». Il avait des théories sur la gestion du gibier, la réglementation de la chasse aux trophées et la façon dont l'administration locale et le gouvernement fédéral étaient en train de ruiner sa région en menant une politique aberrante, élaborée et administrée par des bureaucrates incompétents. Il adorait faire irruption dans les réunions publiques et prendre la parole inopinément en accusant le département et les représentants de l'administration de mauvaise gestion et de négligence. Il avait même publié – à compte d'auteur – un ouvrage intitulé *Comment ces connards m'empêchent de vivre*. Il prétendait être le meilleur guide de chasse de tout le Wyoming, avec un taux de réussite supérieur à quatre-vingt-dix-huit pour cent.

– C'est le pays de Smoke, dit Trey d'un ton sinistre. Mais c'est aussi le quartier général des activistes de tous poils, des défenseurs des loups, des magnats de l'immobilier, des politiciens, des stars de cinéma et autres canailles de ce genre.

Joe écoutait en hochant la tête.

– Là-bas, tout est disproportionné, poursuivit Trey. Les troupeaux de wapitis sont plus gros que tout ce que tu as pu voir dans les Bighorn. Rien qu'entre Yellowstone et Jackson, il y a quatorze mille wapitis. Au lieu des troupeaux de quarante ou cinquante bêtes que tu connais, tu peux te retrouver au milieu d'une harde de trois cents têtes. Et, bien sûr, il y a une énorme concentration de chasseurs le long des routes migratoires. Plus que tu n'en as probablement jamais vu. Il y a aussi plus de grizzlis, de loups et de pumas que partout ailleurs.

Joe acquiesça. L'excitation commençait à le gagner, mêlée à une certaine appréhension.

– Avant de débarquer dans un camp de chasse, enchaîna Trey, n'oublie jamais de t'arrêter et de refaire les brides de ton paquetage. Vérifie que tous les nœuds sont nickel. Tu sais faire un nœud de diamant ?

Joe acquiesça.

– Ils te jaugeront d'un seul coup d'œil. Si tes bêtes sont bien tenues, si les brides de ton paquetage sont parfaitement nouées, ils penseront que tu sais ce que tu fais, même si t'en sais rien toi-même. Mais il faut que tu leur inspires le respect d'entrée de jeu.

Joe se réjouit d'avoir apporté son vieux bouquin de Joe Back, *Horses, Hitches and Rocky Trails*[1], la bible du voyageur à cheval.

– Y a aussi un nouveau truc là-haut, le Mouvement pour la bonne viande. Will a bien rigolé avec ça au début. Il croyait que c'était encore une de leurs lubies.

– Le Mouvement pour la bonne viande ? répéta Joe.

Trey fit un geste signifiant qu'il ne fallait pas chercher à comprendre.

– Un truc de riches prônant le retour à la simplicité, où il faudrait être là pour voir les animaux grandir et mourir avant de consommer leur viande.

– Vraiment ? Ça ressemble à la chasse.

Trey étouffa un petit rire.

– Rien à voir avec la chasse, Joe. D'après ce que m'a raconté Will, il faudrait plutôt tisser des liens personnels avec l'animal avant de l'occire et de le passer à la moulinette pour en faire des hamburgers. Comme ça, tu peux ressentir sa souffrance, ou un truc comme ça. Merde, j'en sais rien, moi !

1. Littéralement « Chevaux, nœuds et sentiers des Rocheuses ».

– Je t'ai dit que quelqu'un avait fait objection à ton transfert pour remplacer Will, dit Trey d'un air détaché tandis que Joe fouillait dans ses sacs à la recherche de la viande séchée et des barres de céréales qui constitueraient leur dîner du jour.

– Qui ça ? Le gouverneur ?

Trey sourit d'un air enjoué. Un jour, Joe avait arrêté le gouverneur en train de pêcher sans permis. Celui-ci ne l'avait jamais oublié et lui en voulait encore.

– Plus que deux mois, dit Trey d'un air railleur. Deux mois et il se tire.

Le gouverneur Budd arrivait au bout de son mandat. Pratiquement toujours absent, il se démenait à Washington pour décrocher un nouveau job dans l'administration. Pour le moment, il n'avait toujours rien. Son impopularité, même à l'intérieur de son propre parti, l'avait apparemment précédé.

– Il paraît que cette fois les Démocrates vont gagner, dit Trey. Alors prépare-toi à vivre un grand moment.

– Ce serait mentir de dire que je regretterai Budd, dit Joe. Ou que je n'ai pas apprécié ton soutien indéfectible pendant toutes ces années.

Trey écarta ses paroles d'un geste et s'appuya contre la calandre de son pick-up vert en mastiquant un morceau de viande séchée. Après l'avoir fait descendre avec une gorgée d'eau, il ajouta :

– Joe, je veux que tu découvres ce qui est arrivé à Will. Bien sûr, tu ne pourras pas mener une enquête officielle. Le shérif et la police s'en occupent, ils l'ont même peut-être déjà bouclée.

Joe s'attendait à ces paroles. Il avait même espéré les entendre.

– Il faut que je sache ce qui s'est passé. Ce qui l'a conduit au suicide.

– Tu crois qu'il a été assassiné ?

Trey fit non de la tête.

– Rien n'indique qu'il puisse s'agir d'autre chose que d'un suicide. Ce que je veux savoir, c'est comment il pouvait être assez déprimé pour arriver à s'enfoncer le canon de son arme dans la bouche.

– Je ferai de mon mieux.

– Tiens-moi au courant. Même si tu n'as rien. Peut-être ne saura-t-on jamais ce qu'il avait dans le crâne, dit Trey avant de pousser un long soupir. Si on arrive à trouver quelque chose, peut-être que je pourrai aider son remplaçant. Je n'en sais rien. Mais quand tu as un gars qui a l'air parfait pour le boulot, avec une femme superbe et des mômes adorables, et qu'un truc comme ça arrive, eh bien…

– Ça ne tient pas debout.

Il sentit le regard de Trey posé sur lui et sut ce qu'il était en train de penser. La description qu'il venait de faire de Will Jensen aurait pu être celle de Joe Pickett.

Le détecteur se mit à grésiller. Joe et Trey échangèrent un regard. Le grizzli était de retour. Il fallait seller les chevaux et partir à sa recherche.

Lorsque la nuit tomba, le signal était parfaitement audible. Ils s'installèrent près d'un ruisseau. Le signal resta fort jusqu'au matin. Le grizzli numéro 304 se rapprochait des chalets. D'après Trey, ils le retrouveraient avant midi. Mais les choses se passèrent autrement.

Ce n'est qu'à la fin de l'après-midi que le détecteur portable de Trey afficha un signal maximum. Les chevaux, qui avaient perçu l'odeur de l'ours, se mirent à hennir et à trépigner. Le soleil venait juste de disparaître derrière les sommets. Le crépuscule naissant émoussait les couleurs de l'automne et la température avait baissé.

Joe leva les yeux et aperçut la crête sur laquelle ils s'étaient garés le premier jour. Curieusement, le grizzli les avait pratiquement ramenés à leur point de départ. Il avait entendu dire que c'était assez commun chez les ours blessés : ils reviennent sur le territoire qui leur est familier plutôt que de s'aventurer dans des régions inconnues. Ou alors, 304 était à nouveau tenaillé par la faim.

Dès qu'il reconnut l'odeur particulière de l'ours, il sentit tous ses muscles se contracter et ses membres se raidir. Il descendit de cheval et conduisit sa monture près d'un arbre, auquel il pourrait l'attacher. Trey fit de même.

Puis il s'approcha de Joe et lui chuchota à l'oreille :

– On ne s'éloigne pas l'un de l'autre et on ne se perd pas de vue. S'il charge, il faudra tirer. Si c'est à toi de le faire, vise juste au-dessous de l'épaule, dans le cœur ou les poumons. Ne lui tire surtout pas une balle dans la tête. Il paraît qu'il leur arrive de rebondir.

Joe hocha la tête en évitant de croiser le regard de Trey.

– Ça va, Joe ?

– Ça va.

Trey prit le détecteur et le déplaça lentement de gauche à droite jusqu'à ce que le signal atteigne sa puissance maximale. Joe suivit la direction de son bras. Un bosquet touffu de trembles se détachait sur une déclivité couverte de petits buissons d'armoise grise. Trop gros pour pouvoir se cacher dans l'armoise, le grizzli était donc quelque part dans le bosquet. Comme s'il lisait dans ses pensées, Trey fit un geste en direction des arbres.

Joe enfonça une cartouche dans la chambre de son fusil et en introduisit une autre dans le magasin. Puis il avança lentement, le pouce sur le cran de sûreté, prêt à le relâcher et à tirer.

Ensemble, ils s'approchèrent du bosquet de trembles. Un petit souffle glacial balayait les frondaisons, faisant voleter quelques feuilles jaunies. Le signal était toujours aussi fort. Avant de s'enfoncer sous les arbres, Joe jeta un coup d'œil à Trey.

– Prêt ? dit celui-ci du bout des lèvres.

Joe lui répondit en touchant le bord de son chapeau du bout des doigts.

Sous les arbres, l'odeur était encore plus forte, stagnant comme une fumée épaisse à quelques pieds du sol. La nuit n'allait pas tarder à tomber. Si au moins ils avaient pu entrer dans le sous-bois une demi-heure plus tôt, il aurait fait moins sombre. S'ils ne débusquaient pas le grizzli dans les dix minutes qui suivaient, ils auraient intérêt à s'éclipser et à attendre le matin. C'était ce qu'il allait dire à Trey.

Au moment où ils avaient pénétré sous les arbres ils n'étaient séparés que par une vingtaine de mètres, mais à cause de la densité du sous-bois Joe ne pouvait déjà plus ni voir ni entendre son superviseur.

Tout d'un coup, il perçut une autre odeur mêlée à celle de l'ours; plus « métallique », c'était celle du sang. Il avançait lentement en respirant profondément et en faisant le moins de bruit possible. Il ne fallait surtout pas que son propre souffle l'empêche de distinguer le moindre bruit suspect.

Il sentit sa présence avant même de le voir. Il pivota vers la gauche, le talon de sa botte s'enfonçant dans la terre noire et spongieuse sous le tapis de feuilles.

À une dizaine de mètres de lui, assis sur son arrière-train, le grizzli l'observait. Son pelage brun aux reflets argentés était taché de sang noir. Sa poitrine se soulevait douloureusement à chaque respiration. Joe le fixa sans que l'ours cligne une seule fois des yeux. Il avait un regard sombre et dur, mais sans malveillance.

Joe le mit en joue et, du pouce, fit sauter la sécurité du fusil. Il braqua le canon de son arme sur la poitrine de l'ours, en plein sur le cœur. Mais il ne tira pas.

Même lorsque la bête fit mine de charger et fit claquer ses mâchoires en signe d'avertissement, Joe n'appuya pas sur la détente.

C'est Trey Crump qui tira. Quand la détonation retentit, on aurait dit que tout le bosquet d'arbres explosait. Comme s'il venait d'être piqué par une abeille, le grizzli tressaillit et se mit à rugir, sa gueule grande ouverte découvrant des dents de plusieurs centimètres et une langue rose. Trey tira une deuxième fois et l'ours bascula vers l'avant, mort avant d'avoir touché le sol.

Ils regagnaient leurs véhicules dans le noir en traînant le cadavre du grizzli derrière eux, lorsque Trey demanda :

– Pourquoi n'as-tu pas tiré ?

Joe préférait ne pas répondre et garda le silence.

Parce qu'il me regardait droit dans les yeux, voilà pourquoi. Parce que je me suis rendu compte que j'étais incapable de tuer un ours qui me regarde dans les yeux.

Ce soir-là, ils mangèrent d'énormes steaks et burent quantité de bières dans une auberge de la vallée. Les habitués installés au bar étaient déjà au courant de leur exploit et offrirent plusieurs tournées. Comme Trey, ils admiraient le vieux 304, même s'ils ne pouvaient plus rien pour lui. Un ours nourri est un ours mort.

Joe abandonna Trey au bar et sortit pour téléphoner à Marybeth. Dehors, l'air était vif. Il enfonça plusieurs pièces dans la fente du téléphone.

– Bonsoir, ma chérie, dit-il en regardant s'élever la buée de sa respiration.

– Où es-tu ? demanda-t-elle, plus glaciale encore que l'air extérieur.

Il se pencha en arrière pour lire le panneau près de la route.

– Au T Bar.

– À Jackson ?

– Non, près de Cody.

– Cody ? Mais qu'est-ce que tu fais là-bas ? Pourquoi n'es-tu pas à Jackson ? Pourquoi n'as-tu pas appelé comme tu l'avais dit ?

– Tu n'as pas reçu le deuxième message du central ?

– Quel message ?

Il lui raconta toute l'histoire, mais au ton de sa voix il comprit qu'elle était en colère. Il lui dit combien il avait eu peur quand il s'était retrouvé en face du grizzli.

– Sheridan est vraiment épouvantable. On ne peut même plus lui parler.

Joe marqua une pause.

– Marybeth, tu m'écoutes ?

– Ça fait trois jours que je m'inquiète pour toi ! Tu sais ce que ça veut dire ?

– Non, dit Joe en portant son regard vers la route. Il faut croire que non.

Il ne savait pas s'il ressentait de la colère, de la culpabilité ou les deux à la fois.

– Je t'appellerai demain, dit-il avant de raccrocher.

– Tout va bien ? demanda Trey en le regardant reprendre sa place sur le tabouret du bar.

– Marybeth n'a pas eu le deuxième message. Elle ne savait pas où j'étais.

Trey hocha la tête.

– Je me demande si ma femme l'a eu.

– Tu ferais mieux de l'appeler.

– Pour faire la même tronche que toi ? Je préfère commander une autre bière.

Le lendemain matin, alors qu'il franchissait la Shoshone River à la sortie de Cody, Joe fut envahi par un sentiment de culpabilité. En dépit de toutes les bières qu'il avait bues, il avait mal dormi dans sa chambre d'hôtel. Il essaya d'évaluer la situation par rapport à sa nouvelle affectation. Il avait quatre jours de retard et n'avait toujours pas réussi à parler à Marybeth sans interruption. Face au grizzli, il s'était figé sur place au lieu de tirer. Bien sûr, si l'animal s'était jeté sur Trey il aurait réagi en conséquence et aurait fait feu. Il en était persuadé. Il s'était déjà servi de son arme dans un moment de colère. Une fois, il avait même touché un homme à distance, bien qu'il ne s'en soit pas aperçu tout de suite. Mais il n'avait jamais eu à affronter un être vivant qui le regardait droit dans les yeux.

Puis son malaise s'estompa. Le sentiment de culpabilité qu'il éprouvait en pensant à Marybeth et à ses filles était toujours là, mais son excitation face à ce qui l'attendait était de plus en plus forte. Sa famille lui manquait déjà, mais sa dernière conversation avec Marybeth lui avait laissé un goût amer. Ça ne s'était pas vraiment bien passé.

Bien sûr, elle avait le droit d'être inquiète et mécontente. Mais il aurait aimé lui parler, lui dire quel effet ça faisait de se trouver nez à nez avec un grizzli et lui raconter comment il avait réagi. Au lieu de ça, elle n'avait parlé que d'elle. Elle l'avait culpabilisé. Elle était toujours à le culpabiliser. C'est vrai que ces cinq dernières années n'avaient pas été faciles pour elle. Elle ne méritait pas tout ce qu'elle avait enduré. Mais est-ce qu'un jour il n'aurait plus à marcher sur des œufs à cause d'elle ? Arrêterait-elle jamais de lui reprocher la vie qu'ils menaient ?

Il était injuste envers elle. Malgré tout ça, il l'aimait. Sans elle, il n'aurait eu aucune raison d'exister. Il avait besoin d'elle pour se sentir vivant.

Mais il avait envie de changement. Il lui tardait d'arriver dans son nouveau district.

La pression qu'il subissait à Saddlestring et chez lui l'avait-elle à ce point atteint que l'idée de chevaucher seul dans la montagne à la rencontre de chasseurs armés lui faisait l'effet de vacances ? Il essaya d'éloigner cette idée en se disant qu'il était bon d'avoir une mission et des responsabilités. C'était bien d'avoir la confiance de Trey et d'avoir été choisi parmi cinquante-cinq gardes-chasse pour le district le plus difficile et le plus en vue du Wyoming.

Il s'enfonçait dans le canyon lorsqu'il constata que l'écran de son portable n'affichait plus le moindre signal de réception.

Nous y voilà, se dit-il. Nous y voilà.

# 7

Bien qu'il l'ait déjà vu des dizaines de fois en photo, en peinture, en film, en timbre-poste et même en réalité – autant de raisons qui auraient dû le préparer –, il sentit son cœur bondir dans sa poitrine lorsque, en quittant la forêt au sud de Yellowstone, il vit le massif des Teton se détacher sur le ciel de la fin d'après-midi. Avec son glacier blanc en forme de virgule, le mont Moran flamboyait dans un ciel sans nuages. La silhouette sombre et arrondie des Bighorn, ses montagnes à lui, avait cédé la place aux crêtes scintillantes des Teton qui s'élançaient vers l'azur comme autant de sabres acérés découpant l'horizon. Il eut l'impression d'avoir échangé son territoire rassurant contre un nouveau modèle plus moderne et plus sophistiqué.

Il se demanda s'il arriverait jamais à contempler ces sommets sans ressentir un petit tressaillement au creux de l'estomac. Il était difficile de ne pas être impressionné par ce massif des Teton, parfaitement unique au monde avec ses majestueux pics rocheux, si acérés et si meurtriers que rien n'osait les approcher. Joe se demanda si Will Jensen avait réussi à s'y habituer. Comment un paysage aussi grandiose pouvait-il un jour devenir rassurant et familier ?

La circulation étant dense dans le parc national du Grand Teton en direction de Jackson, Joe se trouva rapidement pris dans un long cortège de voitures. La route était encombrée d'énormes camping-cars manœuvrés par des automobilistes vieillissants qui estimaient manifestement que la vitesse de quatre-vingt-dix kilomètres / heure était un défi impossible à relever. Il prit son mal en patience. Pas moyen de doubler à cause du flot incessant de véhicules de touristes venant en sens inverse. Il conduisait prudemment, sachant qu'à la vue du moindre élan, cerf ou autre grizzli, ces gens-là pouvaient freiner brutalement et, sans même prendre le temps de se garer sur le bas-côté, bondir de leurs véhicules armés d'appareils photo et de caméras. À sa gauche, le terrain montait en pente douce vers les Gros Ventre Mountains. À peine visibles depuis la route, quelques vieux ranchs pour touristes étaient disséminés sur le plateau. C'était dans l'un de ces ranchs qu'avait eu lieu le tournage de *Shane*, l'unique film – et peut-être l'unique sujet – sur lequel lui et son père avaient jamais été d'accord. Soudain, une pensée aussi effrayante qu'excitante lui traversa l'esprit : c'était son nouveau district qui s'étendait là, sous ses yeux. D'aussi loin que portait son regard, de la chaîne des Teton à l'ouest aux Gros Ventre Mountains à l'est, au parc de Yellowstone au nord et jusqu'à la ville de Jackson au sud, tout ça, c'était le nouveau district dont il avait la charge.

Jackson n'était qu'à quelques centaines de kilomètres de Saddlestring, pensa-t-il, mais c'était un autre monde.

Aussi imposant que récent, le bâtiment d'État à deux étages disposait d'un parking pour visiteurs à l'avant et d'un parking privé pour les employés des différents bureaux à l'arrière. Joe traversa le parking des employés à la recherche d'une place, mais apparemment elles avaient toutes été attribuées à des usagers particuliers. La seule libre était au nom de : W. JENSEN. Il n'y avait pas d'autre emplacement disponible à l'arrière du bâtiment, mais il choisit de ne pas s'y garer. Pas encore. Il contourna le bâtiment pour revenir dans le parking de devant et se gara entre deux camping-cars. Puis il franchit les doubles portes et entra.

Dans le vestibule, des touristes feuilletaient des brochures exposées sur des présentoirs : randonnées à cheval, montées en téléphérique vers les sommets, repas dans les chariots-cantines des cow-boys, descente de rapides, excursions en tous genres et hébergements variés.

Une petite femme ratatinée à la peau sombre et aux cheveux de jais lui jeta un coup d'œil par-dessus ses lunettes cerclées d'or lorsqu'il s'approcha du comptoir avec son vieux porte-documents et son sac à dos. Il la salua en effleurant le bord de son chapeau et elle lui adressa un signe de tête en retour.

– Joe Pickett, dit-il.

Elle se leva. Elle n'était guère plus grande debout qu'assise.

– Mary Seels. On vous attendait il y a cinq jours.

– Bonjour, Mary. Je donnais un coup de main à mon superviseur pour une histoire d'ours. Le central devait vous avertir de mon retard.

Elle le jaugea d'un coup d'œil rapide. Il crut apercevoir l'esquisse d'un sourire sur ses lèvres, comme si elle cherchait à dissimuler son envie de rire.

– J'ai entendu parler de vous.

Il se contenta de hocher la tête, sans tomber dans le piège de lui demander: «Ah oui, et en quels termes?» Mais il avait déjà cerné le personnage, simplement à sa manière de le dévisager avec la même acuité froide que les faucons de Nate et à sa façon de lui faire comprendre qu'elle tenait à protéger son territoire. C'était elle qui dirigeait la maison. Comme s'il venait d'entrer, le chapeau à la main, prêt à tout pour obtenir la dernière chambre libre de la ville, et qu'elle seule avait le pouvoir de la lui donner ou pas.

– Will a dit que vous êtes un type bien, lança-t-elle.

– Ravi de l'entendre. J'avais moi-même une haute opinion de Will.

– Si Will dit que vous êtes un type bien, c'est que c'est vrai, dit-elle, plus pour elle que pour lui. Vous voulez sans doute utiliser son bureau?

Joe tressaillit. Il ne s'était pas garé dans l'espace réservé à Will parce qu'il avait l'impression d'empiéter sur son territoire.

– Combien de bureaux y a-t-il?

Elle remua la tête de gauche à droite, comme un métronome, en les passant mentalement en revue.

– Vingt et quelques. Nous avons des biologistes, des spécialistes de l'habitat et de la pêche, et des responsables de la communication. Plus une bibliothèque et une salle de conférences. Derrière le bâtiment, il y a même un enclos, dans lequel se trouvent les quatre chevaux de Will.

– Vingt bureaux, répéta Joe. Dans mon district, le bureau, c'est chez moi. Dans un espace à peu près aussi grand que ce comptoir.

– Intéressant, dit-elle d'un ton dédaigneux. J'espère que vous ne vous perdrez pas.

– Je l'espère aussi.

Quelques secondes passèrent, pendant lesquelles ils se regardèrent sans rien dire.

– Alors, vous allez vous installer, oui ou non ? finit-elle par lui demander.

– Y a-t-il des bureaux vides ?

– Oui, il y en a deux. Mais ils sont horriblement mal équipés, si tant est qu'il y reste encore des meubles. Les gens se servent et prennent ce qui leur plaît dans les bureaux inoccupés. Mais il vous faudra un bureau, non ? Et un ordinateur qui marche ? (Elle le mettait à l'épreuve.) Vous voulez le bureau de Will, non ? Alors qu'est-ce que vous attendez pour le prendre !

Il ouvrit la bouche pour protester, mais se ravisa.

– Bien, madame.

– Vous pouvez m'appeler Mary, dit-elle en esquissant à nouveau un sourire, mais si vous m'appelez « madame » vous serez beaucoup mieux servi.

Il ne put réprimer un petit sourire.

– Le bureau est au premier étage, poursuivit-elle en se rasseyant pour répondre au téléphone. Tous ses dossiers et ses fichiers sont là-haut. Je suis sûre que vous aimeriez y jeter un coup d'œil.

– C'est vrai.

Il ramassa le porte-documents et le sac à dos qu'il avait posés sur le comptoir et prit le grand escalier qui conduisait à l'étage. Des têtes de wapitis, de cerfs et de mouflons le regardaient passer de leurs yeux de verre indifférents, comme s'ils en avaient vu bien d'autres avant lui.

– Hé, Joe Pickett ! lança Mary depuis son bureau.

Il s'arrêta sur la dernière marche et se retourna.

Elle éloigna le téléphone de sa bouche et couvrit le combiné de sa main.

– Vous risquez d'être appelé très bientôt. Quelqu'un vient de nous signaler un groupe de personnes en train de monter une tente au milieu de la zone de refuge des wapitis. Vous allez sans doute devoir y aller pour les sortir de là.

– Entendu... dit-il, hésitant.

– Et vous avez plusieurs messages de votre femme. Elle n'avait pas l'air très contente, dit-elle avec un vrai sourire cette fois.

Mais un sourire de pitié.

– Elle non plus n'avait pas reçu le message du central, dit-il.

– Bienvenue à Jackson Hole.

Le nom de Will Jensen figurait toujours sur la plaque de faux cuivre accrochée près de la troisième porte à gauche. Joe hésita un instant, jeta un coup d'œil dans le couloir, ouvrit prudemment la porte qui n'était pas fermée à clé et la poussa doucement. Les stores accrochés aux fenêtres étaient baissés, mais laissaient filtrer quelques rais de lumière. Il attendit plusieurs secondes avant d'entrer dans la pièce. Il avait l'impression d'être un intrus attiré par une curiosité presque morbide. Il ne voulait pas qu'on le voie entrer et qu'on puisse dire plus tard qu'il avait débarqué dans l'ancien bureau de Will comme s'il était chez lui. Il tendit la main vers le mur intérieur, trouva l'interrupteur et alluma la lumière.

Sa première impression fut que Will venait juste de sortir et qu'il allait revenir. Des papiers étaient éparpillés sur le bureau. Une canette de Mountain Dew ouverte était posée sur un dessous-de-verre. Un stylo-bille, son capuchon juste à côté, reposait sur un petit carnet à spirale. Le ventilateur de l'ordinateur bourdonnait, indiquant qu'il était en veille et non pas éteint.

Joe laissa la porte ouverte et posa son porte-documents et son sac à dos sur la chaise en face du bureau.

Dans l'ensemble, la pièce était plutôt spartiate. C'était le bureau de quelqu'un qui venait rarement et qui n'aimait manifestement pas s'attarder dans les lieux. Ça correspondait tout à fait à ce qu'il savait de Will et de la plupart des gardes-chasse. Leur véritable travail se faisait à l'extérieur. Ils hésitaient à utiliser leurs bureaux et quand ils le faisaient c'était à contrecœur : on tenait à limiter au maximum les heures qu'on ne passait pas sur le terrain.

Plusieurs classeurs consacrés à la correspondance interne et quelques recueils de textes de loi étaient alignés sur une étagère bon marché. Un calendrier publicitaire Winchester était punaisé au mur. Aucune photo personnelle, aucun dessin d'enfant. La décoration se limitait à un cadre légèrement penché sur la gauche, cadre dans lequel on pouvait voir une photo jaunie du refuge des wapitis en hiver. Joe pensa immédiatement que c'était Mary, ou peut-être la femme de Will, qui l'avait placé là – pas Will en tout cas.

Le mur de gauche était presque entièrement recouvert d'une grande carte de l'Office des forêts du district de North Jackson. Des petits drapeaux en papier numérotés de 1 à 37 indiquaient les emplacements des camps de chasse autorisés. Ils s'égrenaient le long du lit des rivières jusqu'au parc de Yellowstone.

Joe finit par s'asseoir dans le fauteuil de Will, hésitant encore à s'installer vraiment. Ce siège, particulièrement inconfortable, était bien plus ancien que le bâtiment lui-même. Peut-être un des employés avait-il échangé son fauteuil contre celui de Will à l'annonce de sa mort. D'un geste, il écarta le stylo-bille et contempla le carnet à spirale. Sur la couverture rouge, Will avait écrit « N° 10 » au feutre noir. À l'intérieur, il avait gribouillé ses notes en minuscules lettres d'imprimerie.

« 2/10 – 0600. Rosie / Box Creek / Piémont.
MI 567B - GMC Nr / Rosie / Appel / OK Central.
PA 983 - Pick-up 3/4 Ford Ag. / Rosie / Appel / OK Central.
WY 2-4BX - Yukon vert / Rosie / Appel / Sans bois. PV.
1700 – Turpin. 6w, 2jm, 2c. OK… »

Joe ne mit pas longtemps à déchiffrer les abréviations de Will. Ça ressemblait aux notes qu'il prenait dans ses propres carnets. En clair, il disait que le 2 octobre à six heures du matin il avait patrouillé au volant de son pick-up dans la région de Rosie's Ridge et de Box Creek, dans le piémont, pour contrôler les chasseurs de wapitis. Même s'il n'avait rencontré aucun chasseur – ceux-ci avaient probablement laissé leur véhicule pour aller établir leur camp dans des coins plus reculés –, Will avait noté les numéros des véhicules : un GMC noir immatriculé dans le Michigan, un pick-up Ford 3/4 de tonne couleur argent immatriculé en Pennsylvanie et un Yukon vert du Wyoming. Il avait ensuite communiqué les numéros au central et demandé une recherche de correspondance avec les noms des propriétaires pour vérifier leurs permis de chasse. Les chasseurs du Michigan et de Pennsylvanie étaient en règle (« OK Central »), celui du Wyoming avait un permis qui l'autorisait seulement à chasser les wapitis sans bois – et ce type de chasse n'ouvrait que quinze jours plus tard. Après avoir localisé le chasseur, Will avait confirmé l'infraction et dressé un procès-verbal.

Puis vers cinq heures de l'après-midi, il était allé faire un tour au camp de Turpin Meadow à l'heure où les premiers chasseurs commençaient à rentrer. Ils avaient abattu six wapitis, deux jeunes mâles et deux chevreuils, conformément au règlement et avec des permis à jour. Will n'avait donc noté ni avertissement ni procès-verbal.

Joe referma le carnet et se renversa en arrière. Une fois déchiffrées, ces notes décrivaient de façon très précise les déplacements et actes de Will. Avec ses notes, son carnet de procès-verbaux et le relevé de ses appels au central, un enquêteur tenace n'aurait aucun mal à établir l'emploi du temps de ses journées. Joe trouva cette idée réconfortante étant donné les circonstances dans lesquelles ils travaillaient : presque tous les gens qu'ils rencontraient sur le terrain étaient armés. Les seuls gardes-chasse qui n'apprécieraient pas qu'on consulte leurs notes étaient ceux qui pratiquaient certaines activités « hors programme » comme la consommation d'alcool pendant les heures de travail ou les visites à des épouses esseulées.

Il ouvrit à nouveau le carnet numéro 10 et le feuilleta. Comme on n'était pas encore en octobre, il en conclut que ces notes dataient de l'année précédente. Sur la dernière page écrite, Will avait effectivement noté d'une minuscule écriture le chiffre correspondant à l'année passée. Il revint à la première page et constata que la première entrée datait du 02/01. C'était donc que Will commençait un nouveau carnet chaque année.

Joe repoussa son fauteuil et ouvrit les tiroirs du bureau. Ils étaient étrangement vides – confirmant que Will passait peu de temps dans ces lieux. Dans celui du bas, il découvrit une pile de carnets à spirale semblables à celui laissé sur le bureau. Certains étaient neufs et d'autres usagés. Il les prit et les étala sur le bureau. Abîmés et gonflés par l'usure, les carnets usagés étaient numérotés de 1 à 9. (Il avait déjà feuilleté le numéro 10.) Il y avait quatre autres carnets neufs, propres et en parfait état. Au fond du tiroir, il aperçut l'emballage en plastique froissé qui avait dû les envelopper. Il le défroissa et déplia le bandeau en papier qui avait dû entourer le paquet neuf. Il nota qu'il y avait quinze carnets par paquet.

Ce qui voulait dire que le carnet correspondant à l'année en cours était manquant. Peut-être dans le pick-up de Will (là où Joe gardait le sien) ou bien chez lui. Il ouvrit son porte-documents et y glissa tous les carnets. Il les lirait dès qu'il aurait le temps, probablement dans la soirée. Qu'est-ce qu'il aurait d'autre à faire de toute façon ? Il était bien décidé à retrouver le numéro 11.

Il fallait qu'il appelle Marybeth pour calmer les choses. Mais au moment où il allait saisir le combiné, il sentit plus qu'il ne vit une présence dans l'encadrement de la porte. Il sursauta et leva les yeux.

– Vous êtes venu pour les obsèques de demain ? lui lança un homme en guise de salut.

Joe recula maladroitement son fauteuil – une des roulettes était endommagée – et trébucha en se levant. L'homme qui se tenait dans l'embrasure de la porte était grand et mince avec des yeux bleu clair, des cheveux blond-roux et la pâleur typique de ceux qui passent leur temps dans des bureaux. Il portait une veste en tweed par-dessus un pull à col roulé et un Wrangler tellement neuf qu'il en était tout raide. Les chaussures de randonnée qui dépassaient de sous son jean avaient l'air tout juste sorties de leur boîte.

Joe se présenta et tendit la main au visiteur qui la lui serra mollement et retira prestement la sienne.

– Je vous connais ? demanda Joe.

– Vous devriez, dit l'homme. Je suis le directeur adjoint, Randy Pope. Des bureaux de Cheyenne. Vous deviez arriver lundi soir.

Joe reconnut immédiatement le nom, même s'il n'avait jamais rencontré Pope auparavant. Celui-ci s'occupait des questions fiscales et financières du département. La plupart des mémos concernant les procédures, le gel des salaires, les abus d'heures sup et d'indemnités compensatoires ou l'irresponsabilité des gardes-chasse sur le terrain étaient rédigés par lui.

– Ravi de faire votre connaissance, monsieur Pope, dit Joe en essayant de se montrer amical. Je suis arrivé avec du retard parce que j'ai dû donner un coup de main à Trey Crump pour une histoire d'ours.

– Le directeur a dû quitter l'État pour assister à une conférence, dit Pope sans prêter attention à l'explication de Joe. Il m'a demandé d'assister aux obsèques en tant que représentant du département.

Ça explique l'accoutrement, pensa Joe. Il croit que les gens d'ici s'habillent comme ça.

– Vous savez sûrement que je suis ici pour remplacer Will, dit Joe, se sentant obligé d'expliquer pourquoi il se trouvait assis dans le bureau de Will Jensen.

Pope se détourna légèrement et posa le regard quelque part à droite de la tête de Joe.

– C'est ce qu'on m'a dit en effet, dit-il sèchement.

Manifestement, cet arrangement ne lui convenait pas.

– Nous vous attendions en début de semaine.

Joe lui réexpliqua patiemment les raisons de son retard en précisant qu'il ignorait si le central avait oublié de transmettre son message ou bien si la personne qui l'avait reçu avait négligé d'en informer le bureau. Mais Pope ignora ses excuses.

Joe avait entendu dire par Trey et par d'autres que Randy Pope voulait à tout prix être nommé directeur. On avait annoncé la fin prochaine du directeur actuel, en raison de l'élection d'un nouveau gouverneur. Nommés par le gouverneur et la commission Chasse et Pêche, les directeurs étaient traditionnellement choisis à l'intérieur du département, parmi les gardes-chasse ou les biologistes. D'après ce que Joe en savait, aucun directeur n'avait jamais été choisi dans les rangs de l'administration, parmi ceux qui rédigeaient les mémos. Manifestement, Pope avait œuvré pour se faire bien voir à la fois des deux candidats au poste de gouverneur et des élus impliqués dans la gestion du département. Il s'était présenté comme l'homme de la situation : à la fois de l'intérieur et de l'extérieur, le gestionnaire responsable qui saurait endiguer les problèmes financiers endémiques et serrer la bride aux cow-boys lâchés sur le terrain. Joe supposa que lui-même devait sans doute faire partie des cow-boys.

– Joe, est-ce que vous vous rendez compte de la quantité de problèmes auxquels nous devons faire face ?

Voilà une question inattendue, se dit Joe en se contentant de hocher la tête.

– Nous sommes en déficit, dans le rouge jusqu'au cou. L'État et les fédéraux nous donnent de plus en plus de responsabilités, mais les revenus ne suivent pas.

Ce n'était pas nouveau pour Joe. Les salaires stagnaient et des postes avaient été supprimés partout dans le Wyoming.

– Il y a de moins en moins de chasseurs chaque année, poursuivit Pope, et de plus en plus d'endroits où ils sont carrément mal vus. Ça veut dire moins de permis de chasse et donc moins d'argent pour le département qui doit gérer la charge de travail habituelle, plus tout ce que les fédéraux ont décidé de nous refiler : les loups, les grizzlis, les espèces en voie de disparition… et tout le reste. La seule façon de nous maintenir à flot est d'avoir une gestion saine et d'entretenir de bonnes relations avec les décisionnaires. On ne sait jamais à qui il faudra aller demander de l'argent.

– Je suis parfaitement conscient de tout ça, dit Joe, ignorant où il voulait en venir.

– Vraiment ? demanda Pope sèchement.

– Oui.

Pope laissa échapper un soupir.

– Je suis au courant de tout, Joe. C'est moi qui signe toutes vos dépenses.

– Je sais.

– Vous ne voyez toujours pas où je veux en venir, n'est-ce pas ?

– Non.

Tout d'un coup, il comprit.

– Au cours des six dernières années, nous avons dû remplacer deux pick-up, un cheval et une motoneige. Irrécupérables… tous. Côté dégâts matériels, vous détenez le record du Wyoming.

Joe sentit la colère le gagner.

Pope poursuivait son laïus sur un ton de plus en plus agressif et précipité.

– Vous avez arrêté le gouverneur. Vous vous êtes mêlé d'une importante affaire d'espèces en voie de disparition[1]. Vous avez foutu en rogne un des plus gros soutiens financiers du gouverneur – qui s'est ensuite fait tuer en votre présence[2]. Voyons… quoi d'autre ? (Pope fit mine de réfléchir avant de répondre à sa question.) Ensuite, il y a eu l'affaire des Souverains dans les montagnes[3]. Malgré tous nos efforts, l'Office des forêts nous en veut encore.

Joe croisa les bras et attendit qu'il ait terminé.

– L'année dernière, vous avez bien heurté un type avec votre troisième pick-up, non ? La calandre a été enfoncée et la direction faussée. Combien cela a-t-il coûté ?

– Quelques milliers de dollars, dit Joe.

– Six mille sept cents exactement.

– J'ai aussi perdu deux armes de service, ajouta Joe. Une a été détruite dans un incendie et l'autre a explosé avec une vache. Faut pas les oublier.

1. Cf. *Détonations rapprochées.*
2. Cf. *La Mort au fond du canyon.*
3. Cf. *Winterkill.*

Désorienté par cette remarque, Pope s'interrompit un instant, mais se ressaisit rapidement et poursuivit :

– Et maintenant, on a un garde-chasse ivrogne qui se fait sauter la cervelle. Sans compter que ce n'est pas notre première victime. Quelqu'un d'extérieur, un de nos élus par exemple, pourrait croire que nous avons complètement perdu le contrôle de la situation.

Les oreilles de Joe étaient en feu et il bouillait de rage.

– Ne dites pas n'importe quoi, dit-il en essayant de garder son sang-froid. Je ne sais pas encore ce qui est arrivé à Will Jensen, mais vous devriez faire attention à ce que vous dites. Will n'a jamais perdu la tête. Il a consacré sa vie à ce département et c'est peut-être ça qui l'a tué. Peut-être est-ce la pression que des gens comme vous ont exercée sur lui qui a fini par le faire craquer. N'oubliez pas que même après avoir perdu sa famille, il a continué à travailler pour vous.

Pope ouvrit la bouche pour rétorquer, mais d'un geste Joe lui fit signe de se taire.

– Le type que j'ai heurté avec mon pick-up le méritait, dit Joe. Je l'ai pris sur le fait alors qu'il était sur le point de porter un coup terrible à un autre individu et c'était la seule façon de l'arrêter. Tout ce que vous avez mentionné était justifié. Des enquêtes ont été ouvertes et je n'ai reçu aucune réprimande de mon supérieur ou de qui que ce soit d'important.

Pope écarquilla les yeux.

– Mais bon sang, ne voyez-vous pas l'image que nous donnons ? Je me bats pour réduire les frais et améliorer notre image. Je fais mon possible pour que le département survive. Et vos agissements ne m'aident pas beaucoup.

Un silence pesant s'installa entre eux. Joe dut faire un énorme effort pour réprimer l'envie qu'il avait de botter les fesses de ce Randy Pope au jean flambant neuf et de le virer du bureau.

– Je ne crois pas qu'il soit de ma responsabilité de vous faire bien voir auprès de vos supérieurs, monsieur le directeur adjoint, dit-il. Je place mon métier bien au-dessus de tout ça.

Pope lui décocha un regard furieux. Son visage s'était empourpré et Joe distinguait les petites veines bleues qui saillaient sur ses tempes.

– Alors, comme ça, dit Pope d'un ton railleur, votre métier est au-dessus de tout ça. Mais vous êtes à Jackson Hole maintenant. Et ici, si vous merdez, tout le monde le saura. Vous allez devoir vous montrer plus respectueux des règles, et ça commence par arriver à l'heure.

– Vous savez quoi ? dit Joe. Je commence à en avoir marre d'entendre ça.

– Au moindre incident, je vous fais virer. Vous pouvez y compter. Aux prochaines restrictions budgétaires, vous serez le premier à sauter si j'ai mon mot à dire.

Sur quoi, il pivota sur ses talons et disparut dans le couloir sombre.

– À demain, aux obsèques ! lui cria Joe avant de se frotter rageusement les yeux.

Les obsèques de Will. Mais peut-être aussi le début de la fin de sa propre carrière.

Lorsque le téléphone sonna, il lui fallut quelques instants pour savoir sur quel bouton appuyer. Il pressa finalement celui qui s'était allumé et approcha le combiné de son oreille.

– Joe, c'est Mary.

– Bonjour, Mary.

– La situation dont je vous ai parlé ? Le groupe de personnes en train de monter une tente au milieu du refuge des wapitis ?

– Oui ?

– Ça vient de m'être confirmé.

– Je descends tout de suite.

Au moment où il passait devant le comptoir avec son sac à dos et son porte-documents, Mary lui lança :

– Votre code radio est « Jackson GF60 », Joe.

– D'accord, madame, dit-il en marquant une pause avant de sortir.

Elle lui adressa un sourire, tout à fait chaleureux cette fois.

– Bonne réponse. J'apprécie.

Il se dirigeait à grandes enjambées vers son pick-up lorsqu'il s'immobilisa, fit demi-tour et repartit vers le bâtiment. Mary leva les yeux.

– Comment je fais pour aller là-bas ? demanda-t-il.

D'un geste, elle désigna le nord et lui indiqua les routes à prendre.

# DEUXIÈME PARTIE

Il faut admettre que l'existence d'animaux carnivores pose un problème d'éthique au mouvement pour la libération des animaux : devons-nous ou non agir sur cette question ?

Peter Singer,
*La Libération animale*

Ce que nous mangeons dépend de l'endroit où nous vivons et du regard que nous portons sur nous-mêmes.

Jim Harrison,
*Aventures d'un gourmand vagabond*

# 8

Au lieu des wapitis que Joe s'attendait à voir en traversant le National Elk Refuge, ce fut une demi-douzaine de cygnes trompettes qu'il aperçut près d'un marécage, leur éclatante blancheur se détachant sur les roseaux roussâtres de Flat Creek. Loin devant lui, sur le plateau couvert d'armoise, trois coyotes pelés se partageaient un cadavre. Au-delà, deux petites tentes igloos étaient dressées, bien en vue, face à l'axe nord-sud qui conduisait en ville. Il s'approcha par le nord, progressant lentement sur une piste accidentée à deux voies qui serpentait à travers la réserve de dix mille hectares. Les coyotes se dispersèrent en bondissant, puis s'immobilisèrent et attendirent qu'il soit passé pour retourner aux reliefs de leur festin. Dans une heure, le soleil de la fin d'après-midi disparaîtrait derrière les cimes des Teton Mountains, mais déjà l'ombre des sommets s'allongeait sur le fond de la vallée. L'hiver, la réserve se transformait, les fortes chutes de neige dans les parcs de Yellowstone et du Grand Teton obligeant les troupeaux à descendre vers le sud, où ils survivaient grâce à la luzerne déshydratée laissée là à leur intention. Le National Elk Refuge hébergeait chaque année entre sept mille cinq cents et onze mille wapitis, des milliers d'autres se rendant vers d'autres réserves moins connues.

En traversant les champs au volant de son pick-up, Joe repensa à sa rencontre houleuse avec Randy Pope. Il était loin d'en avoir fini avec lui. Pope allait guetter ses moindres gestes, être à l'affût de la moindre erreur. Et, vu les antécédents de Joe, il y avait de fortes chances qu'il arrive à le coincer. Mais, sans qu'il puisse savoir exactement quoi, c'était autre chose qui le gênait et le mettait mal à l'aise. Et cela avait à voir avec le bureau de Will. Une vague impression était en train de prendre forme dans son esprit lorsque Pope l'avait fait voler en éclats en faisant irruption dans la pièce. Qu'est-ce que ça pouvait bien être ?

Il n'y avait aucun véhicule à proximité des tentes, mais Joe aperçut une voiture garée à quelque deux kilomètres de là, de l'autre côté de la barrière à wapitis de deux mètres cinquante de haut, en bordure de la grand-route. À l'évidence, les campeurs avaient franchi la barrière pour pénétrer dans la réserve. Avec tous les campings que comptaient les forêts et les parcs nationaux, il se demandait pourquoi ces gens avaient choisi cette vaste étendue dépourvue d'arbres, visible de la route et où on percevait très distinctement le bruit de la circulation. Il remarqua une espèce de structure à côté des tentes. Deux hommes étaient en train de creuser la terre. Près d'eux gisait un long objet plat, un genre de panneau.

Lorsqu'une mince jeune femme blonde surgit d'une des tentes et se planta face à son pick-up, les bras croisés et un air de défi sur le visage, il comprit pourquoi ces gens étaient là. Ce n'était pas pour camper, c'était pour revendiquer quelque chose.

Conscient des risques encourus chaque fois qu'il faisait irruption dans un camp – même un camp non autorisé –, Joe arrêta son pick-up à une trentaine de mètres des tentes et coupa le moteur. Puis il bondit de la cabine et s'enfonça son chapeau sur la tête.

– Bel après-midi, non ? lança-t-il.

Il savait depuis longtemps que les premiers mots qu'il prononçait décidaient souvent du déroulement de la rencontre. Vu qu'il se trouvait généralement en présence de plusieurs personnes et donc de plusieurs armes, il préférait une approche ouverte et cordiale. Mais il avait aussi d'autres astuces. Ne jamais se diriger droit sur quelqu'un – ça ressemblait trop à un règlement de comptes. Toujours aborder les gens de côté en sorte qu'ils aient eux-mêmes à se tourner légèrement pour vous parler. Se déplacer latéralement – mais discrètement – pour que personne ne puisse se trouver dans votre dos. Maintenir une distance suffisante pour rester hors de portée de vos interlocuteurs.

Les deux hommes qui creusaient s'interrompirent – ça ne semblait pas trop les déranger. Ils avaient tous les deux une vingtaine d'années, l'un étant maigre et nerveux et l'autre gros et mou. Le gros mou avait des auréoles sombres sous les bras et des gouttes de sueur sur le front. Le maigre, affublé de petites lunettes rondes, était pâle comme un linge, manifestement épuisé par l'effort. Ils regardèrent la jeune femme, espérant qu'elle allait répondre pour eux.

– C'est la première fois que je vous vois dans le coin, dit-elle d'une voix claire, et je suis ravie de constater que vous appréciez cette belle journée.

– Dès que le soleil aura disparu derrière les montagnes, la température va perdre quelques degrés.

– Peut-être une dizaine, précisa-t-elle.

– J'espère que vous n'aurez pas froid, dit-il en jetant un coup d'œil vers les tentes.

C'étaient des modèles légers pour la randonnée. À travers l'ouverture, il distingua un sac de couchage froissé à l'intérieur. Ces gens n'avaient pas l'air armés.

Il s'approcha d'elle en restant légèrement de côté, releva son chapeau sur son front et enfonça ses mains dans ses poches – autre geste délibéré du type parfaitement inoffensif. Elle sembla immédiatement se détendre. Plutôt jolie, même sans une once de maquillage et avec ses longs cheveux ébouriffés qu'elle avait juste écartés de sa figure. Traits fins et pommettes saillantes, elle portait un pull en polaire, un vieux jean usé et des chaussures de randonnée.

– Je parie que vous êtes le nouveau, dit-elle en le dévisageant. C'est vous qui remplacez Will Jensen ?

– Pour le moment en tout cas, dit Joe en se présentant.

Il lui tendit la main et elle fut obligée de décroiser les bras.

– Pi Stevenson, dit-elle, presque timide.

– Ravi de faire votre connaissance, dit Joe avant de se diriger vers les deux hommes pour les saluer.

Le maigre s'appelait Ray et le gros Birdy.

Après avoir serré la main de Birdy, Joe se retourna et regarda le panneau qui gisait par terre, cloué à deux longs poteaux.

– « Jackson Hole : Élevage de viande », lut-il tout haut.

Puis, en plus petit, au-dessous des énormes lettres majuscules :

– « Mouvement pour la libération des animaux ». Qu'est-ce que ça veut dire ? demanda-t-il en levant les yeux vers la jeune femme.

– Cette réserve fournit de la viande de boucherie, répondit-elle avec un air de défi. Les wapitis y sont nourris et engraissés pour que des hommes puissent les abattre et les manger sous prétexte d'exercer un soi-disant « sport ».

Elle appuya sur ce dernier mot avec mépris.

Comme s'ils venaient de recevoir un ordre muet de Pi, Ray et Birdy soulevèrent le panneau et enfoncèrent les poteaux dans les trous qu'ils venaient de creuser. Le panneau était maintenant visible de la grand-route. Joe leva les yeux et aperçut un camping-car qui ralentissait avant de s'arrêter sur le bas-côté pour que le conducteur puisse lire l'écriteau.

– Ce Mouvement pour la libération des animaux, c'est vous ? demanda Joe.

– C'est nous tous, dit Pi en montrant Ray et Birdy. Nous sommes une toute petite part d'un mouvement beaucoup plus grand.

– Est-ce que Ray et Birdy peuvent parler ? demanda Joe d'un ton innocent.

Pi tressaillit.

– Bien sûr qu'ils peuvent parler. Mais c'est moi la porte-parole du groupe.

– Je parie que vous vous sentez un peu seuls dans le Wyoming.

– Ça, c'est sûr. Et pourtant, c'est peut-être un des endroits les plus barbares qui soient. On ne peut même pas entrer dans un restaurant sans y voir des têtes d'animaux majestueux clouées aux murs.

– Mais alors, pourquoi êtes-vous ici ?

Elle croisa à nouveau les bras.

– Parce que le meilleur endroit pour parler d'injustice est celui où ont lieu les plus grandes injustices, non ? Mais pour ça, il faut des gens solides et courageux.

– Pi est très connue, dit Birdy. C'est à la fois la plus tenace et la plus compatissante de notre mouvement.

– Je vois.

– Merci, Birdy, dit Pi en lui adressant un sourire amical.

Birdy s'empourpra.

– Alors vous avez mis ce panneau ici pour que les gens qui viennent à Jackson ou qui en repartent puissent le voir de la route ? dit Joe en montrant la file de voitures qui s'était arrêtée sur le bas-côté pour les regarder. Pour éveiller les consciences ?

– Exactement, dit-elle. Cet après-midi, j'ai été interviewée par un type de l'agence de presse et les deux journaux locaux. Ça devrait faire bouger un peu les choses.

– Hmm, fit Joe, d'un air évasif.

– Vous êtes un mangeur de chair, non ? demanda-t-elle à Joe. Je parie que vous êtes convaincu que les hommes sont supérieurs aux animaux. Et que les animaux sont sur terre uniquement pour notre bon plaisir, pour être domestiqués ou pour nous servir de nourriture si nous voulons les assassiner et les manger.

Joe réfléchit un instant.

– Oui, c'est à peu près ça. J'ai entendu dire que dans le Wyoming un végétarien est quelqu'un qui ne mange de la viande qu'une fois par jour.

Il n'arrivait pas à la dérider.

– Vous avez beaucoup à apprendre, lui renvoya-t-elle. Mais je ne vous en veux pas de votre ignorance. Avez-vous déjà entendu le dicton : « Un insecte est un chat est un chien est un garçon » ?

– Non, dit Joe légèrement déçu qu'elle n'ait pas esquissé le moindre sourire à sa plaisanterie.

– Ça veut dire que nous sommes tous connectés. Ensemble, nous sommes la vie. Il n'y a pas plusieurs degrés de vie, il y a seulement la vie. Manger du bœuf ou du cerf, c'est comme manger un enfant. Il n'y a aucune différence. C'est de la viande, c'est tout.

Joe fit la grimace.

– En moyenne, les Américains mangent vingt-trois kilos de poulet par an, sept de dinde, vingt-neuf de bœuf et vingt de porc, poursuivit-elle. (Lancée, elle s'approcha de Joe en faisant semblant de donner des coups de hache.) Et j'oubliais l'agneau... ah, oui, l'agneau ! Et le veau ! Ici les gens mangent encore plus de viande que ça ; ils mangent du cerf et du wapiti nourris et engraissés ici même. Ne serait-il pas merveilleux de voir tous ces animaux autour de nous au lieu de les assassiner pour leur viande ? lança-t-elle comme si elle récitait une tirade apprise par cœur.

Il ne souhaitait pas engager le débat, mais il avait une question à lui poser.

– Quelle est la différence entre chasser pour se nourrir et acheter de la viande sous cellophane dans un magasin ? Et pour ce qui est des wapitis, vaudrait-il mieux les laisser mourir de faim pendant l'hiver ? Leur habitat naturel ne leur suffit plus. Ils mourraient par milliers si nous ne les nourrissions pas.

Pi avait manifestement l'habitude d'entendre ce genre d'arguments, car elle lui répondit sans hésiter.

– Pour ce qui est de votre première question, la viande, c'est la viande. Comme je l'ai déjà dit, « un insecte est un chat est un chien est un garçon ». Pour répondre à la deuxième, nous n'aurions jamais dû en arriver là. Si nous n'avions pas commencé à nourrir les wapitis pour pouvoir les abattre, nous n'aurions pas ce problème aujourd'hui.

Joe acquiesça d'un hochement de tête.

– Cela dit, le problème est bien réel. On ne peut pas le résoudre en se contentant de dire qu'on n'aurait pas dû en arriver là.

– Très juste ! s'écria-t-elle avec un sourire. Même si vous n'avez que partiellement raison. Mais j'ai quand même atteint l'objectif que je m'étais fixé.

– C'est-à-dire ?

– Vous faire réfléchir.

Joe sourit à son tour.

– Alors, vous allez nous arrêter ou pas ? demanda-t-elle.

– Will le faisait-il ?

– Oui, il nous a embarqués plusieurs fois. Un jour, c'était à Rosie's Ridge, au milieu d'un refuge de wapitis. Je m'étais déguisée en wapiti avec une jolie ramure – elle leva les mains au-dessus de sa tête et se mit à agiter les doigts pour imiter une ramure – et je me baladais au milieu des chasseurs en disant : « Qui a tué ma jolie petite femme ? Qui a assassiné mon fils ? Qui a tiré dans le ventre de ma petite fille ? »

– C'était génial, ajouta Birdy. Fallait voir tous ces connards en train de hurler !

Joe réprima son envie de rire. La façon qu'elle avait de raconter cette aventure était plutôt drôle.

– Oui, je veux bien le croire.

– J'avais un peu poussé le bouchon, c'est vrai, dit Pi. C'était trop et trop tôt. Après ça, les législateurs du Wyoming ont voté une loi interdisant le harcèlement des chasseurs. Will était furieux contre moi. Il disait que je n'accomplirais rien en me faisant tirer dessus… Je dois dire qu'à l'époque, je n'étais pas du tout d'accord avec lui. Le mouvement avait besoin d'un martyr. Mais je reconnais que j'étais excessive. J'ai même été jusqu'à menacer Will… je voulais juste que vous le sachiez. J'ai envoyé des lettres aux journaux à son sujet et j'ai mis sa photo sur notre site web – barrée d'un trait oblique. J'ai un peu dépassé les bornes, c'est vrai. Après tout, il faisait juste son boulot. Mais nous nous sommes un peu calmés. Nous avons décidé d'agir progressivement pour mieux sensibiliser le public.

– Et c'est ce que vous êtes en train de faire ici, dit Joe.

– Exactement.

– Très bien, dit-il en haussant les épaules et en faisant mine de repartir vers son pick-up.

– Hé ! cria Pi. Vous n'allez pas nous arrêter ?

Joe s'immobilisa et regarda par-dessus son épaule.

– Non.

– Mais nous avons enfreint la loi !

Joe surprit Birdy et Ray en train d'échanger un regard. D'après ce qu'il avait pu voir – les tentes légères et les sacs de couchage de demi-saison – les campeurs n'étaient ni préparés ni équipés pour rester longtemps. Ils souhaitaient être arrêtés pour attirer l'attention des médias. L'ombre des Teton Mountains avait déjà envahi la réserve et la température descendrait au-dessous de zéro pendant la nuit.

– Vous n'allez quand même pas nous abandonner ici ? dit Pi, l'air désespérée.

– Si.

– En ville, certains chasseurs sont de vrais durs, dit Birdy. Vous avez peut-être entendu parler de Smoke Van Horn ? Il est complètement dingue, ce mec. Il est probablement déjà au courant pour notre panneau et pourrait très bien se ramener avec ses potes pendant la nuit.

– Je suis sûr que Pi parviendra à les raisonner, lui répliqua Joe avec un sourire railleur.

Birdy regarda Pi. Ray regarda Birdy. Et Pi lança un regard furieux à Joe.

– Vous êtes un vrai salaud, lâcha-t-elle.

– Vous êtes dure, répliqua Joe sans se départir de son sourire.

– Pi… commença Birdy.

– Pourquoi ne pas balancer votre panneau sur le plateau de mon pick-up et reboucher ces trous ? dit Joe. Je vous aiderai à remballer et je vous conduirai jusqu'à votre véhicule pour que vous n'ayez pas à marcher.

Pi ouvrit la bouche, furieuse.

– Pi… (C'était à nouveau Birdy.)

– Vous êtes vraiment un salaud, répéta-t-elle.

Exaspérée, Pi prit place dans la cabine du pick-up et Joe se lança à travers champs en direction de la grand-route. Birdy et Ray étaient dehors, recroquevillés près de la vitre arrière dans leurs vestes légères. Le panneau et le matériel de camping étaient entassés sur le plateau du pick-up. La nuit commençait à tomber et Joe percevait l'odeur à la fois suave et prenante de l'armoise qu'il écrasait sur son passage. Il se pencha légèrement vers l'avant et alluma les phares.

– Sujet intéressant, les droits des animaux, commença-t-il.

– C'est plus qu'un sujet pour certains d'entre nous.

Joe ne réagit pas au ton de sa voix.

– Je suis au milieu des animaux toute la journée et parfois je me demande à quoi ils pensent, s'ils sont capables de penser.

– C'est vrai ? demanda-t-elle, surprise.

– Comment s'en empêcher ?

Elle avait l'air d'hésiter entre engager la conversation ou faire la tête et refuser de lui parler.

– En fin de compte, on en revient toujours à la viande, dit-elle.

– Quoi ?

– On en revient à la viande. Nous sommes ce que nous mangeons. Les gens commencent à s'en rendre compte, même ici.

Joe garda le silence.

– Avez-vous entendu parler de Beargrass Village ? demanda-t-elle sur un ton plein de mépris.

– Non.

Elle lui jeta un coup d'œil.

– C'est un projet de communauté planifiée, et je déteste ça. Pour quelques millions de dollars, des gens peuvent vivre dans ce qu'ils appellent un « environnement planifié » où des animaux sont élevés et abattus pour leur plaisir. Ils appellent ça le « Mouvement pour la bonne viande ».

Joe se souvint que Trey lui en avait parlé.

– J'en ai entendu parler récemment. C'est sérieux, ce truc ?

– Non, ce n'est que du vent. Une façon pour les riches de se déculpabiliser. C'est comme ça dans cette vallée, vous savez, c'est un coin où les riches peuvent se sentir en harmonie avec eux-mêmes en dominant la terre et les animaux qu'ils jugent inférieurs à eux.

– Vous êtes dure.

Pi eut un petit ricanement hautain.

– Ouais. Vous avez sacrément raison. Je suis dure sur beaucoup de sujets. Comme les fermes-usines, ajouta-t-elle.

Et elle cita mot pour mot un livre qu'elle était en train de lire, *Domination : Le pouvoir de l'homme, la souffrance de l'animal et l'appel à la pitié* :

– « Lorsque deux cent cinquante mille oiseaux sont entassés dans un lieu unique, où ils ne peuvent même pas déployer leurs ailes, que plus d'un million de porcs vivent dans un même local, sans avoir jamais vu la lumière du jour, que chaque année des dizaines de millions d'animaux vont à la mort sans avoir jamais connu la moindre bienveillance humaine, il est grand temps de remettre en question nos anciens principes et de nous interroger sur nos actes et nos motivations. »

Puis, juste avant d'arriver à sa voiture, elle demanda :

– Et vous, Joe, qu'est-ce qui vous motive ?

Il était content d'être arrivé parce que ça lui évitait d'avoir à répondre.

– Nous y voilà, lança-t-il.

Il les aida à charger leur voiture. Il faisait tout à fait nuit maintenant et une lune froide éclairait le ciel. La buée de leur respiration montait dans l'air glacé. Birdy tourna la clé de contact pour mettre le chauffage en route. Ray prit place à l'arrière, avec les sacs et les tentes. Pi ouvrit la portière côté passager pour grimper à l'intérieur.

– Pi, je peux vous demander quelque chose ? dit Joe.

– Quoi ? Il fait froid, vous savez.

– Vous m'avez dit vous être acharnée contre Will Jensen.

– Et pas qu'une seule fois, confirma-t-elle avec un hochement de tête.

– Mais ensuite, vous avez compris que vous deviez vous calmer un peu et vous lui avez pardonné parce que vous vous êtes aperçue qu'il faisait juste son boulot, c'est ça ? Et qu'en quelque sorte il essayait de vous protéger contre vous-même.

– Oui, dit-elle en regardant Joe d'un air soupçonneux.

– Le lui avez-vous dit ?

Elle écarquilla les yeux et sembla hésiter un instant.

– Non.

– Je me posais juste la question, dit Joe, vu que ses obsèques ont lieu demain.

– Pi, tu viens oui ou non ? (C'était Ray qui ouvrait enfin la bouche.) Toute la chaleur s'en va.

Pi lui jeta un regard méprisant et claqua la portière.
– Vous croyez que je devrais assister aux obsèques ?
– Ce n'est pas à moi de le dire.
– Je vais y réfléchir.

Joe lui souhaita une bonne nuit et grimpa dans la cabine de son pick-up. Il repensa au « Bienvenue à Jackson Hole » de Mary et en perçut le double sens qu'elle avait manifestement voulu exprimer.

Alors qu'il s'engageait sur la grand-route, il se rendit compte tout d'un coup qu'il n'avait aucune idée de l'endroit où il allait passer la nuit. Il était trop tard pour demander les clés de chez Will à un des employés du bureau – ils étaient sans doute déjà rentrés chez eux pour le week-end. Et de toute façon il n'était pas sûr d'être autorisé à s'y installer, vu que c'était quand même une scène de crime. Ça voulait dire qu'il allait devoir trouver un motel bon marché où passer la nuit.

Et il devait encore parler à Marybeth.

# 9

Sur la route de Jackson, une Porsche Boxster décapotable le dépassa à toute allure. La conductrice blonde, forcée de se rabattre juste devant lui pour éviter un camping-car arrivant en sens inverse, l'obligea à freiner brusquement. Elle lui adressa un petit signe de remerciement avant de doubler la voiture suivante. La Porsche étant immatriculée dans le comté de Teton, il en conclut que c'était quelqu'un du coin. Une vraie cinglée, pensa-t-il en la regardant se faufiler à travers la circulation. Lorsqu'il aperçut les premières lumières de la ville, il sentit son estomac gargouiller. Il n'avait rien mangé de la journée.

Installé dans un restaurant mexicain particulièrement bruyant où se massaient touristes et habitués du vendredi soir, il blêmit à la lecture de la carte. Le prix du repas allait dépasser le montant de l'indemnité journalière qui lui était allouée par l'État. Comme il était déjà tard et qu'il avait vraiment faim, il décida de rester au lieu de se lever et de partir. Il commanda donc un Jim Beam avec de l'eau à l'aimable serveur qui s'était présenté comme « Adrian du Connecticut ».

Il ne put réprimer un sourire lorsqu'il se rendit compte que l'idée de commander un *burrito* aux haricots et du riz lui avait traversé l'esprit.

– L'assiette végétarienne ? demanda Adrian qui venait de surgir dans son dos.

– Non, je suis un mangeur de chair, répondit-il en hochant la tête.

– Ah, mon Dieu ! s'écria Adrian en fronçant le nez.

Joe commanda un autre verre et nettoya son assiette en notant les détails de son après-midi dans son calepin.

Lorsqu'il eut terminé, il se renversa en arrière, rassasié. Il commençait à sentir les effets du bourbon sur son estomac vide. C'est à ce moment-là qu'Adrian arriva avec un autre verre.

– Je n'ai pas commandé ça, dit Joe.

– De la part des Ennis, dit Adrian en faisant un grand geste du bras. Ils sont assis au bar.

Joe se pencha de côté pour regarder entre les tables. Le bar se trouvait dans une pièce adjacente, plus sombre que la salle de restaurant dont elle était séparée par une porte arrondie de style espagnol. Un couple était assis au bar, le dos à la porte. Au moment où il se penchait pour les voir, ils se retournèrent vers lui.

L'homme, petit et massif, avait un visage à la fois sévère et ouvert et des cheveux argentés coupés court. Il portait une veste sur des vêtements bien taillés. Il avait l'air du genre à foncer bille en tête en s'attendant à ce que tout le monde s'écarte sur son chemin. La femme était d'une pâleur d'ivoire, avec des yeux sombres et pénétrants et des lèvres pleines d'un rouge profond. Elle aussi était élégamment vêtue : pull à col roulé, jupe noire, collants noirs et chaussures noires à hauts talons avec une petite bride autour de la cheville. Elle avait posé son pied sur le dernier barreau du tabouret et Joe distingua la pâle rondeur de ses genoux dans l'obscurité – là où le collant était le plus tendu. Son épaisse chevelure était nimbée de l'éclat d'une enseigne au néon. Joe leva son verre dans leur direction et, du bout des lèvres, articula : « Merci. »

L'homme lui répondit d'un bref hochement de tête tandis que la femme lui adressait un léger sourire avant de se retourner vers le bar. Ce qui se passa ensuite le prit complètement au dépourvu. La femme tourna légèrement la tête et lui décocha un regard appuyé par-dessus son épaule, le fixant droit dans les yeux, puis elle écarta une épaisse mèche de cheveux auburn de son visage avant de lui tourner le dos pour de bon. Il sentit un frisson l'envahir.

– Qui sont ces gens ? demanda Joe à Adrian du Connecticut dès qu'il put l'intercepter.

Adrian recula d'un pas en feignant l'étonnement.

– Vous ne connaissez pas Don et Stella Ennis ? Ah, mon Dieu !

– Je suis nouveau dans la région.

– Alors, vous devez absolument faire leur connaissance. Je ne saurais pas par où commencer si je devais vous en parler.

Après avoir payé l'addition – elle dépassait de huit dollars son indemnité journalière, ce qui le culpabilisa –, il se dirigea vers le bar. Don et Stella Ennis avaient quitté leurs tabourets. Il jeta un coup d'œil dans les box avoisinants, désireux de les remercier, mais sans vouloir interrompre un dîner tardif. Il ne les trouva nulle part.

– Les Ennis sont partis ? demanda-t-il au barman.

Comme Adrian avant lui, le barman écarquilla les yeux quand il entendit ce nom.

– Vous êtes le nouveau garde-chasse ?

– Oui.

– M. Ennis a laissé ça pour vous.

Il posa un verre devant lui et lui tendit une carte de visite.

---

DON ENNIS
Promoteur, Beargrass Village

---

Au dos de la carte, Joe trouva une note écrite à la main.

« Bienvenue en ville. J'ai travaillé avec Will. Je vous contacterai. »

Il avala une gorgée, empocha la carte et sortit. Saisi par l'air vif de la nuit, il se dirigea vers son pick-up. Il n'arrêtait pas de penser à ce qui venait de se passer. Est-ce qu'elle l'avait vraiment regardé comme ça ? Est-ce qu'il lui avait vraiment rendu son regard ?

Oui, se disait-il, oui aux deux questions.

Il fallait qu'il appelle Marybeth, mais il voulait d'abord se rafraîchir les idées. Et il ne pouvait pas l'appeler tant que la vision de Stella lui serait aussi présente à l'esprit.

Avant de chercher un motel, Joe s'aida d'un plan de la ville arraché dans un annuaire pour trouver la maison de Will Jensen. Elle se trouvait dans une des anciennes rues étroites et bordées d'arbres au pied de la Snow King Mountain, dans un quartier vieux d'une quarantaine d'années – soit avant que Jackson ne devienne une station à la mode. Joe s'en souvenait vaguement depuis son unique visite. Après avoir garé le pick-up dans la rue, il contempla un moment la maison plongée dans l'obscurité. Le 4×4 de Will était encore dans l'allée. Un peuplier de Virginie séculaire et dont les feuilles avaient déjà l'aspect craquant et les couleurs de l'automne masquait la moitié de la toiture. Les fenêtres étaient d'obscurs carrés aussi aveugles que les yeux des bêtes empaillées qu'il avait vus plus tôt.

Après un instant d'hésitation, Joe descendit de son pick-up et traversa la rue. Il essaya d'ouvrir la portière du 4×4, mais elle était verrouillée. Il jeta sans succès un coup d'œil à l'intérieur, il faisait trop sombre pour voir quoi que ce soit. La lueur bleutée d'un lampadaire au coin de la rue et l'éclat froid des étoiles et du mince croissant de lune étaient les seules sources de lumière. Les clés du véhicule de Will devaient se trouver dans les bureaux du département ou chez le shérif et il les demanderait le lendemain. Il emprunta l'allée en ciment lézardée et couverte de feuilles flétries. Trois rubans en plastique rouge étaient fixés en travers de la porte, indiquant qu'il s'agissait d'une scène de crime. Une lettre du shérif était scotchée à l'intérieur de la porte moustiquaire, signalant aux visiteurs que la maison resterait sous scellés pendant toute la durée de l'enquête.

Quel effet cela ferait-il d'habiter dans une maison dont le précédent occupant s'était tiré une balle dans la tête ? Joe tressaillit et tenta de chasser cette idée de son esprit.

Il trouva une chambre dans un motel pas cher qui proposait des tarifs correspondant aux indemnités d'État. Couvre-lit vert ultraléger, unique gobelet en plastique et savonnette posés sur le rebord du lavabo et télévision fixée sur un support monté sur le mur au cas où quelqu'un aurait voulu l'emporter. Le minuscule bureau était juste assez grand pour qu'il puisse y poser son porte-documents.

Assis sur le lit, il étala les carnets à spirale devant lui. Il commencerait par lire le numéro 1 ce soir, et peut-être le numéro 2. Et demain il chercherait le numéro 11, le dernier de la série.

Mais il devait d'abord téléphoner chez lui. Il consulta sa montre. Vingt-trois heures trente. En principe, tout le monde dormait. Devait-il risquer de réveiller Marybeth, juste pour lui dire qu'il était bien arrivé ? Il l'imagina debout, peut-être en train de lire, attendant son appel, pensant qu'il lui était peut-être arrivé quelque chose.

Il décrocha le téléphone. Pas de tonalité. La réceptionniste aux yeux rougis de sommeil avait dû oublier d'activer sa ligne. Il décida de ne pas la réveiller et sortit son portable de son sac à dos avant d'appuyer sur le numéro préenregistré. Marybeth décrocha à la quatrième sonnerie.

– Joe ?

Il perçut immédiatement la tension dans sa voix. Elle était probablement fatiguée.

– Tu devais m'appeler dès ton arrivée.

– Je n'ai pas pu, dit-il d'une voix bredouillante due autant à la fatigue qu'au bourbon. J'étais trop occupé à me faire remonter les bretelles par le directeur adjoint et après ça j'ai été appelé.

– Il est presque minuit.

– Je sais, dit-il sans conviction.

– Pourquoi n'as-tu pas appelé dans l'après-midi ?

– Je te l'ai déjà dit. J'ai dû me mettre immédiatement au boulot.

– Je venais juste de m'endormir. Qu'est-ce que tu fais debout ?

– Je viens d'arriver.

Son portable se mit à biper. La batterie était pratiquement à plat. Il fallait la recharger. C'est ce qu'il lui dit.

– Joe, on dirait que tu as bu. Et pourquoi appelles-tu sur ton portable ?

– J'ai essayé d'appeler depuis le motel, mais le téléphone ne marche pas.

– Dans quel motel es-tu ?

Joe regarda autour de lui. C'était quoi déjà ce nom ? Bon Dieu… Ça ressemblait à une de ces vieilles séries western à la télé.

– Tu ne vas quand même pas me dire que tu ne connais pas le nom du motel ?!

– The Rifleman[1], finit-il par dire en se sentant vraiment idiot.

– Je vois… dit-elle d'un ton soupçonneux qu'il n'apprécia guère.

– Marybeth, je n'ai pas pu appeler plus tôt, d'accord ? Je suis désolé. J'ai été très occupé et je n'ai pas vu le temps passer. Je rappellerai demain et on pourra parler plus longuement, d'accord ?

– Je suis complètement réveillée maintenant, répondit-elle d'une voix hostile.

Son portable clignota et s'éteignit. Il lâcha un juron et le regarda fixement comme s'il allait pouvoir le rallumer. Le chargeur était dans son pick-up. Il se leva, mais s'immobilisa sur le seuil. Il ne savait pas où il l'avait mis et le chercher pourrait lui prendre un bout de temps. Il était fatigué et en voulait à Marybeth. De quoi l'accusait-elle ? Avait-elle oublié qu'il était ici pour le boulot ? Pourquoi fallait-il qu'elle en rajoute pour lui donner mauvaise conscience ? Après tout, lui aussi se sentait seul. Tout ce qu'il voulait, c'est qu'elle lui dise qu'elle l'aimait, qu'il lui manquait et que tout allait bien se passer.

Il poussa un grand soupir. Il rappellerait demain quand il aurait plus de temps et aurait retrouvé ses esprits. Peut-être avant d'aller aux obsèques de Will.

Il prit le carnet numéro 1 et commença à lire. Mais très vite les mots se brouillèrent devant ses yeux.

1. Littéralement « le fusilier ».

Il fut tiré du sommeil par des coups de feu. Désorienté, il s'assit d'un bond sur le lit. Il parcourut la pièce du regard en essayant de se rappeler où il était et fut surpris de se voir tout habillé, la lampe de chevet allumée, un carnet ouvert sur les genoux.

Non, ce n'étaient pas des coups de feu. Ça venait de l'autre côté de la cloison. Il se leva et se frotta les yeux. Sa montre affichait 4 h 45. Il perçut un bruissement dans la chambre voisine, suivi d'un claquement sec. Le bruit semblant venir du placard, il en ouvrit la porte : sa chemise d'uniforme et son blouson étaient accrochés sur des cintres fixés à la tringle de manière permanente.

Il soupira, il venait de comprendre ce qui s'était passé. Quelqu'un dans l'autre chambre était en train de faire ses bagages. Parce que les cintres étaient fixés à la tringle, chaque fois qu'un vêtement était décroché, celle-ci venait percuter la cloison.

Typique des motels bon marché, pensa-t-il. Ceux dont les tarifs correspondent au montant des indemnités de l'État. Marybeth l'imaginait sans doute dans un endroit plus luxueux. Peut-être devrait-il l'appeler tout de suite pour lui dire à quel point c'était bien.

Il hocha la tête, honteux d'avoir de telles pensées, puis il ramassa les carnets et les papiers éparpillés sur le lit et les rangea soigneusement dans son porte-documents. Il se brossa les dents, plia ses vêtements, éteignit la lumière et se glissa entre les draps.

C'est à ce moment-là qu'une idée jaillit dans son esprit. Il connaissait suffisamment Will Jensen pour savoir que c'était un homme méticuleux. Claires et précises, ses notes étaient parfaitement rationnelles. Son bureau était simple et fonctionnel, sans rien de superflu ou de personnel. Will était connu pour son flegme et son équanimité. Il était probablement comme lui : même préoccupé ou de mauvaise humeur, il ne pouvait pas laisser tomber une tâche et passer à une autre tant que tout n'était pas en ordre. Quelque chose clochait. Comment Will, décidé à en finir, avait-il pu quitter son bureau en laissant des papiers en désordre, une canette de soda à moitié vide et un ordinateur allumé ? N'aurait-il pas rangé un peu en sachant ce qu'il s'apprêtait à faire ?

# 10

Le vendredi matin, l'ex-shérif du comté de Twelve Sleep, O. R. Barnum, alias « Bud », était assis à sa place habituelle au Stockman's Bar lorsqu'il vit entrer un inconnu de haute taille. La porte se refermant derrière lui en grinçant, l'homme s'immobilisa le temps que ses yeux s'accoutument à la pénombre qui régnait à l'intérieur. Il était onze heures. Barnum ne connaissait pas cet individu, ce qui en soi était déjà significatif : Barnum connaissait tout le monde.

Les gens de passage étaient rares à Saddlestring, Barnum le savait. La ville était trop isolée et sur le chemin de nulle part. L'ex-shérif avait passé trente ans à étudier les étrangers qui s'y arrêtaient. Il lui suffisait d'un coup d'œil pour savoir à qui il avait affaire : hommes de la nature, durs à cuire, touristes, ouvriers agricoles cherchant du travail ou représentants de commerce débutants couvrant un secteur vaste et peu rentable. Mais cet homme-là était différent. Sa façon de se mouvoir et d'avoir l'air parfaitement à l'aise avait quelque chose d'inquiétant.

Âgé d'une soixantaine d'années, mince et large d'épaules, il avait une épaisse chevelure grisonnante et des traits burinés. Lorsqu'il prit place sur un des tabourets du bar, Barnum nota que le cuir de son manteau sombre se tendait sur son dos. Il avait le ventre plat, caractéristique physique dont Barnum s'était toujours méfié. Flic ou militaire, pensa-t-il. Il en avait la raideur et l'allure déterminée. Il se demanda si l'homme le jaugeait de la même manière. Il savait qu'il avait l'air d'un flic, on le lui avait toujours dit. Sa mère lui avait même raconté qu'à sa naissance il en avait déjà l'air. Il en avait le regard méfiant et pénétrant et l'air de chien battu à la fois résigné et cynique.

Il était en train de lire le *Saddlestring Roundup* et de boire un café. Il détestait le journal local autant que le café amer, mais depuis qu'il était à la retraite, ça faisait partie de ses habitudes. Tous les matins, il se rendait au Burg-O-Pardner, comme il le faisait quand il était encore en activité ; il prenait un café, écoutait les nouvelles locales et les derniers ragots, et mangeait un morceau avec les autres lève-tôt du coin. Les hommes qui se retrouvaient là possédaient presque toute la ville et la plupart du comté. Les trois quarts étaient des retraités qui avaient investi dans les affaires locales. Guy Allen était propriétaire du Burg-O-Pardner et l'associé majoritaire du Stockman's Bar. Ce matin-là justement, il était en train de parler de la douceur du climat dans l'Arizona. Il allait partir s'y installer maintenant que l'hiver arrivait dans le Wyoming. Même chose pour la moitié de ceux qui se trouvaient là. Barnum, lui, qui passait toute l'année à Saddlestring et le ferait probablement jusqu'à la fin de ses jours, resta silencieux pendant que les autres discutaient du temps qu'il faisait dans l'Arizona. Il avait perdu tout espoir de pouvoir s'acheter une résidence d'hiver lorsque, l'année précédente, un mauvais investissement immobilier avait englouti sa retraite et que le scandale qui s'était ensuivi lui avait coûté son poste et sa réputation. Tout ce qui lui restait de sa carrière, c'était un stylo Parker plaqué or que ses adjoints lui avaient offert. Ils y avaient fait graver : AU SHÉRIF BARNUM POUR SES 28 ANS DE SERV. Le mot « service » avait été abrégé par manque de place.

Depuis qu'il n'était plus shérif, ces conversations matinales avaient changé, il s'en rendait bien compte. Avant, les hommes l'écoutaient, ils le laissaient parler et se taisaient quand il prenait la parole. Ils hochaient la tête avec bienveillance lorsqu'il se plaignait. Maintenant, il les voyait échanger des coups d'œil en attendant qu'il ait fini. Il arrivait même que le maire lui coupe la parole et lance un nouveau sujet de conversation. Il n'était déjà plus qu'un énième vieux tocard de retraité qui leur faisait perdre leur temps. Avant, c'était lui qui lançait des regards furieux aux tocards jusqu'à ce qu'ils déguerpissent en emportant leur tasse de café.

Aux environs de neuf heures trente, lorsque chacun partait de son côté, Barnum descendait la rue principale et allait s'installer au Stockman's Bar, où il passait la plus grande partie de la journée et parfois la soirée. Si les gens voulaient lui parler, ils savaient où le trouver. Et si un autre client, arrivé avant lui, prenait sa place au bar – le tabouret le plus éloigné, dans le coin près du mur –, le barman le chassait dès l'arrivée de Barnum : « C'est le bureau du shérif Barnum, ici. »

Il ne dévisagea pas ostensiblement l'inconnu qui venait d'entrer. Il se contenta de lui jeter quelques petits coups d'œil par-dessus les lunettes demi-lune qu'il mettait pour lire le journal. L'inconnu commanda un café et le sirota tranquillement en regardant autour de lui : vieux comptoir en pin noueux surmonté de miroirs, trophées de chasse empaillés qui posaient sur lui leurs regards vides et photos de rodéo en noir et blanc sur le mur derrière lui. Le Stockman's Bar était tout en longueur : d'un côté le bar, qui occupait plus de la moitié de la pièce, de l'autre quelques box, et au fond une table de billard, à côté des toilettes. Le juke-box jouait *Don't Take Your Gun to Town* de Johnny Cash.

Lorsque le barman vint remplir la tasse de l'inconnu, celui-ci lui adressa quelques mots à voix basse. À cause de la musique, Barnum ne put saisir ce qu'il lui disait. Puis l'inconnu se leva et adressa un signe de tête à Barnum qui le lui renvoya.

– Gentille petite ville, dit l'homme en se dirigeant vers les toilettes.

– Pas le genre qui vous ensorcelle avant de vous laisser tomber, pas vrai ?

L'homme sembla hésiter un instant, regarda Barnum avec curiosité et poursuivit son chemin.

Dès que la porte des toilettes se fut refermée, Barnum descendit de son tabouret, longea le bar et sortit dans la rue. L'éclat vif du soleil l'éblouissant un instant, il dut lever le bras pour se protéger les yeux. Un SUV dernier modèle était garé en diagonale devant l'entrée. Il en fit rapidement le tour, nota les plaques d'immatriculation de Virginie, la boue qui maculait les portières – l'inconnu avait dû emprunter des pistes forestières –, la banquette arrière rabattue pour dégager l'espace qui contenait des sacs de voyage, des caisses de matériel et un étui à fusil en acier aussi long que le véhicule. Il regagna le Stockman's et reprit sa place au bar.

Il fit un signe au barman, l'ex-entraîneur de l'équipe de rodéo Buck Timberman, désormais à demi aveugle. En son temps, Buck avait été champion de rodéo, mais il avait dû prendre sa retraite après qu'un taureau lui était passé sur la tête, lui broyant le crâne et causant d'importantes lésions cérébrales. Tous les jours, il arborait une boucle de ceinturon différente gagnée à une compétition nationale. Barnum aimait bien Timberman. C'était un type résolument loyal, tellement loyal en fait qu'il continuait de l'appeler « shérif ».

– C'est l'heure de la relève, dit Barnum en repoussant sa tasse de café.

– Il n'est que onze heures et demie, dit Timberman en consultant sa montre. Il reste une demi-heure avant midi.

– Oui, mais il est déjà une heure et demie sur la côte Est, grogna Barnum, ce qui veut dire qu'on a perdu une demi-heure sans commander à boire.

Timberman fronça les sourcils en versant une bière et un petit verre de bourbon.

– Pourquoi la côte Est ?

– Parce que c'est de là que vient notre nouvel ami. Tu n'as pas remarqué sa prononciation à la JFK ? À tous les coups, il est de Boston ou de par là-bas, même si sa bagnole est immatriculée en Virginie. Et il trimballe un sacré matos, le mec. Vu la crasse accumulée sur les portières, je dirais qu'il est venu par la route, plutôt que de prendre l'avion et de louer une bagnole.

– C'est la première fois que je le vois ici, dit Timberman en remplaçant la tasse de café par une pression et un bourbon.

– Qu'est-ce qu'il t'a demandé tout à l'heure ?

Timberman regarda par-dessus l'épaule de Barnum pour s'assurer que l'inconnu n'était pas encore de retour.

– Il s'intéresse à la fauconnerie. Il m'a demandé si je connaissais quelqu'un dans le coin qui pourrait avoir des oiseaux à vendre. Il m'a aussi demandé s'il y avait un champ de tir pas loin pour qu'il puisse s'entraîner avec son fusil de chasse. Et il voulait savoir où se trouvaient les toilettes.

Lorsque l'inconnu revint, il trouva une bière et un bourbon à côté de son café. Il regarda Timberman, qui lui montra l'ex-shérif.

– Santé, dit Barnum en levant son verre de bourbon avant d'y tremper les lèvres.

– Je vous remercie, dit l'inconnu en soulevant légèrement son bourbon, mais il est encore tôt.

– Il n'est jamais trop tôt pour souhaiter la bienvenue à un visiteur à la manière de l'Ouest.

L'inconnu prit plusieurs petites gorgées de son bourbon, grimaça et les fit descendre avec une longue rasade de bière, sans quitter Barnum de ses yeux sombres et pénétrants.

– Qui vous a dit que j'étais ici en visite ?

D'un geste du menton, Barnum désigna Timberman.

– Buck m'a dit que vous vous intéressiez aux faucons.

– Je reconnais bien là la fameuse discrétion des barmen, dit l'inconnu d'un ton égal.

Barnum vit Timberman piquer du nez et s'éloigner en traînant les pieds.

– C'est moi qui lui ai demandé, dit-il. Et ce qu'il m'a répondu restera entre nous.

– Et qui êtes-vous exactement ? demanda l'inconnu en plissant les paupières.

– Avant, c'était moi le shérif.

– Pour beaucoup, il sera toujours notre shérif, lança Timberman.

Barnum lui adressa un signe de tête discret pour le remercier.

L'inconnu eut l'air de réfléchir un instant, ne sachant s'il devait poursuivre ou en rester là.

– Je peux peut-être vous aider, dit Barnum.

L'inconnu se tourna vers Timberman qui lui dit :

– Vous feriez bien de demander au shérif.

Pendant que l'inconnu réfléchissait, Barnum referma son journal, le plia et rangea ses lunettes et son stylo en or dans la poche de sa chemise.

– Laissez-moi vous demander une chose, reprit-il. Est-ce que c'est un faucon que vous recherchez ou un fauconnier particulier ?

Le visage de l'inconnu demeura impassible.

– Je ne crois pas que nous ayons été présentés.

– Bud Barnum. Et vous ?

– Randan Bello.

– Bienvenue à Saddlestring, monsieur Bello.

Bello saisit sa bière et son bourbon et rejoignit Barnum à l'extrémité du bar avant de s'asseoir à côté de lui. Timberman les observa un instant, puis gagna l'autre bout du bar pour laver des verres qui étaient déjà propres.

– Je recherche un fauconnier, dit Bello à voix basse en contemplant son image dans le miroir derrière le bar au lieu de regarder son interlocuteur.

– Je connais un type qui vit tout seul près de la rivière, dit Barnum en s'adressant au reflet de Bello. Il possède un Casull .454. C'est lui ?

– Possible, dit Bello en prenant une gorgée de bière.

Barnum lui décrivit Nate Romanowski.

– Si c'est lui, ajouta-t-il en esquissant un sourire, je peux vous dire que ce type est ma bête noire depuis qu'il s'est installé dans mon comté. Lui et un garde-chasse nommé Joe Pickett. Ces deux-là, je ne peux pas les encaisser.

Bello pivota sur son tabouret et Barnum sentit son regard s'appesantir sur son visage.

– Je crois que vous pouvez m'aider, dit Bello.

À l'autre bout du bar, Timberman nettoyait des cendriers à grand bruit.

– Rien ne me ferait plus plaisir, dit Barnum, surpris que sa rancœur l'ait trahi.

– Je vois.

– J'ai cru comprendre que vous cherchiez un champ de tir pour vous entraîner. Il y en a un de bien à l'ouest de la ville, avec des bancs d'appui. Je pourrais passer un coup de fil.

– Laissez-moi vous offrir un autre verre, dit Bello.

# 11

Le service funèbre pour Will Jensen eut lieu à Jackson, dans une chapelle en rondins qui se voulait rustique et ancienne alors qu'elle n'était ni l'un ni l'autre. Joe prit place à l'avant-dernier rang. Il portait la même veste et la même cravate que pour le mariage de Bud Longbrake et Missy Vankueren. Ses vêtements étaient froissés d'avoir séjourné trop longtemps dans son sac de voyage. Sur les lieux avec une demi-heure d'avance, il avait pu observer l'arrivée de la famille du défunt. Avant de venir, il avait téléphoné chez lui, mais son appel était resté sans réponse. Il ressentait une douleur sourde derrière les yeux, due autant au bourbon qu'il avait ingurgité la veille qu'à une nuit presque blanche. Il faisait froid à l'intérieur de la chapelle et il se réjouit d'entendre le ronflement d'une chaudière qu'on relançait derrière la porte jouxtant l'autel.

Une urne de cuivre reposait sur un piédestal recouvert de tissu rouge devant l'estrade. Bon Dieu, pensa Joe, il ne reste pas grand-chose de Will, juste ses cendres et un portrait de lui dans sa chemise d'uniforme rouge. Sur la photo, Will sellait un de ses chevaux en regardant l'objectif d'un air hilare. Qu'est-ce qui pouvait bien être si drôle ? De l'autre côté de l'urne, une photo de la famille Jensen – Will, Susan et leurs deux fils en veste et cravate. Elle devait dater de quelques années parce que les garçons paraissaient avoir le même âge que lorsque Joe avait fait leur connaissance. Ils avaient un air emprunté mais heureux – aussi mal à l'aise que leur père en cravate.

Joe avait passé la matinée au bureau, à lire les trois premiers carnets de Will et la moitié du quatrième. Certains schémas récurrents commençaient à lui apparaître. Au cœur de l'hiver, en janvier, date à laquelle les carnets commençaient, Will passait beaucoup de temps au bureau, à rédiger des rapports sur des questions de procédure souvent controversées, sur lesquelles il devait donner son avis, mais aussi sur le terrain avec les éleveurs locaux, les guides de chasse et les agents de l'administration fédérale. Le printemps apportait aussi sa part de rapports et de paperasserie, en plus des tâches consacrées à la préparation de l'été et de l'automne, du travail avec les chevaux, de la réparation du matériel, de l'inventaire des camps de chasse, du choix des dates des saisons de chasse et de pêche et de l'établissement des quotas. Il passait pratiquement tous les mois d'été sur le terrain à contrôler les permis de pêche sur les lacs et les rivières, à estimer le nombre de wapitis, de cerfs et d'élans ou à patrouiller à cheval dans les secteurs reculés pour vérifier l'état du poste de garde et réparer les dommages laissés par l'hiver. Comme Joe s'en était douté, l'automne était un tourbillon d'activités dès que les saisons de chasse ouvraient, les unes après les autres. En automne, fini la routine. Joe avait d'abord cru que Will, débordé, se précipitait d'un endroit à l'autre sans logique apparente. Ses patrouilles semblaient le conduire du piémont aux zones les plus reculées suivant un itinéraire tout à fait extravagant. Un jour il patrouillait le quart sud-est au volant de son pick-up et le lendemain il partait à cheval dans le nord-ouest – où il pouvait rester plusieurs jours. Mais Joe avait fini par comprendre la logique de ses déplacements et par admirer sa méthode de travail.

La seule façon d'être efficace dans un district de plus de trois mille kilomètres carrés de territoire quasi sauvage était d'être aussi imprévisible que possible et de se déplacer de manière erratique. S'il avait effectué des patrouilles de façon systématique, en balayant la région du nord au sud ou en longeant systématiquement les cours d'eau, les braconniers et autres contrevenants auraient pu anticiper ses déplacements et modifier les leurs en conséquence. Mais en circulant comme il le faisait, en changeant d'itinéraire et de destination, il interdisait à tous de savoir où et quand il allait surgir. Joe était persuadé que chasseurs et pêcheurs – et surtout les guides professionnels – se tenaient au courant de ses déplacements. Ne sachant ni à quel moment il risquait de contrôler un camp de chasse ni d'où il allait arriver, ils devaient être en permanence sur leurs gardes, avoir les permis adéquats, entretenir correctement les camps et suivre le règlement.

Joe connaissait les liens de familiarité qui unissaient chasseurs et pêcheurs et avait appris à se montrer aimable sans dire un mot de ses projets. Devant une bière au Stockman's Bar, en famille au restaurant ou au cours d'une soirée, il n'était pas rare qu'on l'aborde en toute innocence pour lui demander comment s'était passée sa journée – où il était allé, s'il avait vu du gibier et où il pensait se rendre le lendemain. Même si dans la plupart des cas il s'agissait d'une conversation banale, il arrivait que ça cache autre chose.

Il avait donc appris à se taire.

Il se retourna sur son banc en entendant la porte s'ouvrir et un murmure de voix parcourir les rangs. Susan Jensen venait d'arriver avec ses deux fils et trois autres personnes plus âgées, deux femmes et un homme. Le vieil homme, probablement le grand-père, s'avança vers l'autel en compagnie des deux garçons. Les fils de Will étaient des versions miniatures de leur père. Impassibles et sérieux, de vrais garçons. Lorsque le plus jeune balança un coup de poing à son frère qui venait de le bousculer, le grand-père, gêné, se pencha vers eux pour les réprimander gentiment.

Susan avait l'air beaucoup plus âgée que dans le souvenir de Joe ; son visage était pâle et ses traits tirés. Elle avait des cheveux bruns coupés court, des yeux bleus et portait un tailleur de coupe classique. Lorsque Joe se leva, elle redressa la tête et l'aperçut. Plusieurs émotions passèrent alors sur son visage : reconnaissance, gratitude et quelque chose d'autre. Une certaine répulsion, pensa Joe.

– Je suis vraiment désolé, Susan, dit-il en s'avançant vers elle.

– Merci d'être là, Joe. (Son regard était complètement dénué d'expression, mais ses lèvres tressaillaient. Elle avait dû pleurer beaucoup.) C'est gentil d'être venu.

Il n'osa pas lui dire qu'il avait été appelé pour remplacer Will. Il voulait qu'elle pense qu'il était venu à Jackson de lui-même.

– Y a-t-il d'autres gardes-chasse ici ? demanda-t-elle en regardant autour d'elle.

– Le directeur adjoint doit venir.

Il aurait préféré que ce soit le directeur ou quelqu'un d'autre, plutôt que Randy Pope.

– Très bien, dit-elle d'un air absent.

Manifestement, elle était déçue, même si elle semblait résignée. De nombreuses pensées devaient lui traverser l'esprit. Si Will avait été victime d'un accident ou tué dans l'exercice de ses fonctions, la chapelle aurait été pleine de chemises rouges. Mais ce n'était pas le cas.

– Est-ce que vous viendrez à la réception tout à l'heure ? demanda-t-elle.

Il n'y avait pas pensé.

– Oui, je viendrai.

– Bien. (Elle marqua une légère pause.) Votre femme est avec vous ? Marybeth ?

– Elle n'a pas pu venir. Les enfants, l'école, trop de choses à faire.

– Je comprends, dit-elle en détournant le regard. Je sais ce que c'est que d'être une femme seule en charge d'une famille.

À ces mots, Joe eut envie de rentrer sous terre.

– On se verra peut-être à la réception, dit-elle en lui tendant la main.

Il la prit dans la sienne. Elle était glacée.

Il venait juste de se rasseoir, frappé par l'expression de dégoût qu'il avait surprise sur le visage de Susan Jensen, lorsque la porte s'ouvrit en claquant et qu'une voix bourrue lâcha un « Merde ! » retentissant.

Il se retourna et vit un homme refermer la porte avec une

précaution exagérée. L'individu fit volte-face et s'avança dans la chapelle en clignant des yeux.

Solidement bâti – torse puissant, cuisses musclées et larges épaules –, il portait une canadienne en mouton retourné et des bottes de cow-boy à talons. À peine entré, il ôta son vieux chapeau de feutre gris, découvrant une tignasse hirsute couleur d'acier. Sous des sourcils broussailleux, ses yeux de braise lançaient des éclairs. Il plissa les paupières comme il devait le faire quand il balayait du regard les flancs des montagnes à l'affût du moindre mouvement. À en juger par son visage et ses mains tannés et par l'épaisseur de ses vêtements, c'était un homme habitué à la vie au grand air.

– J'ai pas fait exprès d'ouvrir la porte aussi fort, marmonna-t-il à part lui.

Joe se leva pour saluer Smoke Van Horn.

Smoke lui serra vigoureusement la main avant de la relâcher très vite.

– Vous êtes le nouveau, pas vrai ? demanda-t-il, trop fort au goût de Joe.

Susan et les garçons s'étaient retournés pour voir d'où venait tout ce raffut.

– Oui, monsieur, répondit Joe en baissant la voix et espérant que ça inciterait Smoke à faire de même.

– J'espère qu'on va bien s'entendre, dit Smoke toujours aussi fort. Avec Will, on n'était pas toujours d'accord, mais on avait appris à s'entendre. Pendant un certain temps, en tout cas, ajouta-t-il en partant d'un gros rire.

Dans les carnets qu'il avait lus le matin même, le nom de Smoke Van Horn revenait plusieurs fois. Un guide de chasse et un ranger l'avaient accusé d'utiliser du sel. La méthode consistait à dissimuler des blocs de sel pour attirer les wapitis là où ses clients pourraient facilement les abattre. Will avait noté en avoir parlé à Smoke, mais celui-ci, bien qu'il ne l'ait pas nié, n'avait pas voulu l'admettre.

« À moi de découvrir l'emplacement des blocs de sel, avait noté Will dans son carnet. Rien trouvé. Peut-être secteur Clear Creek. »

– Je suis sûr que nous aurons l'occasion de nous revoir, dit Joe à voix basse.

– Sans blague ! (Il partit à nouveau d'un gros rire.) Je parie que vous en aurez vite marre de me voir. J'ai des idées très arrêtées.

Peut-être, mais ce n'est pas le moment de les entendre, pensa Joe.

Smoke regarda en direction de l'autel et aperçut l'urne et les photos.

– Bon Dieu ! lâcha-t-il. Ils l'ont foutu dans un bocal !

– Ça s'appelle une urne, dit Joe en jetant un coup d'œil aux fils de Will qui, ayant probablement entendu Smoke, venaient de se retourner pour le regarder. Je vous en prie, parlez moins fort.

Smoke plissa les paupières et lui lança un regard mauvais.

– Déjà en train de me dire ce que j'ai à faire ? lança-t-il d'une voix menaçante, mais pas aussi forte.

– La famille de Will est là.

Smoke ouvrit la bouche pour parler, mais se ravisa et, chose étonnante, resta un moment sans rien dire. Puis il se pencha légèrement et Joe perçut l'odeur des chevaux sur sa canadienne.

– Will était un type bien trop solide et déterminé pour s'être foutu en l'air comme ça, dit Smoke, à voix basse cette fois. J'ai passé pas mal de temps avec lui dans les montagnes. On n'était pas souvent d'accord tous les deux, même si je le soupçonne d'avoir pensé que j'avais raison plus d'une fois. Mais il n'était pas… comment dire… dérangé. Sauf les derniers mois, quand ce salaud s'est mis en tête de me pousser à la ruine.

– Vous ne croyez pas au suicide ? demanda Joe à voix basse en se penchant vers lui.

– Putain, non ! répondit Smoke en haussant à nouveau le ton. Désolé, les garçons, lança-t-il en direction de l'autel.

– J'aimerais vous parler, mais plus tard, dit Joe.

Smoke semblait ne pas avoir remarqué que les gens commençaient à arriver et qu'il bloquait le passage.

– C'est pour ça que je suis venu. Quand un mec décide de me ruiner, je m'intéresse beaucoup à lui. Je voulais m'assurer qu'il était bien mort, mais je ne m'attendais pas à le voir dans un bocal. Ou dans une urne, appelez ça comme vous voulez.

– Plus tard, dit Joe d'une voix ferme avant de prendre place.

Smoke Van Horn avança vers l'autel d'un pas tranquille, sa présence dégageant une puissance encore plus impressionnante que son physique. Joe se dit que le côté où il choisirait de s'asseoir allait probablement rester vide.

Il avait vu juste.

Peu de visages lui étaient familiers. C'étaient surtout des gens du coin. Certains vinrent étreindre Susan et les garçons, d'autres leur adressant un petit signe de la main ou un simple hochement de tête pour leur témoigner leur sympathie.

Randy Pope choisit la même rangée que Joe, mais à trois places de lui. C'était très bien ainsi.

Pi Stevenson arriva en compagnie de Birdy. Elle s'était coiffée et portait un tailleur décontracté qui lui donnait presque un air de femme d'affaires. Lorsqu'elle l'aperçut, elle sourit à Joe qui lui adressa un petit signe de tête en retour.

Jetant un coup d'œil par-dessus son épaule, il aperçut le shérif du comté de Teton et deux de ses adjoints assis juste derrière lui, au dernier rang. Ils étaient en uniforme, chapeau sur les genoux. Bien que le service ait déjà commencé, Joe se retourna pour leur serrer la main et se présenter. Ils avaient dû enquêter sur la mort de Will puisque la notice laissée sur la porte était signée du shérif, et non pas de la police locale. Le shérif – Tassell, d'après son badge – ne lui fit pas un accueil chaleureux. Il était bel homme, du genre froid et distingué. Il avait les cheveux plutôt longs et une moustache de cow-boy qui lui descendait des deux côtés de la bouche. Jeune et bien fait de sa personne, il portait un pantalon et une chemise parfaitement repassés. Il devait avoir fière allure sur les affiches de campagne électorale. C'était l'antithèse du shérif Barnum du comté de Twelve Sleep, comme Jackson était l'antithèse de Saddlestring.

– Pourrais-je vous parler après le service ? chuchota Joe à son adresse.

Tassell le fixa quelques secondes avant de répondre :

– S'il le faut…

Joe se retourna face à l'autel. Tassell étant l'opposé de Barnum et de son remplaçant le shérif McLanahan, Joe avait cru qu'il serait d'un abord plus facile. Une explication de Sheridan à sa petite sœur lui revint à l'esprit. « "L'habit ne fait pas le moine", Lucy, ça veut dire qu'il ne faut pas se fier à la tête des gens sous peine de passer pour une imbécile. » Un sourire désabusé s'afficha sur son visage.

Le pasteur prit place derrière l'autel.

– Will Jensen va cruellement nous manquer…

Joe n'avait pas vu Stella Ennis entrer dans la chapelle, mais lorsqu'il balaya l'assemblée du regard pendant le service il la vit, assise seule, deux rangs devant lui, de l'autre côté de l'allée centrale. Il se pencha en avant pour mieux la voir.

Elle était plus jeune qu'il ne l'avait cru la veille. Et plus belle aussi. Il étudia son profil – mâchoire carrée, nez mutin, lèvres pleines et d'un rouge encore plus profond que la nuit précédente, joues douces et fermes, les yeux légèrement en amande sous une épaisse frange auburn. Elle regardait droit devant elle, en direction de l'autel. Tout d'un coup, ses épaules se mirent à trembler. Elle baissa la tête en sorte que ses cheveux lui masquent le visage. Puis elle resta ainsi plusieurs minutes et, lorsque leurs regards se croisèrent, ses yeux étaient pleins de larmes.

L'instant fut d'une intensité électrique. Dans ses yeux, il vit de la tristesse, de la confusion et, bizarrement, de la pitié. Puis, comme si elle se rendait compte qu'il pouvait lire en elle, elle détourna le regard.

Pourquoi Stella Ennis était-elle venue ? Et pourquoi pleurait-elle ?

# 12

– Vous n'avez rien remarqué sur la nourriture ? lui demanda Pi Stevenson pendant la réception qui se déroulait dans la petite salle de réunion d'un hôtel proche du funérarium.

Il n'avait pas vu qu'elle était derrière lui dans la file d'attente.

– Quoi ?

– Il n'y a pas de viande, dit-elle en haussant les sourcils d'un air triomphant.

Joe jeta un coup d'œil sur la table du buffet, puis posa les yeux sur sa petite assiette en carton. Crackers, fromage, céleri, carottes et sauce d'accompagnement.

– Je n'avais pas remarqué, non, dit-il.

– Moi, c'est le genre de truc que je vois tout de suite. Il y a quand même du fromage. Ce n'est donc pas complètement végétalien.

Joe acquiesça et prit un gobelet rempli de punch rouge. Il en but une petite gorgée, lui trouva mauvais goût et chercha un endroit où le poser.

– J'ai entendu dire qu'avant de se suicider Will avait mangé beaucoup de viande, lui chuchota-t-elle à l'oreille. C'est probablement pour ça qu'ils n'en ont pas ici. On vous l'a dit à vous aussi ?

– Non.

– Moi, c'est ce qu'on m'a dit, répéta-t-elle.

– À moi aussi, dit Birdy qui écoutait leur conversation.

Joe ne savait que répondre ou même s'il avait envie de le faire. Pi et Birdy semblaient établir un lien entre ce que Will avait mangé et son suicide.

À l'autre bout de la pièce, Susan Jensen était entourée d'un groupe de gens qui lui présentaient leurs condoléances. Joe attendait qu'ils se dispersent pour aller lui parler. Ses fils étaient avec leurs grands-parents et faisaient des efforts pour bien se tenir. Mais c'étaient des garçons et ils avaient du mal à rester en place.

Joe remarqua que ni Smoke ni Stella Ennis n'étaient venus à la réception. Le shérif Tassell, lui, était là, accompagné de ses adjoints qui venaient de remplir leur assiette pour la troisième fois.

Lorsqu'il posa à nouveau le regard sur Birdy, celui-ci lui tendit une de ses cartes de visite où on lisait WILDWATER PHOTOGRAPHY et son nom : Trenton « Birdy » Richards.

– Je lui donne un coup de main à la boutique, dit Pi en montrant la carte.

– Je vous suis reconnaissant de la façon dont vous nous avez traités hier, dit Birdy. C'était... comment dire ?... correct. Alors, si un jour vous descendez la rivière en famille ou un truc comme ça et que vous voulez une photo-souvenir, vous me le dites et je vous ferai un prix d'ami.

– Vous prenez des photos de gens en train de faire du rafting sur la rivière ? demanda Joe en empochant sa carte.

Birdy poussa un petit grognement.

– C'est ce que je faisais quand j'ai commencé. Mais plus maintenant. J'ai un système entièrement automatique. Des cellules photoélectriques sur les embarcations envoient un signal à l'appareil photo et je n'ai plus qu'à télécharger les images numériques à la fin de la journée. Dès que les gens ont fini leur descente, les photos sont prêtes.

– Intéressant, lâcha Joe pour dire quelque chose.

– Plutôt génial, oui ! s'écria Birdy, content de lui.

– Excusez-moi, dit Joe en apercevant le shérif.

Lorsque Joe s'approcha de lui, le shérif Tassell leva les yeux, mais continua de manger son cracker et son fromage. Son animosité était évidente. Joe pensa qu'il tenait simplement à protéger son territoire, comme tous les shérifs qu'il connaissait, et il continua sur sa lancée.

– J'aimerais pouvoir entrer dans la maison du garde-chasse avant la fin de la journée, dit-il en prenant bien soin de ne pas dire « la maison de Will Jensen ». Je n'ai pas trouvé les clés au bureau. Je suppose que vous avez terminé à l'intérieur.

Tassell continuait à mâcher sans regarder Joe.

– Je ne sais pas ce que vous espérez y trouver que nous n'ayons déjà découvert.

– Vous ne m'avez pas bien compris, dit Joe calmement. C'est là que je suis censé loger pendant mon séjour ici. Le département n'a pas le budget nécessaire pour me payer l'hôtel alors qu'il y a un logement vacant.

Joe savait que Jackson avait les chambres d'hôtel les plus chères du Wyoming. Il était parfaitement conscient d'avoir déjà dépassé l'indemnité journalière qui lui était allouée et l'excédent devrait sortir de sa poche alors que le budget familial était déjà terriblement serré.

Tassell croisa son regard avant de se détourner à nouveau.

– Je croyais que vous vouliez vérifier notre boulot.

Eh bien oui, ça aussi, pensa Joe.

– Je vais interroger mes adjoints et m'assurer que leur travail est terminé, dit Tassell sans grand enthousiasme. Il faut que j'en parle aussi au médecin légiste. Je crois que tout a été nettoyé, mais je dois quand même vérifier. Un .44 qui traverse des tissus mous, ça fait de sacrés dégâts sur le plafond et sur les murs.

– J'en suis sûr, dit Joe doucement.

– Je crois que ses affaires personnelles ont été emballées et remises à sa femme, dit Tassell en regardant dans la direction de Susan Jensen. Plusieurs cartons. Des vêtements et des trucs comme ça.

Joe hésitait à demander à les voir.

– Savez-vous s'il y avait des carnets à spirale dans ses affaires ? demanda-t-il.

Tassell haussa les épaules.

– Je ne me souviens pas d'en avoir vu, mais ce n'est pas moi qui ai emballé ses affaires. Je ne me suis pas occupé de ça.

Oui, il faudrait que Joe jette un coup d'œil dans ses cartons.

– Avez-vous les clés de son 4×4 ? Il est fermé.

– Je crois qu'elles sont au bureau, dit Tassell avec raideur.

– Je pourrais…

Tassell l'interrompit d'un air mauvais.

– Écoutez, j'ai à faire cet après-midi. Je ne peux pas tout laisser tomber pour vous servir. Je dois assister à une formation sur la diversité avec mes hommes et nous devons ensuite rencontrer les services secrets pour organiser la sécurité du vice-président qui arrive dans quelques jours. Je m'occuperai de ça quand j'aurai le temps.

Joe s'approcha tout près de Tassell et le regarda droit dans les yeux.

– Shérif, j'ai comme l'impression que nous avons commencé du mauvais pied, tous les deux, et j'ignore pourquoi. Je préférerais travailler avec vous plutôt que contre vous. Tout ce que je vous demande, c'est de me donner les clés de la maison et de la voiture de Will.

Tassell ne bougea pas d'un pouce.

– Bud Barnum était une légende pour les shérifs du Wyoming. Il faisait partie de la vieille école. Et même si je ne peux pas dire que c'était un ami, les shérifs ont tendance à se soutenir entre eux.

Joe comprit enfin.

– Ce qui est arrivé à Barnum était entièrement de sa faute, dit-il. Il ne peut en vouloir à personne, lui seul s'est mis dans le pétrin.

– Ce n'est pas exactement sa version des faits.

– Ça ne me surprend pas.

– Dans sa version à lui, il ne blâme que vous.

Barnum avait fait des ravages dans tout le nord du Wyoming, pensa Joe.

– Je n'y peux rien.

– Il dit que vous vous mêlez de ce qui ne vous regarde pas. Que vous fourrez votre nez dans des affaires que vous feriez mieux de laisser aux professionnels.

– Et vous croyez que c'est pour ça que je suis ici ?

– Pourquoi ? Ce n'est pas le cas ?

– Je suis ici pour remplacer Will pendant la saison de chasse et j'ignore encore si je resterai après ça. J'ai envie de savoir ce qui lui est arrivé, je le reconnais. J'ai du mal à croire que les choses aient pu aller si mal qu'il en soit arrivé au suicide.

Ses propos semblèrent calmer un peu Tassell.

– Will n'était peut-être pas celui que vous pensiez.

– Que voulez-vous dire ? demanda Joe en inclinant la tête.

– Will a commencé à dérailler ces six derniers mois. Avant même que sa femme ne le quitte en emmenant leurs fils. Il était devenu une source d'embarras et on n'aime pas ça, à Jackson.

– Que s'est-il passé ? dit Joe en sentant un frisson glacé l'envahir.

– Il s'est fait arrêter deux fois pour conduite en état d'ivresse. Et ça, après de nombreux avertissements. Il a même passé une nuit au poste – il avait tellement bu qu'il n'arrivait pas à descendre de son 4×4. La deuxième fois, c'était il y a à peine quinze jours. Il avait menacé un de nos concitoyens les plus influents.

– Will ? demanda Joe, incrédule.

– Will. C'est même moi qui ai procédé à son arrestation. Je parie que vous n'étiez pas au courant ?

– C'est vrai. Je l'ignorais.

Et Trey aussi probablement, sinon il lui en aurait parlé.

– Les choses ne faisaient qu'empirer. Je me doutais que ça allait mal finir. Et tous ceux qui le connaissaient aussi d'ailleurs, reprit Tassell en désignant l'assemblée. Il était pris dans une spirale mortelle et ce n'était plus qu'une question de temps. Le médecin légiste a conclu à un suicide. Il n'y a aucun doute là-dessus, si c'est ce qui vous tracasse. Il s'est saoulé, il a dîné, puis il s'est tiré une balle dans la tête. C'est aussi simple que ça. Il y avait une photo de sa famille sur la table, probablement la dernière chose sur laquelle il ait posé les yeux. Ses empreintes étaient les seules sur son arme.

– Est-il vrai qu'il n'avait mangé que de la viande ce soir-là ?

Tassell regarda Joe d'un air perplexe.

– Qui vous a raconté ça ?

– C'est juste une rumeur.

– Oui, c'est vrai. Il s'est préparé une grande quantité de

viande cette nuit-là. Toutes les poêles étaient sales et il restait de la viande dans son assiette quand il est mort. De fait, ça sentait plutôt bon chez lui. Mais qu'est-ce que ça peut faire ?

– Je ne sais pas, dit Joe.

– Ce n'est pas si étrange que ça, non ? Même moi, ça m'arrive. Une fois par mois, je demande à ma femme de me préparer ce que j'appelle le dîner « tout viande ». Du steak, du porc et des saucisses de wapiti. Parfois un bout de pain. Elle n'aime pas ça – elle est plutôt branchée bio –, mais elle le fait quand même.

– Il n'y a pas eu d'autopsie ?

– Pas besoin, répondit Tassell en hochant la tête. La cause du décès ne faisait aucun doute. On ne pratique pas d'autopsie quand la cause de la mort est aussi évidente. En plus, nous devons surveiller notre budget.

C'est vrai, comme ça vous pouvez vous offrir des ateliers de formation sur la diversité, pensa Joe. Il se demanda combien de meurtres le shérif Tassell avait dû résoudre au cours de sa carrière. Il ne se souvenait d'aucune affaire récente de ce genre dans le comté de Teton.

Comme s'il lisait dans ses pensées, Tassell poursuivit :

– Tous les ans nous avons un ou deux accidents mortels, mais il ne s'agit pas de meurtres. Il arrive qu'un touriste se noie dans les rapides, qu'un skieur heurte un arbre ou qu'un fana des pistes force un peu sur une nouvelle drogue branchée. Mais ce n'est pas parce que nous n'avons pas de grosses affaires criminelles que nous ne sommes pas capables de les gérer. Notre communauté est très unie et il y a ici des gens importants qui ont beaucoup d'argent et beaucoup d'influence. Ils n'apprécient pas le genre d'incidents qui hantent les mauvaises chansons western. C'est bon pour le reste du Wyoming, mais pas pour Jackson. Et ils n'aiment pas non plus les nouvelles désagréables, parce qu'ils viennent ici pour se détendre.

Joe l'observait attentivement. Où voulait-il en venir exactement ?

– Cet endroit est spécial, reprit Tassell. Nous avons le revenu par habitant le plus élevé de tous les comtés des États-Unis à cause de tous les multimillionnaires qui se retrouvent ici.

Certains de ces individus croient être au-dessus des lois. Et vous savez quoi ? dit-il en haussant les sourcils. Ils le sont. Et ils n'apprécient pas vraiment qu'un suicide aussi moche ait lieu dans leur ville. Et moi non plus d'ailleurs.

– Je ne comprends pas très bien, dit Joe.

– Ce qui est fait est fait, dit Tassell en détournant le regard. Je ne tiens pas à ce qu'on ressorte tout ça.

– Et vous croyez que c'est ce que je vais faire ?

– Peut-être. En tout cas, c'est ce qu'a dit Barnum.

Joe marqua une pause avant de répondre. Tassell était manifestement en train de le mettre en garde, mais était-ce parce qu'il avait quelque chose à cacher ou simplement parce que rouvrir l'enquête entacherait sa réputation et attirerait l'attention sur cette affaire qu'il préférait oublier ? Joe pensa qu'il s'agissait vraisemblablement de la deuxième hypothèse.

– Ne vous inquiétez pas, dit-il. Je ne crois pas que vous ayez quoi que ce soit à craindre de moi.

– J'espère que vous dites vrai, dit Tassell d'un ton qui ne laissait place à aucune réplique. Je vais reprendre un peu de fromage, ajouta-t-il en s'excusant.

– Et pour les clés…

– Passez au bureau vers cinq heures. Notre atelier devrait être fini.

Joe regarda Randy Pope étreindre longuement Susan Jensen. Il se dit que son geste était un peu trop appuyé pour être correct. Susan n'avait pas l'air d'apprécier.

Pour finir, Pope prononça quelques mots de condoléances avant de prendre congé. En passant près de Joe, il leva les yeux.

– Au nom du département, c'est ça ? dit Joe.

– Vous n'avez rien d'autre à foutre ? lâcha Pope dont le visage venait de virer au rouge.

Susan Jensen se fraya un passage au milieu d'un groupe de gens et se dirigea droit sur Joe.

– Puis-je vous parler quelques minutes ?

– Bien sûr, dit-il en la suivant à travers la pièce jusqu'au couloir.

– J'ai besoin de boire un verre, dit-elle comme en s'excusant.

Joe non, mais il ne dit rien. Le bar était au bout du couloir et elle y jeta un coup d'œil avant d'entrer.

– La voie est libre, dit-elle.

Elle prit place sur un tabouret devant le comptoir désert et commanda un verre de vin blanc. Joe l'aimait bien, et ça depuis leur toute première rencontre. Elle était pleine de vie, intelligente et piquante. Comme Marybeth, c'était une fonceuse.

– Juste un Schweppes pour moi, dit Joe au barman, jeune, mince et bronzé – le look Jackson.

– Vous ne buvez pas, c'est bien, dit Susan.

– Pas aujourd'hui en tout cas.

Elle attendit la suite.

– J'ai bu quelques verres de trop hier soir.

– Avant, Will était comme vous, dit-elle. S'il buvait quelques verres de trop un soir, il ne touchait plus à l'alcool pendant plusieurs semaines. Il n'y pensait même pas. Mais après, il a changé.

– Susan, je suis vraiment désolé.

– Tout le monde l'est, dit-elle en sirotant son vin. (Joe perçut de la tension dans sa voix.) Tous les gens qui sont venus aujourd'hui sont vraiment désolés. Nous n'avons jamais eu autant d'amis à Jackson pour nous témoigner leur sympathie.

Joe ne savait que répondre.

– Pardon, dit-elle. Je n'aurais pas dû dire ça. C'est moche. Certaines personnes ont été très gentilles avec nous. Quelqu'un d'anonyme a même payé les frais de crémation et ça nous a beaucoup aidés. J'ai un nouveau travail, mais quand même, je dois penser aux garçons et à un moyen pour pouvoir payer leurs études.

Joe n'avait pas réfléchi au fait que le suicide n'était généralement pas couvert par les polices d'assurance vie. Il ressentit de la colère envers Will. Comment avait-il pu être si égoïste ?

– Joe, quand on quitte un homme, on a envie qu'il vous regrette. On voudrait qu'il soit désemparé et malheureux de vous avoir conduite à le quitter. Mais ensuite on voudrait qu'il se ressaisisse et qu'il vienne implorer votre pardon. Pas qu'il se suicide et qu'il vous laisse en plan comme ça.

– Je comprends.

– J'espère que vous me comprenez vraiment. Si un jour Marybeth venait à vous quitter, traînez-vous à ses genoux comme un petit chien malheureux. Ne ressassez pas votre douleur tout seul en pensant qu'il n'y a aucune issue.

Il acquiesça d'un hochement de tête. Il n'était pas sûr de comprendre pourquoi elle lui donnait un tel conseil. Elle vida son verre d'un trait et en commanda un autre.

– J'ai besoin d'un fortifiant avant de retourner là-bas, dit-elle.

Il avait trop de questions à lui poser.

– Où allez-vous vivre ?

– J'habite à Casper avec les enfants. Nous avons emménagé là-bas il y a quatre mois. Je travaille pour le journal local et nous habitons chez mes parents. J'ai commencé en vendant des espaces publicitaires, puis j'ai été promue responsable marketing. C'est un travail difficile, mais je me débrouille bien. Je gagne plus d'argent que je n'en ai jamais eu avant.

Joe voyait le parallèle avec sa propre famille. Les nouvelles occupations de Marybeth, le fait que son entreprise pourrait prospérer si Joe avait un travail différent ou s'ils quittaient Saddlestring.

– Et les garçons, comment ont-ils vécu le déménagement, et maintenant ça ?

– Très mal, dit-elle d'une voix neutre. Will était un bon père. Vous imaginez ce que ça peut être. Vous avez des filles, n'est-ce pas ?

– Oui.

– Alors imaginez si vous aviez des garçons. S'ils vous voyaient tous les jours prendre votre fusil après le petit déjeuner, mettre votre chapeau et partir dans les montagnes pour attraper les méchants et protéger les innocents. (Elle prononça ces derniers mots comme s'ils avaient une signification spéciale et Joe se dit qu'il devait s'agir d'une plaisanterie entre elle et Will.) Ils l'adoraient, poursuivit-elle. Et leurs sentiments pour lui n'ont pas changé. Ils ne l'ont pas vu pendant ces terribles mois où je lui rendais visite pour tenter une réconciliation. Il avait complètement changé. Plusieurs fois, je l'ai vu arpenter la maison en hurlant. Il titubait et m'insultait. Il n'avait jamais fait ça avant. Il avait des sautes d'humeur parfaitement imprévisibles. Un jour il était surexcité et le lendemain complètement déprimé. Je ne le reconnaissais plus. Il me faisait peur. Si les garçons l'avaient vu ou entendu quand il était comme ça, je ne sais pas ce qu'ils penseraient de lui aujourd'hui.

Ces paroles le firent tressaillir. Il voulait lui dire que ça n'était pas différent avec des filles, mais se ravisa. Il n'avait pas envie de se lancer dans ce genre de conversation.

– Susan, que lui est-il arrivé ?

Elle haussa les épaules.

– C'est la grande question, n'est-ce pas ? dit-elle en écarquillant les yeux. Il m'a répété plusieurs fois que la pression était de plus en plus forte, qu'il se sentait broyé par un étau. Mais ce n'était pas nouveau. Ça a toujours été comme ça ici, vous verrez. Mais il avait toujours su échapper à tout ça, en tout cas jusqu'à un certain point. Il rentrait dans sa caverne.

– Sa caverne ?

Elle but une grande gorgée.

– C'est comme ça qu'il l'appelait. Une caverne « mentale » dans laquelle il pouvait oublier ses soucis à la fin d'une mauvaise journée. Il s'installait devant la télévision ou regardait par la fenêtre. Parfois, il allait promener le chien ou voir ses chevaux. Peu importe ce qu'il faisait, parce qu'il était là sans être vraiment là, vous comprenez ?

– Je comprends. Quand je me sens comme ça, Marybeth et les filles disent que je vais dans la « Joe Zone ».

Elle lui sourit avec bienveillance.

– D'habitude, il se sentait bien quand il rentrait de ses patrouilles en montagne. Il disait que ça lui vidait la tête et que ça lui permettait de voir les choses sous un meilleur angle.

Joe comprenait parfaitement.

– J'ai accepté ce travail à Casper pour que Will puisse échapper à cette pression qui l'étouffait. Je pensais qu'il nous y suivrait. Je lui ai même trouvé des possibilités de travail, mais il ne s'y est jamais intéressé. Il est resté ici et les choses n'ont fait qu'empirer.

Joe hocha la tête. Il se demandait ce qu'il ferait s'il se trouvait dans la même situation, si Marybeth lui disait qu'elle en avait assez de ses absences et qu'elle voulait aller vivre ailleurs. Il la suivrait, non ? Quand il s'aperçut qu'il n'avait pas entendu ce que Susan venait de dire, il la pria de l'excuser et lui demanda de répéter.

– Je disais qu'il n'avait pas beaucoup réfléchi au fait que quand il passait ses nuits sous les étoiles ou ailleurs, il perdait complètement le contact avec le monde extérieur. Il faut croire qu'il aimait ça. Mais il avait une famille à laquelle il oubliait de donner des nouvelles. J'étais tellement inquiète pour lui qu'il m'arrivait de pleurer jusqu'à ce que je tombe de sommeil. Dans ces moments-là, je le haïssais. Mais dès qu'il revenait, je lui pardonnais. Quand je vous ai vu pendant le service funèbre, c'était à ça que je pensais.

– Puis les choses ont changé, n'est-ce pas ?

– Complètement, dit-elle en tapotant le bord de son verre pour signaler au barman qu'elle en voulait un autre. Surtout après notre départ. C'était comme si sa caverne s'était refermée et qu'il ne pouvait plus y avoir accès. Il n'avait plus d'échappatoire et la pression continuait de monter. Bien sûr, il ne m'en a jamais parlé et ne m'a jamais demandé d'aide. Pas Will. (Elle n'essaya même pas de dissimuler la colère qui perçait dans sa voix.)

– D'où venaient ses plus gros problèmes ?

– Vous me posez la question parce que vous voulez savoir ce qui est arrivé à Will ou pour découvrir ce qui vous attend ici ? Joe, je sais très bien que vous êtes ici pour le remplacer. Je me tiens encore au courant.

Il rougit, honteux de ne pas le lui avoir dit plus tôt.

– Les deux, sans doute.

Elle réfléchit quelques instants.

– Will disait – et il avait raison – que les problèmes semblaient surgir de toutes parts. Les partisans de la libération des animaux s'en prenaient à lui. D'ailleurs, j'ai été surprise de voir cette femme ici, vu qu'elle avait littéralement mis sa tête à prix sur son site internet. Ensuite, il y avait Smoke Van Horn et sa bande de vieux durs à cuire. Ils lui en ont vraiment fait baver, ils ont même essayé de le faire virer plusieurs fois. Smoke débarquait au milieu des réunions publiques et s'en prenait violemment à Will, aux agents de l'État et au gouvernement fédéral. Je lui en veux beaucoup d'avoir été si dur avec lui. Oh, poursuivit-elle avec un sourire amer, j'allais oublier les promoteurs. Ils débarquent ici pour refaire ce qu'ils ont déjà fait ailleurs et qui leur a fait gagner des millions. Et ça les rendait fous qu'un type comme Will, dont le salaire annuel était probablement inférieur au prix de leur bagnole, puisse retarder leurs projets en rédigeant un avis qui entravait leurs plans.

Joe l'interrompit.

– Est-ce que vous faites allusion à Don Ennis ? demanda-t-il en repensant à la carte de visite qu'il avait dans la poche.

Le visage de Susan se figea.

– Don Ennis. Vous le connaissez ?

– J'ai en quelque sorte fait sa connaissance hier soir. Il m'a offert un verre.

– Don et Stella Ennis, dit Susan, plus pour elle que pour Joe, comme si ces noms réveillaient des souvenirs douloureux.

Joe se rappela alors ce que Tassell lui avait dit à propos d'une dispute entre Will et quelqu'un d'important. Il faudrait qu'il lui en reparle pour savoir s'il s'agissait de Don Ennis.

Susan posa un regard brûlant sur lui et baissa la voix pour que personne d'autre ne puisse l'entendre.

– Joe, tout ce que je peux vous dire, c'est de vous méfier de cet homme. Il obtient toujours ce qu'il veut sans se préoccuper du mal qu'il peut faire aux autres.

Joe fut surpris par la véhémence de ses propos.

– Quant à Stella, enchaîna-t-elle, elle joue un rôle qu'elle est la seule à comprendre. C'est peut-être bien elle la plus redoutable.

– Que voulez-vous dire ?

Susan recula sur son tabouret et vida son verre d'un trait.

– Je ne sais pas trop. C'est juste une impression que j'ai. Comme un mauvais pressentiment. D'après moi, cette femme est dangereuse. Et Will, dit-elle en portant le verre vide à ses lèvres, Will pensait que je me trompais sur elle. Il croyait que j'étais jalouse. Et vous savez quoi ? Je l'étais sûrement.

Joe eut envie de défendre Stella. Susan l'avait-elle vue pleurer pendant le service funèbre ? Était-ce les larmes d'une femme dangereuse ? Mais il ne voulait pas discuter de ça avec Susan, pas maintenant en tout cas. Il changea de sujet.

– Sur quoi travaillait-il ces derniers temps ?

– Désolée, mais là je ne pourrai pas vous aider. Les garçons et moi sommes partis depuis des mois. Même quand nous vivions ensemble, il ne parlait pas des projets sur lesquels il travaillait. Il voulait que tout ça reste au bureau ou dans son 4×4. L'unique raison pour laquelle j'étais au courant des choses importantes – le mouvement de libération des animaux, Smoke ou le Beargrass Village d'Ennis –, c'est parce qu'il les avait mentionnées par hasard, que j'avais entendu quelqu'un en parler ou que je l'avais lu dans les journaux.

– Où gardait-il ses dossiers ? Ses carnets ? (Il se rendit compte qu'il se faisait pressant.) Désolé de vous paraître insistant.

– Ce n'est pas grave, dit-elle en lui tapotant la main. Pour les dossiers, je ne sais pas trop. Au bureau, je crois. Il lui arrivait de rapporter son carnet à la maison certains soirs – il était toujours en train de gribouiller dans ses carnets –, mais il ne laissait jamais aucun papier important chez nous.

– Est-ce que ça vous ennuie si je jette un coup d'œil dans ses affaires personnelles ?

– Bien sûr que non, Joe. Je ne sais pas trop quoi en faire de toute façon. Tout ça est probablement la propriété de l'État.

D'un mouvement brusque du poignet, Susan consulta sa montre. Si son verre n'avait pas été vide, pensa Joe, elle aurait renversé son vin.

– Il faut que je retourne voir les garçons et, hum… nos invités.

– Merci de m'avoir parlé, Susan. Je vous en suis très reconnaissant.

Elle lui tapota à nouveau la main avant de se laisser glisser du tabouret, d'un geste mal assuré. Joe la soutint par le bras jusqu'à ce qu'elle soit sur pied. Elle posa son verre et lissa sa jupe. Elle commençait à lui dire au revoir, lorsqu'elle se ravisa.

– Joe, avec toutes vos questions, j'ai failli oublier pourquoi je voulais vous voir. Il y a un an de ça, quand Will a commencé à aller mal, six mois avant que je le quitte, il m'a emmenée dîner. C'était une belle soirée, même si nous n'avions pas vraiment les moyens de nous l'offrir. Tout coûte tellement cher ici ! En tout cas, de façon tout à fait inattendue, il m'a annoncé qu'à sa mort il voulait que ses cendres soient répandues dans un lieu bien précis. Maintenant que j'y repense, je crois qu'il savait déjà que quelque chose allait arriver.

À nouveau solidement campée sur ses jambes, elle quitta le bar, suivi de Joe.

– Two Ocean Pass, voilà le lieu dont il a parlé. C'est quelque part dans les montagnes, là où il allait patrouiller. Il me l'a décrit dans les détails, à sa façon en tout cas.

Elle s'immobilisa au milieu du couloir et se tourna vers Joe. Il entendit le murmure des conversations dans la salle de réception où les invités attendaient le retour de la veuve.

– Il a dit qu'il y avait un ruisseau qui descendait des montagnes. Two Ocean Creek, je crois. En tout cas, ce ruisseau coule vers le sud à travers une grande prairie, avant de se séparer en deux au pied d'un sapin solitaire. Exactement sur la ligne de partage des eaux. Une partie va rejoindre l'Atlantique et l'autre le Pacifique. Il m'a dit que c'était la plus belle prairie qu'il ait jamais vue. C'est là qu'il voudrait qu'on répande ses cendres, près de cet arbre.

Joe venait de comprendre ce qu'elle lui demandait.

– Je n'irai jamais là-haut, dit-elle. Je ne veux même pas essayer. Mais c'est dans votre nouveau district et vous pouvez probablement retrouver l'endroit.

– D'accord, dit Joe. Ce sera un honneur. (Il avait une vague idée de l'endroit dont elle parlait. Il l'avait vu sur la carte accrochée au mur du bureau.) Y a-t-il autre chose que je puisse faire pour vous ?

Elle fit non de la tête.

– C'est déjà beaucoup, Joe. Je vais vous donner mon numéro à Casper. J'aimerais que vous m'appeliez quand ce sera fait.

L'urne ressemblait à une énorme chope de bière. Joe la porta jusqu'à son pick-up en se disant qu'elle était vraiment très légère et en se demandant – avec un vague sentiment de culpabilité – de quelle couleur pouvaient être les cendres (marron, grises ou blanches ?). Dans la rue, une Pontiac Grand Am pleine d'adolescents ralentit à son niveau, une vitre se baissa et un visage simiesque apparut.

– Eh, mec, elle est où la fête ?

# 13

À seize heures quarante-cinq, Joe entra dans les bureaux du comté de Teton et annonça à la réceptionniste qu'il venait voir le shérif Tassell. Elle lui répondit qu'il était en réunion et qu'elle ne pouvait pas le déranger. Dans son dos s'ouvrait un couloir avec plusieurs portes closes. Derrière l'une d'elles, on entendait un murmure de voix.

– Quand sera-t-il disponible ? demanda Joe, agacé.

– Il ne me l'a pas dit.

– A-t-il laissé un message pour moi ? Ou un trousseau de clés ?

– Vous êtes… ? demanda-t-elle d'un air condescendant.

Il le lui dit.

– Non, il n'y a rien pour vous ici.

Résigné à attendre, Joe regarda le petit espace de la réception. Il y avait deux chaises dont une était occupée par un homme tout en muscles et portant un pantalon en toile, un polo, une veste et des chaussures de randonnée légères. Pas vraiment un gars du coin, plutôt quelqu'un de la ville qui essayait d'avoir l'air sportif et décontracté. L'homme le regardait droit dans les yeux comme s'il le défiait de s'asseoir à côté de lui.

– Vous aussi, vous attendez le shérif ? s'enquit Joe.

– Possible, répondit l'homme.

Il y avait quelque chose de bizarre chez ce type, pensa Joe juste avant de remarquer l'oreillette et le petit fil torsadé qui disparaissait dans le col de sa chemise.

– Services secrets ? demanda Joe en se rappelant les propos de Tassell sur la visite du vice-président.

– Possible, répéta l'homme. Je crois que le shérif en a encore pour un bout de temps.

Joe était manifestement en train de se faire congédier. Il jeta un coup d'œil à la réceptionniste qui, soudain très absorbée par la lecture d'un magazine, ne daigna pas lui rendre son regard.

– Quand vous verrez le shérif, dites-lui de m'appeler. (Il nota le numéro de son portable sur une carte de visite et la lui tendit.) Et dites-lui que s'il ne m'appelle pas je serai obligé d'aller le déranger chez lui.

Elle prit la carte sans un mot.

L'agent des services secrets l'observait froidement. Puis il se détourna comme pour lui signifier qu'il pouvait disposer.

Il quitta la ville et prit vers le nord avant de s'arrêter sur une aire de stationnement surplombant la rivière. Il avait posé l'urne contenant les cendres de Will sur le siège passager, là où Maxine aurait dû se trouver. Maintenu par la ceinture de sécurité, l'objet éveillait en lui un sentiment macabre.

Les Teton Mountains, éclairées par les dernières lueurs du couchant, découpaient leur silhouette noire et déchiquetée sur un ciel violacé. Sur la Snake River, entre les trembles aux reflets d'or, il aperçut une embarcation bleue pleine de touristes engoncés dans leurs gilets de sauvetage. Le guide qui manœuvrait les pagaies leur montrait quelque chose en amont et Joe suivit son geste. Un énorme nid d'aigle, pratiquement de la taille d'une petite voiture, occupait la cime d'un vieux peuplier de Virginie. Il prit ses jumelles et aperçut deux aiglons et leur mère qui les regardait, en équilibre sur le bord du nid. Leurs becs crochus s'ouvraient et se refermaient, faisant apparaître leur intérieur rosé.

Il pensa aux faucons de Nate. Puis à Saddlestring. Puis… il fallait qu'il appelle chez lui. Il prit son portable et appuya sur le numéro préenregistré.

À la cinquième sonnerie, Lucy décrocha.

– Je peux parler à Maman ? lui demanda-t-il après qu'elle lui eut raconté une longue histoire sur le remplaçant qu'elle avait eu ce jour-là à l'école et qui leur avait dit qu'il voulait bien être leur copain, mais qu'il fallait quand même l'appeler « monsieur Kenny ».

– Elle n'est pas là, dit Lucy.

– Ah bon… Mais où est-elle ?

– Elle a dû conduire Sheridan à l'hôpital.

Il bondit sur son siège.

– Quoi ?!

– Quelqu'un lui a mis le doigt dans l'œil pendant l'entraînement de volley.

C'était donc là qu'elle était quand il l'avait appelée plus tôt – à l'entraînement de volley. Bon Dieu !

– C'est grave ?

– Je ne sais pas.

– Lucy, dit-il en essayant de parler calmement. Dis-moi ce qui s'est passé.

Joe entendait la télévision en arrière-fond. Tous les soirs avant le dîner, Lucy regardait des dessins animés. Il reconnut la voix de Bob l'éponge.

– Je ne sais pas trop, dit Lucy, distraite. Sherry a appelé Maman il y a un bout de temps pour qu'elle aille la chercher.

– C'est Sheridan qui a appelé ? Pas l'entraîneur ou un docteur ?

Joe se sentit légèrement soulagé. Il se dit que ça ne devait pas être très grave si c'était elle qui avait téléphoné.

– Oui, il me semble que c'était elle.

– Lucy !

– Maman m'a juste dit qu'elles seraient de retour pour le dîner. C'est tout ce que je sais.

Joe hocha la tête. Il n'avait aucune raison d'être en colère contre Lucy ou de la gronder. Le coup de fil de Sheridan avait dû les affoler et Marybeth avait dû quitter la maison précipitamment. Il essaierait de la joindre sur son portable.

– Très bien, ma chérie. Dis à Maman que je rappellerai bientôt.

– Papa, dit Lucy. Tu me manques.

Lucy aimait bien remuer le couteau dans la plaie.

– Toi aussi, tu me manques. Je t'aime.

– Je t'aime…

Il appela le portable de Marybeth et tomba sur sa boîte vocale. Dans sa précipitation, elle avait dû oublier de l'allumer ou bien il n'y avait pas de réception là où elle était. Il y avait plusieurs endroits comme ça le long de Bighorn Road, entre leur maison et Saddlestring. Il laissa un message, s'enfonça dans son siège, replaça le téléphone dans son support et, frustré, porta le regard vers la rivière. Lorsqu'il posa à nouveau les yeux sur le téléphone, il constata qu'il avait un message. Il l'écouta. C'était le shérif Tassell.

– La réunion va finir tard, disait-il d'un ton empreint de lassitude, et après j'ai un dîner. Rendez-vous devant la maison du garde-chasse ce soir, à vingt-deux heures. J'apporterai les clés.

Joe soupira.

L'embarcation disparaissait derrière les arbres et la végétation avant de reparaître plus bas. Ces gens devaient être en vacances. Ils avaient vu un nid d'aigle et, après leur descente, ils finiraient la journée dans un bon restaurant avant de se retirer dans leur chambre d'hôtel. Pour eux, la vraie vie était suspendue.

Il regarda les hauts sommets, puis l'embarcation sur la rivière et enfin l'urne à côté de lui. Ils ne sont pas les seuls, songea-t-il.

Sur la route qui le ramenait à Jackson, alors qu'il amorçait un virage sans visibilité, il enfonça la pédale de frein. La Porsche Boxster qui l'avait dépassé la veille bloquait la voie de droite, deux traces de pneus marquant le bitume à l'endroit où le véhicule avait fait une embardée avant de s'immobiliser. Instinctivement, il tendit la main droite pour empêcher un chien ou un enfant – il n'y avait ni l'un ni l'autre dans la cabine du pick-up – de venir percuter le tableau de bord et le pare-brise. Son pare-chocs avant s'arrêta à quelques centimètres de la Porsche.

Il bondit hors du pick-up et le contourna, sa lampe torche à la main. Mais elle ne lui fut pas nécessaire, les phares de la Porsche éclairant parfaitement la scène. Ce n'était pas beau à voir. Une biche de belle taille gisait en travers de la route, la tête dans une flaque de sang. Le capot de la Porsche était défoncé et le pare-brise s'était craquelé sous l'impact. Assise dans le fossé, une femme serrait un faon dans ses bras. Chétif et grêle, avec des taches noires sur le dos, l'animal ne devait pas avoir plus de six semaines. Joe sentit une bouffée de colère l'envahir.

– Vous allez bien ? demanda-t-il, sans grande empathie, mais en s'efforçant de parler d'un ton égal.

Lorsqu'elle leva les yeux vers lui, il surprit le reflet des phares dans son regard. Il nota ses pommettes saillantes et son visage émacié aux traits tirés.

– Je vais bien, mais cette pauvre biche et son petit se sont jetés devant ma voiture. J'ai voulu m'arrêter, mais je n'ai pas pu.

Joe braqua le faisceau de sa lampe sur le capot de la Porsche.

– Les dégâts sont importants, dit-il. À combien rouliez-vous ?

– Je ne sais pas. À la vitesse limite, je crois.

– Jamais de la vie, dit Joe en regardant l'état de la voiture et en se rappelant la vitesse à laquelle elle l'avait doublé la veille.

– Est-ce que la mère est morte ?

Joe s'agenouilla près de la biche. Elle posa son regard sur lui et il entendit sa respiration faible et difficile. Il comprit en voyant l'irrégularité de son pelage au niveau de la cage thoracique qu'elle avait les côtes brisées. Des flots de sang écumeux d'un rouge éclatant coulaient de sa bouche et de ses naseaux. Ses poumons avaient été perforés par des éclats d'os et de cartilage.

– Elle n'est pas encore morte, dit Joe.

– Est-ce qu'elle souffre ?

Joe lui lança un regard furieux.

– À votre avis ?

La femme ne répondit pas.

Une voiture ralentit et s'arrêta sur la voie de gauche. Il entendit une portière s'ouvrir et se refermer en claquant. Lorsqu'il leva les yeux, une silhouette féminine se profilait dans la lueur des phares.

Il se redressa, saisit les pattes avant de la biche au-dessous des articulations et entreprit de la tirer vers le fossé. Elle décocha quelques ruades involontaires et faillit lui échapper. Stella Ennis, qui venait d'arriver, apparut à ses côtés et saisit les pattes arrière de l'animal.

Lorsqu'il leva la tête vers elle, il vit des larmes dans ses yeux. Mais son visage affichait une expression déterminée. Ensemble, ils tirèrent la biche jusqu'au fossé herbeux. Puis il dégaina son Beretta.

– Ne la tuez pas ! supplia la conductrice de la Porsche. Je vous en prie…

– Tournez-vous, s'il vous plaît, dit Joe doucement.

Stella se retourna, les mains sur le visage.

Joe braqua son arme sur la tête de la biche. La détonation fut assourdissante et se répercuta entre les arbres qui bordaient la route. Un gargouillis monta de l'animal, suivi d'un soupir.

– Oh, mon Dieu, c'était horrible ! dit la femme qui n'avait toujours pas lâché le faon. Vous êtes fou !

Joe rengaina son pistolet et revint sur la route.

– Laissez-moi voir le faon.

– Non !

– Retirez vos mains et laissez-moi le voir.

– Monsieur Pickett… commença Stella.

Joe perçut comme une mise en garde dans sa voix.

Lentement, la femme libéra le faon et leva vers eux un visage horrifié. Comme traversé par un courant électrique, le faon se débattit quelques secondes avant de se redresser précipitamment. Debout sur ses pattes frêles comme des baguettes, il hésita un instant avant de s'écrouler d'un seul coup.

– Que lui avez-vous fait ? hurla la femme. Il a eu horriblement peur.

En s'agenouillant près du faon, Joe comprit enfin ce qui venait de se passer. Un côté de son crâne avait été enfoncé lorsqu'il avait heurté la voiture. Il dirigea le faisceau de sa lampe vers la femme et aperçut du sang noir sur sa chemise, là où elle avait tenu l'animal contre elle.

Il traîna le faon vers sa mère, celui-ci lui paraissant alors incroyablement léger.

Puis il se tourna vers la femme.

– Il y a des biches partout sur cette route. Tous les soirs. Vous devriez le savoir.

– Je n'y suis pour rien, rétorqua la femme en se levant. Elle a bondi devant ma voiture.

– Non, lui renvoya sèchement Joe. Vous rouliez beaucoup trop vite. Je suis souvent sur la route, mais je n'ai jamais heurté un animal, vous m'entendez ? Et encore moins deux.

– Je vous ai dit que je n'y étais pour rien, répliqua la femme en colère.

Les propos de Pope lui revinrent à l'esprit : il fallait se montrer respectueux, faire bonne figure en tant que représentant de l'administration. Il posa à nouveau les yeux sur le cadavre de la biche.

– Ces animaux ne sont pas ici pour le décor. Ils sont bien réels et vous venez de les tuer. Vous êtes ici chez eux, madame.

La femme enfouit son visage dans ses mains.

– Ouah ! s'écria Stella Ennis, admirative.

Il aperçut l'éclat blanc de ses dents.

– Merci de votre aide, dit-il en lui tendant la main.

Il se ravisa lorsqu'il se rendit compte que sa main était maculée de sang, mais elle s'avança vers lui et lui serra le bout des doigts. Elle aussi avait du sang sur les mains.

– Appelez-moi Stella, dit-elle.

Quelque chose à l'intérieur de lui tressaillit.

# 14

Marybeth Pickett finissait juste de donner à manger aux chevaux lorsqu'elle entendit la sonnerie du téléphone dans la maison. Il faisait déjà froid et sombre et elle avait deux heures de retard pour le dîner à cause de leur visite à l'hôpital. Elle gagna la maison en courant et entra par la porte de derrière.

– J'espère que c'est Papa, dit Sheridan qui faisait ses devoirs sur la table de la cuisine.

Lucy leur avait dit qu'il avait téléphoné et qu'il devait rappeler plus tard. Une odeur d'oignons, de tomates et d'ail flottait dans la cuisine. Elle avait mis une pizza congelée au four – et ça lui donnait mauvaise conscience. Depuis que Joe était parti, elles mangeaient trop souvent ce genre de choses.

Voir Sheridan avec son œil bandé ébranla Marybeth – elle était pourtant là lorsque le docteur avait posé le carré de gaze quelques heures plus tôt. D'après lui, c'était probablement sans gravité. De fait, si l'ongle d'une joueuse adverse ne lui avait pas égratigné la cornée, l'incident aurait été tout à fait bénin. Sheridan leur avait expliqué que l'accroc s'était produit alors qu'elles étaient en train de se disputer le ballon. L'arbitre n'avait pas sifflé, les joueuses s'étaient précipitées, Sheridan avait attrapé le ballon et quelqu'un, arrivé par-derrière, lui avait griffé les yeux. Officiellement, c'était un accident.

– Moi aussi, j'espère que c'est lui, dit Marybeth à Sheridan en décrochant le combiné du mur d'un geste vif.

Silence.

– Joe?

Elle tendit l'oreille. Un souffle rauque et quelque chose d'autre – des voix étouffées? – en arrière-fond.

– Joe, tu es sur ton portable ? Tu m'entends ?

– Je veux lui parler, dit Sheridan depuis la table de la cuisine.

Marybeth posa la main sur le combiné et fit signe à sa fille que ce n'était pas lui.

Puis elle se rappela l'option d'affichage du numéro d'appel qu'ils venaient de faire installer. Elle avait oublié de regarder avant de décrocher. Mais le numéro était précédé du 720 et cet indicatif lui était inconnu.

– Qui est à l'appareil ?

Une inspiration rapide, comme si la personne rassemblait ses esprits avant de prendre la parole. Et puis, plus rien.

– Je raccroche, dit Marybeth en joignant le geste à la parole.

Le numéro d'appel disparut de l'écran. Elle le retrouva dans le journal des appels et le nota sur ce qu'elle avait sous la main, la marge de la première page du *Saddlestring Roundup*.

– Qui c'était ? demanda Sheridan.

– Un faux numéro.

– Alors, pourquoi tu l'as noté ?

Prise de court, Marybeth leva les yeux.

– Au cas où la personne rappellerait.

– Papa et toi, je vous ai entendus parler de quelqu'un qui appelait et qui ne disait rien. C'était lui ?

– Je n'en sais rien, répondit Marybeth, d'une voix plus stridente qu'elle ne l'aurait voulu.

Sheridan darda sur elle un œil noir. Peu importe qu'elle ait un œil masqué, l'intensité y était.

– Pas la peine de me traiter comme une imbécile. J'ai treize ans, tu sais. Je ne sais pas si tu te rends compte.

Marybeth se prépara à une autre dispute. Celles-ci étaient de plus en plus fréquentes depuis quelque temps.

– Sheridan, dit Marybeth en regrettant déjà ses paroles, est-ce que tu te rends compte que c'est très jeune ?

Sheridan posa bruyamment son stylo sur sa feuille.

– Tu me traites comme si j'avais l'âge de Lucy. On dirait que tu as oublié tout ce que j'ai déjà vécu.

– Oh, arrête un peu.

– Non, rétorqua Sheridan les joues en feu, je n'arrêterai pas. Si quelqu'un appelle chez nous et que nous sommes en danger, je veux être au courant. Arrête de me protéger de tout comme si j'étais un bébé.

Marybeth respira un grand coup et compta jusqu'à trois.

– Je ne suis sûre de rien pour l'instant. Je n'ai aucune idée de qui ça peut être, ni de pourquoi cette personne appelle. Nous ignorons si ça veut dire quelque chose ou pas.

Sheridan continuait de lui lancer des coups d'œil mauvais. Ce fut le moment que choisit Lucy pour faire irruption dans la cuisine. Elle regarda d'abord sa mère, puis sa sœur, comme si elle assistait à un match de tennis.

– Alors, c'était si difficile que ça de m'en parler ? insista Sheridan.

– De lui parler de quoi ? demanda Lucy. C'était Papa au téléphone ?

– Laisse tomber, dit Sheridan à sa sœur.

– Non, ce n'était pas ton père.

– Quand va-t-il appeler ?

– Je n'en sais rien, dit Marybeth d'une voix où perçait la frustration.

– Il appellera, déclara Sheridan en ramassant son stylo et en reprenant ses devoirs.

Ne sois pas si sûre de toi, pensa Marybeth en regardant sa fille aînée. Ce ton de certitude absolu lui déplaisait, mais elle l'oublia presque aussitôt.

Elle ramassa le journal sur lequel elle avait noté le numéro et se dirigea vers le bureau de Joe. En passant près de la table, elle ébouriffa les cheveux de Sheridan d'un geste affectueux. La fillette détourna la tête d'un geste brusque, comme si elle ne voulait pas que sa mère la touche.

– Sheridan…

– J'essaie de faire mes devoirs, d'accord ?

Laisse tomber, se dit Marybeth. N'insiste pas.

Elle posa le journal sur le tas de courrier en attente. Elle avait pensé lire les noms des expéditeurs à Joe quand il appellerait pour voir si certaines de ces lettres étaient importantes et devaient lui être envoyées à Jackson. Elle voulait aussi lui demander s'il connaissait le numéro de téléphone qu'elle avait noté. Mais ça, c'était s'il appelait un jour.

# 15

Le shérif Tassell était en retard à leur rendez-vous. Joe avait appelé Marybeth, mais leur conversation s'était avérée frustrante – le signal de réception était faible et, comme il n'entendait que des bribes de phrases, il lui demandait sans arrêt de répéter.

– Sheridan va bien ?

– Elle a l'air. C'est son attitude qui va moins bien…

Joe ne saisit pas la fin de la phrase.

– Et son œil, ça va ?

– Joe, je viens juste de te dire…

Plus rien.

Il sortit de son pick-up, fit quelques pas sur le trottoir et se tourna dans tous les sens pour capter un meilleur signal.

– … un autre appel, mais la personne ne disait rien…

– Quoi ?

– Le numéro d'appel était précédé de l'indicatif 720. Est-ce que…

– 720 ?

– … elle voulait que je lui en parle, pour savoir si nous étions en danger…

– Marybeth, attends, dit Joe, agacé. Dès que je suis à la maison, je t'appelle sur le fixe et on pourra parler, d'accord ?

– … tu leur manques, Joe…

– Tu as entendu ce que je viens de dire ?

Tout d'un coup, la connexion fut meilleure.

– Entendu quoi ? Pourquoi tu t'énerves ?

– Je ne m'énerve pas, dit Joe en levant les yeux vers les

réverbères de la rue. La réception est mauvaise. Je n'entends que la moitié de ce que tu dis.

– … peut-être devrais-tu rappeler demain pour pouvoir parler aux filles…

– D'accord. Écoute, Marybeth…

Plus de réception.

Joe soupira et éteignit son portable. Au même moment, la Jeep Cherokee du shérif apparut au bout de la rue et vint se garer derrière son pick-up.

– Désolé pour le retard, dit Tassell en bondissant hors de son 4×4.

Avant que le plafonnier ne s'éteigne avec la fermeture de la porte, Joe aperçut une femme sur le siège passager – probablement l'épouse du shérif – et au moins deux enfants sur la banquette arrière.

– Le nombre d'obligations sociales auxquelles je suis tenu d'assister est considérable, lança Tassell par-dessus son épaule. (Il remonta l'allée conduisant à la porte d'entrée en faisant tourner un trousseau de clés autour de son index.) Y a un truc pratiquement chaque soir.

Joe poussa un vague grognement.

– Ce soir, c'était le dîner annuel de collecte de fonds pour le musée de la Faune et de la Flore. En tant que shérif, je suis tenu d'assister à ce genre de soirée. Si je n'y vais pas, ça se remarque.

– Vous auriez pu me laisser les clés au bureau.

Tassell s'immobilisa devant la porte d'entrée et chercha la clé.

– Je voulais d'abord voir dans quel état c'était.

– Pourquoi ?

Tassell se retourna, mais dans l'obscurité Joe ne put distinguer son visage.

– Je veux m'assurer que tout a été nettoyé.

Joe l'espérait aussi, mais ne fit aucun commentaire. Tassell tourna la clé dans la serrure et poussa la porte, qui s'ouvrit avec un bruit d'adhésif qu'on décolle – les scellés venaient de sauter. Il chercha un interrupteur à tâtons et alluma en même temps les lumières intérieure et extérieure. Joe cligna des yeux et le suivit.

– Ça a l'air propre, dit-il en balayant la pièce du regard.

Joe contourna Tassell. Ce n'était guère plus grand que chez lui, à Saddlestring. Ils venaient d'entrer dans la cuisine qui tenait aussi lieu de salle à manger. Les appareils ménagers s'alignaient le long du mur adjacent à la porte. Le réfrigérateur avec distributeur d'eau et de glaçons y était l'unique élément un tant soit peu moderne. La table où Will s'était donné la mort occupait le centre de la pièce, deux chaises placées de part et d'autre. Pas la moindre décoration sur les murs au revêtement bon marché, à l'exception d'une horloge arrêtée. Le plafond, d'un blanc douteux, avait besoin d'une bonne couche de peinture. Le lustre en verre dépoli émettait une lumière blafarde – il avait au moins une ampoule grillée et un tas de papillons nocturnes morts derrière le verre. Les émanations d'un puissant désinfectant imprégnaient la maison.

Tassell avança jusqu'au bout de la table, fit volte-face et pointa le doigt vers le plafond.

– Voici le point d'impact de la balle, dit-il en désignant un trou de la taille d'une grosse pièce à quelques centimètres du coin du mur. Je croyais qu'ils l'auraient rebouché, mais apparemment ce n'est pas le cas.

Joe regarda le plafond. Sous la lumière, les traces d'un nettoyage rapide étaient encore visibles. Le mur est avait aussi été nettoyé récemment.

– C'était vraiment moche ici, dit Tassell. Un .44 Magnum fait de sacrés dégâts. Ce putain de flingue a un tel recul que le canon lui a perforé le palais.

Il joignit le geste à la parole et mit son doigt dans sa bouche, juste derrière les dents du haut. Puis il tendit un trousseau de clés à Joe et ajouta :

– Les clés de son 4×4 sont dessus.

– Merci.

– Que vous dire d'autre ? C'est une baraque merdique, mais apparemment c'est votre nouveau domicile. Bon, j'ai les gamins dans la bagnole. Faut que j'y aille.

– J'aurai probablement quelques questions à vous poser sur le suicide de Will. Je vous appellerai.

Tassell hésita un instant sur le seuil.

– Rien ne vous y oblige.

Joe occupa l'heure qui suivit à s'installer. Il retira les draps du lit et posa son sac de couchage directement sur le matelas. Puis il accrocha ses vêtements dans la penderie, vide à l'exception d'une vieille paire de bottes Sorel. Il entassa les cartons de Will le long du mur de la salle de séjour en se disant que sa maison était comme son bureau, complètement impersonnelle. En partant, Susan avait probablement tout pris, et Will avait laissé les choses en l'état.

Où allait-il poser l'urne ? Aucun endroit ne lui semblait adéquat. Il arpenta la maison en la tenant à deux mains devant lui. S'il existait un protocole pour ce genre d'occasion, il l'ignorait. Il la posa donc sur la table.

Il constata avec soulagement que le téléphone était branché et que la télévision marchait. Il l'alluma et sélectionna une chaîne de sport qui ferait un bruit de fond dans cette maison vide. Entre les filles, Marybeth et Maxine, il y avait toujours du bruit chez lui et il supportait mal le silence.

Il était minuit passé quand il sortit pour chercher le carnet de Will dans son 4×4. La cabine était un fouillis de matériel de toutes sortes, cartes, vêtements et papiers. On aurait dit le pick-up de Joe. Contrairement à sa maison et à son bureau, c'était là la vraie vie de Will et son principal lieu de travail. C'était comme s'il venait juste de sortir et de fermer le 4×4 pour la nuit ; on avait l'impression qu'il allait revenir, comme dans son bureau. Un paquet de graines de tournesol était resté ouvert sur le tableau de bord. Joe fouilla la cabine dans ses moindres recoins, glissant même la main entre les sièges où il découvrit une flasque de vodka à moitié vide. Mais pas le moindre carnet.

Tout en continuant à fouiller, il repensa à sa rencontre avec Stella Ennis plus tôt dans la soirée. Il se rappela le tressaillement qui l'avait parcouru au contact de sa main, même s'il ne s'agissait maintenant plus que d'une sensation douce et lointaine. Il n'avait ressenti ce genre de frisson électrique que deux fois dans sa vie. La première fois, c'était en quatrième, le jour où Jo Ellen Meese lui avait dit à l'oreille à quelle heure elle se mettait en chemise de nuit et que la fenêtre de sa chambre n'était pas verrouillée. La deuxième était celui où – il neigeait – il avait aperçu Marybeth au milieu d'un groupe de filles qui se dépêchaient de rejoindre leur classe à l'université du Wyoming. Elle s'était retournée, leurs regards s'étaient croisés et il avait su que c'était la femme de sa vie.

Ces deux événements l'avaient marqué profondément ; la première fois et, pensa-t-il, son véritable amour.

Et, ce soir, au bord de la route, ce même frisson l'avait parcouru au contact d'une femme mariée qui avait du sang sur les mains.

Revenu dans la maison, il passa toutes les pièces en revue. En plus de la chambre principale, il y en avait une petite avec deux sommiers à ressorts sans matelas. Malgré le nettoyage, des marques de crayons de couleur étaient encore visibles sur le plancher. C'était sûrement la chambre des garçons. De l'autre côté du couloir se trouvait une salle de bains avec une baignoire qui servait aussi de douche, un siège de W.-C. jauni et une armoire à pharmacie vide. L'équipe de nettoyage n'avait même pas laissé une serviette. Le cellier était vide et semblait l'être depuis des mois. Susan avait dû emporter la machine à laver et le sèche-linge, et Will ne les avait jamais remplacés. Le sol était couvert de poussière et de crottes de souris.

Le réfrigérateur était vide à l'exception d'une boîte de bicarbonate de soude ouverte et d'une canette de bière. Joe la décapsula et en avala une grande gorgée. Son goût horriblement amer lui soulevant le cœur, il la recracha dans l'évier. Il remplit l'unique verre en plastique qu'il trouva dans le placard au distributeur d'eau fraîche du réfrigérateur et essaya de se débarrasser du mauvais goût qu'il avait dans la bouche.

L'unique élément qui prouvait que Will avait vécu et était

mort dans cette maison, autre que la vieille paire de bottes et le trou dans le plafond, était le congélateur. L'équipe de nettoyage l'avait oublié. Il était plein de viande.

À trois heures du matin, Joe se réveilla en sursaut en ne sachant pas où il se trouvait. La tête lui tournait et lorsqu'il essaya d'allumer la lampe sur la table de chevet qu'il avait chez lui, il ne rencontra que le vide, perdit l'équilibre et roula du lit en entraînant avec lui son sac de couchage. Il tomba par terre et lâcha un « Nom de Dieu ! » retentissant, ses genoux heurtant le sol avec un bruit sourd, comme un coup de feu étouffé se répercutant à travers la maison et suivi par ce qu'il prit d'abord pour le son produit par un oiseau affolé se heurtant aux murs dans le noir.

Combien de temps resta-t-il ainsi par terre, à quatre pattes et la tête baissée pour essayer de reprendre ses esprits ? S'était-il cogné le crâne en tombant ? Il ne s'en souvenait pas. Pris de vertiges, il faillit perdre connaissance en essayant de s'asseoir. Il s'écroula, s'extirpa de son sac de couchage et, nu et les yeux grands ouverts, resta étendu sur le plancher glacé à attendre que la raison lui revienne.

Enfin il se leva en titubant, chercha à tâtons le montant de la porte et appuya sur l'interrupteur qui se trouvait tout près. Une lumière crue envahit la pièce. Il resta immobile un instant, puis se frotta les yeux sans arriver à y voir clair.

La tête brumeuse, il balaya la pièce du regard et finit par se rappeler où il était. Son sac de couchage était en boule par terre et son oreiller toujours sur le matelas, trempé de sueur. Avait-il rêvé d'un oiseau ? D'où pouvait lui venir cette image ?

Il enfilait son Wrangler et un tee-shirt lorsque le bruit qu'il avait entendu lui revint en mémoire. C'était un martèlement régulier et rapide, comme un faisan s'échappant d'un buisson. Ou comme quelqu'un, pensa-t-il en sentant ses poils se dresser sur ses bras, qui s'enfuyait en courant.

Il regarda autour de lui en essayant de se rappeler où il avait posé son arme avant de se coucher. Puis il retira le Beretta .40 de son holster et avança dans le couloir sur la pointe des pieds. Une par une, il vérifia chaque pièce, ouvrant les placards, inspectant tous les recoins, mais la maison était vide, portes et fenêtres verrouillées. Il avait la tête lourde et endolorie, comme si une horrible grippe venait de s'abattre sur lui.

Enfin sûr d'être seul dans la maison, il s'assit sur une chaise et posa son arme sur la table. Il se frotta les yeux et la figure en se demandant s'il devait se réveiller complètement ou essayer de se rendormir. Son corps hésitait entre la veille et le sommeil.

C'était peut-être seulement l'épuisement. Ça faisait presque une semaine qu'il dormait très peu. Il était loin de son territoire familier et de ses habitudes. Marybeth et les filles lui manquaient. Il renversa la tête en arrière et contempla le trou laissé par la balle au plafond.

– C'est là qu'il était assis, dit-il tout haut. Sur cette chaise.

Il jeta un coup d'œil involontaire au Beretta posé sur la table, puis à l'urne, et entrevit le côté mélodramatique de la scène. Il se leva et secoua la tête pour essayer d'en chasser le brouillard. C'était peut-être cette bière amère ou l'odeur puissante du désinfectant qui lui donnait cette sensation de malaise.

Il déverrouilla la porte d'entrée et avança, pieds nus, sur le perron. L'herbe était recouverte d'un léger givre couleur de lune. L'air glacé lui brûla les poumons et il se sentit mieux. Sa tête commençait à s'éclaircir. Il se tint sur le seuil, à respirer ainsi jusqu'à ce qu'il grelotte, puis il rentra. Il s'apprêtait à retirer ses vêtements pour se glisser dans son sac de couchage lorsqu'une pensée lui traversa l'esprit. Il enfila ses bottes, sortit sa lampe torche de son sac à dos, prit son Beretta sur la table, traversa le cellier et déverrouilla la porte de derrière avant de passer dans le minuscule jardin. Les hautes frondaisons des peupliers de Virginie masquaient le ciel. Il alluma sa lampe et balaya le sol jusqu'à ce que le faisceau lumineux s'arrête sur des empreintes de pas sous la fenêtre de sa chambre et des marques laissées par des bottes dans l'herbe gelée, celles de quelqu'un qui s'était enfui à grandes enjambées en l'entendant tomber de son lit.

# TROISIÈME PARTIE

À travers le plastique, vous regardez le paquet de viande rouge au supermarché. Qu'y a-t-il donc écrit là ? *Délicieux*? *Excellent*? *Qualité extra*? Ou encore *Approuvée par le gouvernement*? Bien assez vite, vous avez du sang plein les mains. C'est inévitable.

Thomas McGuane,
*Outsider*[1]

Nous ne pouvons que plaindre le jeune garçon qui n'a jamais tiré un coup de fusil ; il n'en est pas plus humain, c'est son éducation qui a été tristement négligée… Si je devais habiter un désert je me verrais de nouveau tenté de devenir pêcheur et chasseur pour tout de bon.

Henry David Thoreau,
*Walden ou la Vie dans les bois*[2]

1. Traduit de l'américain par Brice Matthieussent. Paris, Christian Bourgois, 1996.
2. Traduit par L. Fabulet. Paris, La Nouvelle Revue française, 1922.

# 16

Le jour n'était pas encore levé sur Jackson ce dimanche matin-là et tout était calme. Joe était complètement groggy. Après son réveil en sursaut et sa chute, il n'avait pas réussi à se rendormir et avait passé les heures qui avaient suivi à fouiller dans les cartons de Will pour y trouver le carnet manquant ou un détail quelconque qui aurait pu l'aider à comprendre ce qui s'était passé. Il se doucha, s'habilla et partit pour la ville dans un état léthargique. Lorsque ses idées commencèrent à s'éclaircir, il se rendit compte qu'il avait faim. Il repéra un restaurant, le Sportsman's Café, qui ouvrait à cinq heures trente – c'était affiché sur la porte –, et passa la demi-heure suivante à arpenter la place centrale de Jackson, ses bottes résonnant sur les trottoirs de bois gelés et la buée de sa respiration s'échappant de sa bouche en petits nuages d'une blancheur transparente. Il examina les arcades en bois de wapiti aux coins de la place et nota que les ramures avaient blanchi avec le temps.

Autour de la place s'alignaient des boutiques de vêtements de marque, des magasins spécialisés, des galeries d'art, des commerces dédiés à la pêche à la mouche, le Million Dollar Cowboy Bar qui se targuait d'avoir des selles à la place de tabourets et plusieurs restaurants qui auraient fait exploser son budget journalier comme une charge de C-4. Il s'arrêta brièvement devant la boutique Wildwater Photography, dont Birdy était propriétaire, et jeta un coup d'œil dans la vitrine. Une série de photos représentait des familles hurlant de joie au milieu des rapides, engoncées dans leurs gilets de sauvetage. Il y avait aussi plusieurs photos de skieurs en train de dévaler les pistes. Sur tous ces clichés, les gens avaient l'air de ne s'être jamais autant amusés. Joe aurait aimé pouvoir en dire autant. Il ne s'expliquait pas l'espèce de brouillard qu'il avait encore dans la tête et espérait qu'il était simplement dû au manque de sommeil, à la faim et au dépaysement. Mais quelque chose lui disait qu'il y avait plus. Il essaya de ne pas s'inquiéter. Il n'avait pas eu le temps de s'adapter à sa nouvelle situation et ne devait pas s'apitoyer sur son sort, loin de sa famille. Un garde-chasse était mort et Trey lui avait confié une mission. Mais ce qu'il lui fallait d'abord, c'était un bon petit déjeuner.

Il entra dans le restaurant dès que le propriétaire eut déverrouillé puis ouvert la porte. L'homme s'écarta pour le laisser entrer avant de lui lancer :

– Même table que d'habitude, Will ?

– Je ne suis pas Will, dit Joe.

Le propriétaire du restaurant était un petit homme trapu avec une barbe poivre et sel aux poils raides, un nez en forme de patate et un cure-dents dans la bouche. Il portait un tablier taché par-dessus sa chemise Henley et tenait une tasse de café à la main. Il avait l'air complètement abasourdi.

– Bien sûr que vous n'êtes pas Will, dit-il au bout d'un long moment, le visage empourpré. Je ne vous connais pas.

– Joe Pickett. Je suis le nouveau garde-chasse.

– Ed, dit l'homme en posant son café sur une table vide pour pouvoir serrer la main de Joe. Je suis le proprio, enfin… pour le moment.

Ils échangèrent une poignée de main et Joe choisit une table près d'une fenêtre embuée, à côté de la porte battante de la cuisine.

– J'ai vraiment faim, dit-il.

– Alors vous prendrez le Sportsman's Special. Steak en sauce, trois œufs, pommes de terre sautées et pain grillé. Pour la cuisson du steak et des œufs, qu'est-ce que ce sera ?

– À point pour le steak et frits pour les œufs. Et du café.

– Bien sûr.

Joe s'assit et déboutonna sa veste verte au logo du département Chasse et Pêche, avala quelques gorgées d'eau fraîche et de café et écouta Ed préparer son petit déjeuner – le grésillement de la viande saisie sur le gril parvenait jusqu'à lui. Le Sportsman's Café semblait déplacé au milieu des galeries d'art et des boutiques chics qui bordaient la place. L'intérieur était sombre et enfumé, le mur près des toilettes recouvert de petites annonces sur les ventes de chevaux et de prospectus annonçant les compétitions de *Team Penning*[1]. Un calendrier publicitaire pour un magasin d'alimentation pour bétail était punaisé derrière le comptoir. Des têtes empaillées de wapitis, de cerfs, d'antilopes et même d'un grizzli – celle-ci devait dater d'avant la loi sur les espèces en voie de disparition – ornaient les murs. Le menu, imprimé sur une seule page plastifiée, proposait des petits déjeuners traditionnels – œufs, pancakes, gaufres, saucisses.

Joe leva les yeux lorsque Ed s'approcha pour lui remplir sa tasse à café.

– Pas de crêpes fourrées ni de céréales germées ici, dit le vieil homme. Pas non plus de sauce hollandaise ou béarnaise. La seule sauce que je fais ici, c'est la bonne vieille sauce au jus de viande.

– Je vois, dit Joe avec un sourire de connivence.

Dès que Joe eut avalé une tasse et demie de café fort, Ed lui apporta sa commande. Il se jeta sur son assiette avec une vigueur à peine contenue et essuya jusqu'à la dernière goutte de sauce avec un bout de pain avant de s'adosser à son siège. Cette cuisine n'avait rien de spécial, sauf qu'elle était parfaite, songea-t-il.

– Désolé pour tout à l'heure, dit Ed en apportant la cafetière et l'addition. Will Jensen était mon premier client, à peu près trois fois par semaine. J'ai vu le chapeau de cow-boy et la veste, et disons que je…

– Je comprends, l'interrompit Joe en souriant.

1. Sport équestre western dans lequel une équipe de trois cavaliers doit séparer trois têtes de bétail du troupeau qui sont reconnaissables par un même signe et les réunir dans l'enclos de l'autre côté de l'arène le plus rapidement possible.

– Et en plus, vous avez pris sa table, ajouta Ed en haussant les sourcils.

Cette remarque mit Joe mal à l'aise. Puis il réfléchit un instant et se dit que c'était logique. La table qu'il avait choisie était la plus proche de la cuisine – il savait qui était dans son dos et pouvait en même temps surveiller la salle pour savoir qui y entrait. Par la fenêtre, il pourrait voir les plaques d'immatriculation des véhicules entrant dans le minuscule parking et identifier ceux qui pouvaient appartenir à d'éventuels chasseurs. Qu'il ait choisi cette table sans réfléchir lui paraissait normal, comme ça avait dû être le cas pour Will. Mais quand même…

– Will adorait le Sportsman's Special, reprit Ed avec un grand sourire. Il aimait sa viande cuite à point et ses œufs frits, comme vous.

– Ça alors ! lâcha Joe légèrement troublé.

– Dans quelques minutes, vous allez voir tous les chasseurs qui vont débarquer. Nous sommes les seuls à ouvrir aussi tôt.

Joe jeta un coup d'œil à l'addition. Le petit déjeuner coûtait plus cher qu'à Saddlestring, mais pas autant qu'il l'avait craint.

– Tout à l'heure, vous avez dit que vous étiez propriétaire… pour le moment. Qu'est-ce que vous avez voulu dire ?

Ed chercha de la monnaie dans la poche gonflée de son tablier.

– Cet emplacement vaut cinq fois le prix du restau, juste parce qu'il est près de la place et que je suis ici depuis longtemps. Je suis fier de dire que nous avons nourri des milliers de chasseurs et de pêcheurs au cours de toutes ces années – tous avec de gros appétits. Mais ça fait dix ans qu'on me fait des propositions de rachat et cette fois on m'en propose un prix juste. C'est un type de Seattle qui veut ouvrir un restau indonésien à Jackson et l'emplacement lui plaît.

– Indonésien ? répéta Joe. Et on ira où pour le petit déjeuner ?

Ed haussa les épaules.

– J'en sais rien. De toute façon, mon restau n'est plus dans le coup, et moi non plus d'ailleurs.

En sortant du Sportsman's Café, Joe aperçut Smoke Van Horn en compagnie de trois hommes qui avançaient vers lui sur le trottoir en bois. Vu leur accoutrement – grosses vestes d'hiver, jeans impeccables, lourdes bottes dernier cri et drôles de chapeaux –, il s'agissait manifestement de clients venus pour la chasse.

– C'est notre FNG [1] ! rugit Smoke en se précipitant vers Joe, sa grosse patte d'ours tendue devant lui. Comment allez-vous par cette belle matinée ?

– Très bien, merci.

Un des clients de Smoke, un grand avec une fine moustache et une barbe de trois jours qu'il avait dû laisser pousser depuis qu'il avait quitté sa maison, demanda :

– FNG ?

Joe s'attendait au pire.

– Fucking New Guy ! dit Smoke en partant d'un gros rire. Joe, je vous présente mes compagnons. Ils viennent tous de Georgie.

Smoke fit les présentations et, chacun à son tour, les trois hommes écrasèrent la main de Joe.

– Entrez et installez-vous. Je vous rejoins tout de suite, j'ai un mot à dire au garde-chasse. (Puis, se tournant vers Joe :) En fait, j'ai quelque chose pour vous.

Il plongea la main dans la poche de sa veste et en sortit un exemplaire de son livre, *Comment ces connards m'empêchent de vivre*.

– Il est signé, dit-il.

Joe l'ouvrit à la page de titre. D'une écriture enfantine, Smoke avait écrit : « Ne soyez pas un connard », suivi de sa signature. Joe ne put réprimer un sourire. Puis il leva les yeux vers les chasseurs.

– Vous avez tous des permis en règle, n'est-ce pas ?

Les trois hommes échangèrent des regards coupables.

– Mais bien sûr, voyons, dit Smoke.

1. *Fucking New Guy* (« enculé de bleu »). Terme utilisé pendant la guerre du Vietnam pour désigner les nouveaux soldats inexpérimentés.

– Vérifions tout de même, insista Joe en s'efforçant de parler d'un ton léger.

Sous le regard furieux de Smoke, il attendit que les trois hommes sortent leurs portefeuilles pour lui montrer leurs permis de chasse avec les timbres fiscaux de l'État. Il savait que ces hommes pouvaient payer Smoke entre cinq et six mille dollars chacun, voire plus s'ils avaient l'occasion d'abattre un wapiti en compagnie du célèbre guide de chasse. Il aurait des dizaines de clients de ce genre pendant la saison.

– Merci, messieurs, dit Joe. Je vous recommande le Sportsman's Special.

Dès que les trois chasseurs furent entrés dans le restaurant, Smoke se tourna vers Joe.

– Quel genre d'affaires croyez-vous que je gère ?

– D'après ce que j'ai entendu dire, vous êtes le guide de chasse le plus efficace de toute la vallée question taux de réussite, répondit Joe.

– Alors pourquoi vérifier les permis de mes clients comme si j'étais un plouc quelconque ?

Joe boutonna sa veste pour se protéger du froid – la température avait baissé de quelques degrés depuis le lever du jour.

– Pour qu'ils sachent que je peux le faire et vous que je le ferai.

Smoke hocha la tête.

– Il ne va pas y avoir d'embrouilles entre nous, n'est-ce pas ?

– J'espère que non, mais je mentirais si je vous disais que votre nom n'apparaissait pas régulièrement dans les carnets de Will. D'après lui, vous attiriez le gros gibier avec des blocs de sel pour rendre la tâche plus facile à vos clients.

Smoke se rembrunit. Il s'approcha de Joe et le domina de toute sa hauteur.

– Will n'a jamais eu la moindre preuve contre moi et vous le savez très bien, dit-il à voix basse. Vous croyez que ce sont les blocs de sel qui font mon succès ?

– Je n'ai pas dit ça.

– Alors de quoi vous parlez, bordel ? Vous venez à peine de débarquer.

– C'est vrai, mais je ne suis pas né de la dernière pluie. Nous nous entendrons très bien si vous suivez le règlement d'aussi près que vous le dites.

Il baissa les yeux et constata que Smoke avait les poings serrés.

– Dans ce cas, monsieur, vous n'avez pas le moindre souci à vous faire.

– Parfait, dit Joe en tendant la main vers lui et en attendant que Smoke décrispe son poing pour lui serrer la main – ce qu'il fit avec plus de force que nécessaire.

– À un de ces jours, dit Joe d'un ton aimable. Et merci pour le bouquin.

– Lisez-le, vous y apprendrez des choses. Alors… quand est-ce que vous allez faire un tour par là-haut ? demanda-t-il en faisant allusion au secteur isolé où il avait établi son camp.

– Je n'en sais rien, j'ai encore pas mal de trucs à faire ici.

Au regard que lui lança Smoke, il était clair qu'il aimait bien sa réponse. Son visage se radoucit.

– Si vous avez besoin d'aide pour vous repérer dans le coin, n'hésitez pas à me contacter. Personne, et je dis bien personne, ne connaît la région mieux que moi. J'ai parcouru chaque centimètre carré de ces montagnes et j'ai tout vu. Je sais où sont enterrés les cadavres, si vous voyez ce que je veux dire.

Joe acquiesça d'un signe de tête et lui adressa un sourire.

– Ne vous laissez pas avoir par tous les connards bourrés de fric qui vivent ici maintenant, ajouta Smoke. On est encore au cœur de l'Ouest le plus sauvage ici.

– C'est ce que tout le monde me dit.

– Et pour une fois, c'est vrai.

Joe toucha le bord de son chapeau du bout des doigts.

– Bon petit déjeuner, Smoke, dit-il avant de s'éloigner.

Arrivé à son pick-up, il repensa à ce que Smoke lui avait demandé. Ils venaient juste de jouer à « Où sera le garde-chasse ? » et Joe avait répondu avec sincérité. Mais maintenant que Smoke pensait connaître ses projets – il avait eu l'air ravi d'apprendre qu'il n'avait pas l'intention de partir en montagne tout de suite –, Joe décida de visiter les camps de chasse aussi vite que possible.

Avant de se rendre au bureau, il s'arrêta à son nouveau domicile. Sur le côté de la maison, il trouva un vieux portail dissimulé par des buissons et entra dans le jardin. Les premiers rayons du soleil avaient fait fondre le givre et les brins d'herbe s'étaient redressés aux endroits où ils avaient été piétinés. Il n'y avait plus aucune trace prouvant que quelqu'un était venu sous sa fenêtre à trois heures du matin avant de s'enfuir en courant.

Il consulta sa montre. Chez lui, les filles devaient se dépêcher de finir leur petit déjeuner avant de partir pour l'église. Il se demanda si Marybeth leur avait préparé des crêpes comme il le faisait tous les dimanches. Il aurait aimé être avec elles.

Il passa l'après-midi au volant de son pick-up à découvrir son nouveau district, une carte routière sur les genoux. Il parcourut les axes principaux et nota des points de repère. Il ne reçut aucun appel. À la tombée du jour, il rentra avec une provision de hamburgers et un pack de bières. Il appela chez lui, mais fut aussitôt transféré sur la messagerie vocale. Sheridan ou Lucy devaient être en ligne, probablement pour leurs devoirs. Il leur laissa un message disant qu'il allait bien et qu'il les rappellerait le lendemain.

# 17

Mary Seels venait de s'installer à la réception avec sa tasse de café lorsqu'il entra dans le bâtiment le lundi matin.

– Vous avez eu des messages pendant le week-end, dit-elle en lui tendant cinq fiches roses.

Il y jeta un coup d'œil. Don Ennis, Pete Illoway, Marybeth, Don Ennis, Don Ennis.

– Qui est Pete Illoway ? demanda-t-il.

– Vous n'en avez pas entendu parler ?

– Non.

– On l'appelle « le Gourou de la bonne viande », dit Mary, impassible. C'est un genre de consultant en diététique.

– Consultant en diététique ?

Mary poussa un grand soupir.

– Nous avons des psychologues pour animaux ici, alors un consultant en diététique, je ne trouve pas ça si étrange.

– Je suppose que non, dit Joe. (Il marqua une petite pause.) Je ne vous ai pas vue aux funérailles.

Mary ouvrit la bouche pour répondre, mais garda le silence et se contenta de le regarder.

– Désolé… ajouta-t-il.

Elle leva la main pour l'interrompre.

– J'aurais dû y être. J'avais même demandé un congé. Mais je n'ai pas pu.

Joe ne comprenait pas. Il sentait bien qu'elle voulait lui en dire plus.

Avant de continuer, Mary regarda autour d'elle et dans l'escalier pour s'assurer que personne ne pouvait l'entendre.

– Disons que je préfère me souvenir du Will d'avant, pas de celui qu'il était devenu.

– Ces six derniers mois ? Susan m'en a déjà parlé.

– Will Jensen était vraiment un type bien, continua Mary en baissant la voix. C'était un plaisir de travailler pour lui et je l'appréciais beaucoup sur le plan personnel. Ça m'a beaucoup contrariée de devoir le couvrir pour ses absences, ses rendez-vous manqués et les coups de fil qu'il oubliait de passer. C'était devenu un autre homme à la fin, quelqu'un que je n'aimais pas. (Elle balaya la pièce du regard une deuxième fois avant de se retourner vers Joe.) Je n'aurais pas dû vous dire tout ça. Vraiment.

– Non, vous avez bien fait.

– Vous me rappelez Will, celui d'avant.

Joe s'empourpra.

– Je prends ça comme un compliment.

– C'en est un.

– Ma question va vous paraître bizarre, mais Will vous a-t-il jamais parlé d'individus qui se seraient introduits chez lui ?

– Pourquoi me demandez-vous ça ?

Joe lui parla de son réveil au milieu de la nuit et des traces de pas sous sa fenêtre.

– Au cours des derniers mois, Will parlait beaucoup et se plaignait souvent. Il disait qu'il avait du mal à dormir et il arrivait ici – les jours où il venait – avec une mine défaite. Je me souviens qu'une fois il m'a dit qu'il n'avait pas pu dormir à cause de quelqu'un qui tapait contre le mur. D'après lui, c'étaient des jeunes ou quelqu'un qu'il avait arrêté et qui lui en voulait.

– Manifestement, vous avez réfléchi à ce qui s'est passé. Pouvez-vous penser à quelque chose ou quelqu'un qui aurait pu le faire craquer ?

– J'en ai déjà trop dit, répondit-elle, ses yeux lançant des éclairs.

– Mais vous avez votre théorie sur la question, n'est-ce pas ?

Elle fit non de la tête d'un air furieux, comme si elle voulait mettre un terme à la conversation.

– J'ai du travail, dit-elle en s'asseyant à son bureau.

Il grimpa l'escalier en la regardant. Elle était en train de ranger son bureau avec acharnement.

Elle sait quelque chose qu'elle ne veut pas me dire, pensa-t-il.

Assis à son bureau, il consulta sa montre et composa le numéro de chez lui. Marybeth décrocha après la deuxième sonnerie.

– Enfin ! dit Joe.

– Pas vraiment, dit-elle d'un ton où perçait l'agacement. L'école vient d'appeler. Pas de chauffeur de bus ce matin. Il faut que j'emmène les filles. Et ensuite, je file chez Barrett pour montrer leur comptabilité à un contrôleur fiscal qui vient de débarquer sans prévenir.

– Ce n'est pas facile, en ce moment.

Il voulait lui parler des funérailles, de l'urne, de l'étrange vertige qu'il ressentait et qui commençait juste à se dissiper, et de l'individu venu sous sa fenêtre la veille. Il voulait qu'elle lui parle de Sheridan et de sa blessure à l'œil, et du coup de fil sans interlocuteur.

– Peux-tu rappeler ce soir ? Les filles seraient contentes de te parler.

– Entendu. Et toi ?

– Joe, tu sais bien que j'ai envie de te parler… si tu n'as pas un coup dans le nez et que la communication n'est pas sans arrêt interrompue.

Ces propos le firent grimacer.

– Tu y vas un peu fort, tu ne crois pas ?

– Je suis désolée. Mais les filles m'attendent dans la voiture et il faut vraiment que j'y aille. Rappelle ce soir.

– D'accord.

Il raccrocha et sentit une humeur sombre le gagner.

Il rappela Pete Illoway et tomba sur un message préenregistré.

« Bonjour, ici le bureau de Pete Illoway au Mouvement pour la bonne viande. Je suis actuellement en ligne ou bien à l'extérieur, en train d'apprendre aux gens à se connecter à leur environnement naturel pour le bien de toutes les espèces de la planète. Veuillez laisser un message… »

– Bon sang ! lâcha Joe avant de raccrocher.

Don Ennis était chez lui et répondit avec la brusquerie de quelqu'un de pressé par toutes les choses importantes qu'il avait à faire.

– Je vous ai appelé trois fois dans la journée d'hier ! lança-t-il.

– J'étais sorti, répondit Joe d'une voix neutre.

Il ne voulait pas avoir l'air sur la défensive.

– Jensen aussi était souvent sorti. J'espère que vous n'êtes pas comme lui.

– Que voulez-vous dire ?

– Peu importe. Je suis sûr que vous avez déjà trouvé son dossier sur Beargrass Village, non ?

Joe se retourna, ouvrit le meuble à tiroirs et feuilleta les dossiers qui s'y trouvaient.

– Je cherche, dit-il.

Ennis poussa un soupir d'impatience.

– C'est probablement un gros dossier. Quand vous l'aurez trouvé, vous feriez bien de le lire. Je suis sûr qu'il y a certaines erreurs de jugement que vous souhaiterez revoir.

Sur l'un des dossiers, Joe lut l'étiquette « Beargrass » et reconnut l'écriture de Will. Il le sortit du tiroir et le posa devant lui, sur le bureau.

– Monsieur Ennis, je viens de trouver le dossier dont vous parlez. Pouvez-vous me dire de quoi il s'agit ?

Autre soupir.

– Je suis promoteur immobilier, vous savez ça parce que je vous ai donné ma carte l'autre soir, n'est-ce pas ?

– Oui, dit Joe. Merci pour le…

– Un promoteur immobilier, ça s'occupe de promouvoir l'immobilier, dit Ennis en lui coupant la parole. C'est ce que je fais, monsieur Pickett. J'ai déjà investi plusieurs millions de dollars dans la réalisation du Beargrass Village, ici, à Jackson Hole. C'est un projet de communauté planifiée qui ne ressemble en rien à ce qui a déjà pu être fait ou vu en la matière. Un concept brillant. Quarante pour cent des terrains sont déjà réservés et nous sommes prêts à lancer la phase de construction.

– Je vois, dit Joe qui comprenait pourquoi Ennis s'était montré si impatient de lui parler.

– Écoutez, j'aime bien que les choses soient réglo. Je n'ai aucune envie de perdre mon temps à des petits jeux. Je ne suis pas devenu ce que je suis en faisant chier le monde. Alors laissez-moi vous demander une chose, monsieur Pickett : êtes-vous un de ces individus qui s'opposent systématiquement au progrès ?

– Non, répondit Joe en toute bonne foi.

– Vous ne faites pas partie de ces écolos efféminés qui s'opposent à tout ce qui est nouveau ?

– Non.

– Bien. Dans ce cas, nous pouvons discuter.

– À vous l'honneur, dit Joe.

– La construction ne peut pas commencer tant que tous les permis n'ont pas été approuvés et signés par les autorités locales et fédérales. Et ils le sont tous, à l'exception d'un seul.

– Laissez-moi deviner, dit Joe.

– Vous avez trouvé, dit Ennis en haussant la voix. Will Jensen s'inquiétait pour l'habitat des ours et des élans. Il craignait que Beargrass Village se trouve au milieu d'un couloir de migration de la faune sauvage, ajouta-t-il sur un ton dégoulinant de sarcasme. J'ai essayé de lui expliquer que ce projet tenait compte de la faune sauvage et qu'au contraire il améliorerait l'habitat des ours et des élans. Je voulais lui en donner la preuve personnellement, mais il a manqué deux rendez-vous et, au troisième, il a pété les plombs. Il m'a agressé physiquement. J'ai dû appeler le shérif pour qu'il vienne l'arrêter.

C'était donc vous, pensa Joe.

– Désolé pour l'incident. Aucun représentant du département n'aurait dû agir de la sorte.

Ennis marqua une pause avant de reprendre.

– Eh bien, je suis ravi de l'entendre, mais ça ne change rien au fait que nous avons presque un an de retard dans la construction. Une partie de ce retard est à imputer à l'Office des forêts, mais le reste n'est dû qu'à un garde-chasse ivrogne et incompétent qui m'a personnellement coûté un beau paquet de fric et qui a incommodé pas mal d'individus haut placés. Cette affaire est capitale, poursuivit Ennis d'un ton sec. Vous comprenez ? Je me suis adressé aux plus hautes instances et je veux que ce problème soit réglé au plus vite.

Les plus hautes instances, ça veut dire le gouverneur, songea Joe.

– Dans quinze jours, le vice-président des États-Unis vient chez moi pour une réception. Il envisage de construire une maison à Beargrass Village, à la fin de son mandat. Voulez-vous que je lui dise que c'est impossible parce qu'un garde-chasse refuse de signer la dernière autorisation ?

C'était donc ça, les plus hautes instances.

– Qu'attendez-vous de moi ?

– Je veux savoir quand vous pourrez venir jusqu'ici. Je convoquerai mes experts et ils pourront répondre à toutes vos questions et vous expliquer ce que nous comptons faire pour les ours et les élans. Nous vous exposerons nos stratégies sur la création de la première communauté planifiée du pays autour du Mouvement pour la bonne viande. Je crois que vous repartirez très impressionné et que vous nous donnerez votre accord pour que le projet puisse voir le jour. Enfin.

– Vous avez bien dit « Mouvement pour la bonne viande » ?

– C'est ce que j'ai dit.

Il se souvenait que Trey lui en avait parlé et que Pi Stevenson avait vivement critiqué ce mouvement.

– Alors ? demanda Ennis.

– Alors, quoi ?

– Quand pouvez-vous venir nous voir ?

Joe effectua un calcul rapide. Dans la matinée, il avait décidé de partir en montagne le plus rapidement possible et d'aller contrôler les camps de chasse. Il voulait aussi rendre visite au médecin légiste chargé du rapport sur le suicide de Will. Mais vu le caractère pressant de la requête d'Ennis, il voulait régler ça dans les plus brefs délais. Malgré les manières de ce dernier, ses récriminations semblaient justifiées.

– Cet après-midi ? demanda Joe.

– Génial ! lâcha Ennis. Enfin quelqu'un avec qui je vais pouvoir travailler.

Peut-être, pensa Joe.

# 18

Pour se rendre à Beargrass Village où il devait rencontrer Don Ennis et ses collaborateurs, Joe se servit de la carte figurant dans la brochure imprimée en quadrichromie et sur papier glacé qu'il avait trouvée dans le dossier de Will. Elle s'intitulait *La Première Communauté durable de la bonne viande.* Au volant de son pick-up, il prit la route de Teton Pass, longea les prairies préservées et parsemées de meules de foin aux allures d'autrefois – présence purement décorative –, puis dépassa les quartiers résidentiels protégés abritant des dizaines de maisons dissimulées entre les arbres – les bâtisses de plusieurs millions de dollars que les locaux appelaient « les petits châteaux ». Il repensa à ce qu'il avait lu dans le dossier de Will.

Le concept de Beargrass Village avait pu voir le jour grâce à un échange complexe de terres entre Ennis et ses partenaires d'un côté, et l'Office des forêts de l'autre : trois mille hectares de forêt dans l'Idaho contre trois mille hectares dans le comté de Jackson. Le dossier contenait des schémas, des relevés de plan et des lettres de soutien de diverses agences fédérales, y compris l'Office des forêts et le ministère de l'Environnement. Manifestement, Ennis avait le bras long. Il y avait aussi des rapports rédigés par des employés du département : des biologistes, des experts de la pêche et le porte-parole local de l'Institut national pour la protection des grizzlis. Joe en lut assez pour savoir que ces lettres révélaient des problèmes potentiels relatifs à Beargrass Village, mais qu'on ne s'opposait pas ouvertement au projet. Seul l'expert de la protection des grizzlis avouait de graves inquiétudes, mais dans un style tellement bureaucratique – du genre « je-couvre-mes-arrières » – qu'il ne risquerait aucun ennui quel que soit le dénouement de l'affaire. Dans la marge de son rapport, Will avait noté « Gros problème ».

C'était bien ce qu'Ennis lui avait dit au téléphone : du point de vue de la protection de l'environnement, l'approbation finale du projet dépendait de l'avis du garde-chasse local. Pour une raison qui lui était inconnue, Will n'avait pas donné son accord et le projet était resté en suspens. Tout dépendait donc de Joe, maintenant.

Pas étonnant que Will se soit mis à boire, pensa-t-il, un sourire amer au coin des lèvres.

Les bureaux de Beargrass Village se trouvaient dans un bâtiment moderne et sombre, en rondins et pierre du pays. Bas de toiture, il était construit à même la colline boisée de telle sorte qu'on pouvait facilement passer devant sans le remarquer – ce qui faillit bien arriver à Joe. Heureusement, un éclat de lumière sur le pare-brise d'un 4×4 Lexus noir garé dans un parking au milieu des arbres attira son attention et il fit demi-tour. Il y avait trois autres 4×4 à côté du Lexus – tous des modèles récents. Il comprit qu'il était au bon endroit lorsqu'il vit Don Ennis franchir le seuil d'une porte vitrée coulissante et lui faire signe.

– Bienvenue à Beargrass ! lança-t-il d'une voix tonitruante.

Joe agita la main dans sa direction.

Il entra, le dossier sous le bras, et entendit la porte coulissante se refermer derrière lui. Plusieurs hommes s'étaient assis autour d'une énorme table. Un vidéo-projecteur était installé sur un support, le ventilateur bourdonnant doucement. Une immense maquette de Beargrass Village et plusieurs chevalets occupaient les coins de la pièce.

– Ce qui est drôle, dit Joe en inspectant les lieux et en croisant le regard des hommes assis autour de la table, c'est qu'il n'y a pas de *bear grass* dans le Wyoming. Ça pousse dans le nord-ouest du Montana. Je suppose que c'est le nom qui vous a plu[1].

1. *Bear grass* signifie « herbe aux ours ».

Gêné, Ennis cligna rapidement des paupières et lui décocha un regard furieux.

– Aucune importance, dit-il d'un ton qui coupait court à la discussion.

– Probablement, acquiesça Joe.

Les trois hommes se levèrent pour lui serrer la main et se présenter. Jim Johnson, l'entrepreneur, faisait penser à un ours : torse puissant, mains calleuses et barbe drue. Shane Suhn, plus jeune, mince et élégant, se présenta comme le chef d'état-major de Don Ennis.

– Chef d'état-major ? répéta Joe.

Suhn se figea et pâlit.

– Secrétaire personnel, si vous préférez.

– Pete Illoway, lança le troisième homme d'une voix mélodieuse. Ravi de vous rencontrer.

– J'ai entendu parler de vous, dit Joe.

À ces mots, Illoway afficha un sourire ravi. Bronzé, look de star de cinéma et boucles blondes effleurant le col de sa chemise de pêche Patagonia, il rayonnait de santé et de satisfaction, songea Joe. Il était manifestement habitué à ce qu'on le regarde et l'admire.

– Alors comme ça, vous connaissez le Mouvement pour la bonne viande, dit-il. C'est un bon début.

– Disons que j'en ai entendu parler.

– Prenez place, messieurs, dit Ennis en se précipitant vers la table comme il se précipitait sur tout. Nous allons présenter notre projet à M. Pickett et déjeuner ensemble.

Shane Suhn alla baisser les lumières et fit passer la télécommande du projecteur à Ennis. Celui-ci attendit que Joe soit assis, puis, debout derrière lui, il pointa la télécommande vers le projeteur et lança la première image. Ennis se tenait si près de lui que Joe sentit son eau de toilette et sa chaleur dans son dos.

La présentation dura vingt minutes et fut impressionnante de professionnalisme. Le logo de Beargrass Village – écriture stylisée sur fond de tiges de *bear grass* mordorées – figurait dans le coin inférieur gauche de chaque diapositive et semblait s'être gravé dans le subconscient de Joe.

Le projet prévoyait la construction de cent vingt résidences sur terrains privés de quatre à huit hectares, disposées concentriquement et construites avec les matériaux de la région, dans un environnement naturel semblable au bâtiment abritant les bureaux. L'aménagement du paysage devait se faire dans le respect de la nature, sans que la construction et les travaux paysagers laissent la moindre trace. Les maisons surgiraient du sol comme si elles y avaient poussé sans aide humaine. Aucune ne serait visible depuis une autre propriété. Au-delà des terrains privés, l'espace serait accessible à tous.

– Les espaces communs resteront à l'état sauvage, déclara Ennis en faisant défiler des photos d'ours, de wapitis, d'élans et de tétras, et ils seront ouverts à tous. Randonnées, camping, chasse, les résidents de Beargrass Village pourront faire tout ça sur leurs terres.

Ses propos retinrent l'attention de Joe.

– Ne vous inquiétez pas, reprit Ennis avec impatience, comme s'il avait anticipé la réaction de Joe, tout sera fait dans les règles et conformément aux lois en vigueur dans cet État. Permis de chasse et tout le reste. Mais voici le meilleur.

Il fit rapidement défiler des images de granges, d'enclos et de pâtures d'un vert si intense que Joe en fut ébloui.

– Le bétail naîtra, vivra et sera abattu sur place. Chaque résident prendra à sa charge un certain nombre d'animaux – cochons, poulets, chèvres, moutons, vaches – qui seront entretenus par nos employés. Ces animaux recevront les meilleurs soins et se nourriront dans nos prés. Ils seront élevés selon une approche holistique et organique, sans hormones de croissance, produits chimiques ou aliments industriels. Si les résidents veulent s'impliquer, ils le pourront. Et j'imagine que la plupart d'entre eux voudront participer.

Dès qu'il eut terminé, Pete Illoway se leva et Ennis lui passa la télécommande comme s'ils avaient souvent répété le scénario.

– C'est l'heure de déjeuner, dit Illoway.

Les lumières furent rallumées et une double porte s'ouvrit

derrière l'écran. Joe vit un serveur et une serveuse – tous deux hispano-américains et vêtus de blanc – pousser des tables roulantes. Ils posèrent devant lui une assiette contenant plusieurs morceaux de viande qui grésillaient encore et des légumes aux couleurs vives.

– Ouah! fit Joe.

– Vous devez goûter à tout, lança Illoway en prenant place à table et en faisant cliqueter ses couverts.

Joe découpa les différents morceaux. Le bœuf était plus dur qu'il ne l'avait imaginé, mais succulent. Le porc était juteux à souhait et le poulet avait un léger goût de volaille sauvage et de pignons.

– Alors, qu'en pensez-vous? demanda Illoway qui connaissait déjà la réponse.

– Tout est absolument délicieux, dit Joe.

– Avez-vous déjà mangé du bœuf ou du poulet meilleur que ça?

– Du bœuf, oui, dit Joe en leur expliquant que, quand il le pouvait, il achetait des quartiers ou des moitiés de bœuf au ranch de Bill Stafford, à l'extérieur de Saddlestring. Du poulet, non.

Illoway hocha la tête.

– La plupart des gens n'ont pas votre chance et sont complètement sidérés par la saveur de notre viande de bœuf. Aujourd'hui, peu d'Américains connaissent le goût que peut avoir un poulet élevé en liberté, sans hormones ni produits chimiques.

– C'est parti pour le discours, soupira Ennis, dont la remarque fit sourire Joe.

Illoway découpa un autre morceau de bœuf, le piqua avec sa fourchette et pointa celle-ci vers Joe.

– Aujourd'hui, les Américains ont presque entièrement perdu le contact avec le monde naturel, dit-il. Ils ignorent d'où vient leur nourriture. Pour eux, la viande vient de barquettes en polystyrène entourées de plastique ou des cuisines de restaurant. C'est un des changements les plus radicaux et les plus dommageables liés à l'évolution de notre culture. Nous n'avons plus aucun lien avec ce que nous mangeons et nous ne nous en trouvons pas mieux, bien au contraire.

« Réfléchissez, Joe, poursuivit Illoway. Pendant des siècles, les humains ont entretenu des relations avec les animaux qu'ils destinaient à leur nourriture. Ils les ont rassemblés en troupeaux, les ont soignés et les ont fait se reproduire pour qu'ils soient plus résistants et mieux adaptés à leur environnement. Ou alors ils les chassaient dans leur habitat naturel et devaient pour cela apprendre à les connaître et à les apprécier. Les animaux, eux, leur ont fait prendre conscience du cycle de la vie et des liens qui unissent l'homme et la nature. Cette coexistence des espèces était profondément ancrée en nous. Les animaux nous fournissaient notre nourriture et garantissaient notre bonne santé et, en contrepartie, nous les abritions et les protégions. Certains esprits éclairés commencent à se rendre compte que la manière dont nous exploitons nos fermes et nos ranchs est parfaitement inhumaine et immorale… si on peut encore parler de fermes et de ranchs. (Il marqua une légère pause pour mieux souligner son propos.) Ce sont de véritables usines à viande où les animaux sont entassés, gavés et bourrés d'hormones avant d'être abattus sans jamais avoir connu une vie naturelle. On sectionne le bec des poulets pour les empêcher de se blesser. Les bovins sont coincés dans des stalles pour y être engraissés. Et les élevages porcins d'aujourd'hui sont pires que tous les camps de concentration jamais imaginés par l'homme.

Pour mieux illustrer ses propos, il fit défiler une série de photos en noir et blanc absolument monstrueuses : cochons couverts de plaies purulentes, poulets sans bec, flots de sang noir courant dans les rigoles d'écoulement d'un abattoir. Enfin, le défilé des horreurs se termina et l'écran fut à nouveau baigné de bleu.

Illoway ingurgita un morceau de viande avant de saisir un dossier posé devant lui et d'en sortir la brochure que Joe connaissait déjà. Il la fit glisser vers Joe à travers la table et celui-ci, plongé dans ses pensées, faillit la manquer. Il se demandait comment Illoway réussissait à manger après lui avoir fait voir ces images.

– Cette brochure explique notre philosophie en détail, reprit

Illoway. Je vous conseille vivement de la lire. J'ai aussi deux livres et un site Internet.

Joe rangea la brochure dans son dossier.

– Nous voulons créer un environnement qui permette aux familles de se reconnecter au monde naturel à l'origine de son alimentation. Les gens pourront participer aux naissances, aux soins et même à l'abattage des animaux. Nous aurons notre propre abattoir organique, sur place, avec baies vitrées.

Cette vision fit tressaillir Joe.

– Je sais que ça a l'air délirant, poursuivit Ennis qui avait surpris la réaction de Joe, mais ça existe vraiment. Il y a quelques années, des amis m'ont emmené dans une ferme du Connecticut. C'étaient de riches New-Yorkais qui avaient été végétaliens avant de passer à des régimes complètement dingues pour essayer de sortir de la léthargie dans laquelle ils étaient tombés. Ils appelaient ça un « élevage de viande pure ». Tous les animaux étaient élevés en plein air et nourris de produits naturels. Même ces cons de poulets se baladaient partout. On se serait cru au XIXe siècle. Et eux, ils n'arrêtaient pas de s'extasier. Ils donnaient des noms aux vaches et ils étaient tout retournés quand elles partaient pour l'abattoir. Mais ils disaient que, pour la première fois de leur vie, ils se sentaient connectés au monde réel. Alors je me suis penché sur la question et j'ai rencontré Pete qui est à l'origine de tout ça. C'était au début de la crise de la vache folle. Je l'ai embauché comme consultant et je l'ai amené ici pour qu'il nous aide à concevoir cette communauté.

– J'organise des séminaires en Californie et à New York, dit Illoway. Des centaines de gens paient des centaines de dollars pour m'entendre parler du Mouvement pour la bonne viande et pour visiter nos élevages.

– Et maintenant, vous avez un endroit où ils pourront vivre, continua Joe.

– Exactement ! lâcha Ennis. Ce sera le premier du genre. Et je suis prêt à commencer la construction. Franchement, le seul obstacle sur mon chemin, c'est vous. Alors, j'espère vraiment que vous allez vous montrer coopératif, pas comme ce crétin de Will Jensen.

Plusieurs minutes s'écoulèrent. Joe sentait les regards des quatre hommes posés sur lui : on attendait sa réaction.

– J'ai lu le dossier de Will, dit-il. Le problème qu'il semble avoir avec votre projet est lié aux clôtures qui bloqueraient l'accès aux couloirs de migration traditionnels des grizzlis et des élans.

Ennis poussa un petit grognement.

– C'est ridicule. Je vous l'ai déjà dit. Nous voulons des ours et des élans dans notre village.

– Alors pourquoi des clôtures ? demanda Joe. D'après votre carte, les animaux seront obligés de traverser la grand-route pour rejoindre leurs quartiers d'hiver.

Don Ennis roula des yeux furibonds.

– Les clôtures ont deux fonctions, dit Illoway d'une voix posée. La première, c'est qu'elles assurent le caractère privé des résidences. La deuxième, c'est qu'elles permettent de protéger à la fois notre bétail et les autres animaux des maladies et du braconnage. Il est important que tous, sauvages ou pas, restent aussi purs que possible génétiquement.

– Je suis parfaitement au courant des problèmes de brucellose chez les wapitis, dit Joe.

Les trois quarts des wapitis qui descendaient du parc de Yellowstone étaient porteurs de la maladie et semblaient pouvoir la transmettre aux vaches qui donnaient ensuite naissance à des veaux mort-nés.

– Votre projet ressemble à un élevage de gibier et ce type d'élevage est tout à fait illégal dans le Wyoming.

– Il ne s'agit en aucune façon d'élever du gibier, précisa Illoway tandis qu'Ennis grommelait dans son coin. C'est une communauté inspirée du Mouvement pour la bonne viande.

– Laissez-moi étudier le dossier et lire tous les rapports.

– Nous y revoilà, lâcha Ennis entre ses dents.

Joe avait envie de le rassurer, mais quelque chose l'en empêchait. Comme le nom de Beargrass Village, ce projet, fondé sur un concept qui ne tenait pas la route, sonnait faux. Il aurait préféré voir les choses différemment. Il était d'accord avec la plupart des principes d'Illoway. Il aurait voulu donner son accord et en avoir fini, mais il n'arrivait pas à s'y décider.

– Nous devons parfois passer outre aux réglementations imbéciles, entonna Illoway, et tendre vers le principe philosophique… nous détacher des petites tracasseries et voir les choses pour ce qu'elles sont vraiment.

– Je suis prêt à le faire, dit Joe. Et j'avoue approuver pleinement tout ce qui peut aider à rapprocher l'homme du monde réel. Mais on parle quand même de construire des maisons sur une route migratoire de la faune locale.

– Nom de Dieu ! lâcha Ennis en frappant du plat de la main sur la table. Je croyais que vous n'étiez pas contre le progrès.

– C'est vrai, dit Joe. Mais je ne veux pas avoir de regrets une fois que j'aurai pris ma décision. Et pour ça, je dois étudier ce dossier de plus près et poser certaines questions.

Illoway sembla se détendre un peu, mais pas Ennis.

– Combien gagnez-vous ? demanda ce dernier d'un ton abrupt.

– Pas beaucoup, répondit Joe en sentant le feu lui monter aux joues.

– C'est bien ce que je pensais. Je me suis un peu renseigné.

Va-t-il me proposer de l'argent ? pensa Joe.

– Il est hors de question que je renonce à mon projet à cause d'un larbin du gouvernement qui gagne trente-six mille dollars par an. Je peux vous le garantir, dit Ennis sèchement.

– Écoutez, Don, dit Illoway, je suis sûr que M. Pickett saura se montrer juste et raisonnable.

Je comprends mieux pourquoi Will t'a frappé, pensa Joe en jetant un regard mauvais à Ennis.

– Espérons-le, dit Ennis. (Puis, se tournant vers Joe, il demanda :) Quand comptez-vous nous faire part de votre décision ?

– Donnez-moi quinze jours.

Ennis serra les mâchoires et détourna le regard.

– Quinze jours ? J'en crois pas mes oreilles, bordel !

– Ça ne va pas nous tuer, lança Jim Johnson à l'autre bout de la table. (C'était la première fois qu'il prenait la parole depuis le début de la réunion.) On a déjà attendu plus longtemps.

Ennis lui jeta un regard qui le fit blêmir. Illoway, lui, préféra garder le silence.

– Il y a pas mal de trucs à lire là-dedans, dit Joe en tapotant le dossier. Je veux aussi parler aux experts qui ont rédigé certains de ces rapports et faire le tour de la propriété pour voir exactement où se trouvent les couloirs migratoires.

– Quinze jours, pas un de plus, lâcha Ennis qui contrôlait à peine sa fureur. Et si vous vous opposez…

– Don, lança une voix féminine venant de l'autre bout de la pièce.

Joe tourna la tête et aperçut Stella Ennis, manifestement entrée quelques minutes auparavant. Elle s'était adressée à son mari sur un ton d'avertissement, mais sans agressivité.

Lorsque Ennis leva les yeux vers sa femme, Joe saisit l'ombre fugace qui passa sur son visage avant de disparaître aussitôt. Il y vit le mépris et la haine totale.

# 19

– Veuillez excuser Don, dit Stella en raccompagnant Joe jusqu'au parking après qu'il eut quitté la réunion en abandonnant Don, Illoway, Suhn et Johnson autour de la table. Parfois il s'emballe tellement qu'il ne se rend pas compte de l'effet que ça peut faire à des gens qui ne le connaissent pas.

– Aucun besoin de vous excuser, dit Joe, pas tout à fait remis d'avoir ainsi entrevu l'âme de Don Ennis.

Il se demandait si Stella aussi l'avait vue et si elle était habituée à ce qu'il la regarde ainsi. Il chercha quelque chose à dire, légèrement troublé par la présence de la jeune femme.

– Merci encore pour votre aide, l'autre soir.

– Vous m'avez déjà remerciée.

Elle portait un col roulé rouge sang et un pantalon noir. La couleur de son pull rehaussait l'éclat de ses lèvres – plus saisissantes encore que dans ses souvenirs et pareilles à un fruit trop mûr. Elle marchait avec la grâce d'une danseuse, semblant à peine toucher le sol.

– Don n'est heureux que lorsqu'il entreprend de grands projets, reprit-elle d'un ton un peu triste. Et moi qui croyais que nous étions venus ici pour nous retirer, faire des balades à cheval et du rafting. J'adore descendre les rapides.

– Y a pas meilleur endroit qu'ici, dit Joe pour alimenter la conversation.

Il était parfaitement conscient de la platitude de sa réponse.

– Je vous en prie, épargnez-moi votre condescendance.

– Désolé, dit-il en se sentant rougir jusqu'aux oreilles.

Stella lui adressa un petit sourire triste.

– Nous avions décidé, une fois que Don aurait vendu ses sociétés à New York et en Pennsylvanie, d'acheter quelque chose ici et de profiter de la vie. Nous hésitions entre Aspen, Steamboat Springs, Sun Valley, Santa Fe ou ici. C'est parce que nous aimions tous les deux les Teton Mountains que nous avons choisi le Wyoming. Votre gouverneur est une des premières personnes que Don a rencontrées et nous faisons partie de ses plus gros donateurs. Don vous l'a probablement déjà dit.

– Non, il ne m'en a pas parlé.

– Ça m'étonne. D'habitude, c'est la première chose qu'il dit.

– Par contre, il m'a parlé du vice-président.

– Je ne sais pas pourquoi je vous raconte tout ça, dit-elle. C'est étrange, mais je me sens bien avec vous. J'ai l'impression de vous connaître depuis longtemps.

Arrivé à son pick-up, Joe s'immobilisa, saisi par l'aisance familière avec laquelle ils se parlaient – saisi et légèrement alarmé. Il se sentait parfaitement bien avec elle, comme s'ils avaient déjà vécu des choses ensemble.

– Don est juste frustré, ajouta-t-elle.

– Oui, je comprends.

Le Navigator Lincoln noir de Stella était garé à côté de son pick-up.

– Je ne comprends pas très bien la façon dont il vous a regardée lorsque vous avez pris la parole.

Joe n'arrivait pas à croire qu'il ait pu dire une chose pareille et le regretta aussitôt.

Stella marqua une légère pause et le regarda d'un air interrogateur.

– Je ne sais pas de quoi vous voulez parler.

– Pendant un bref instant, dit Joe, conscient d'avancer en terrain glissant, il m'a fait penser à… un reptile.

Elle lui sourit – éclat de blancheur entre ses lèvres rouges – et quelque chose en lui vibra. Manifestement, elle ne lui était pas indifférente.

– Qu'y a-t-il ?

– C'est idiot, dit-il, mais je viens de penser à quelque chose qui m'était complètement sorti de l'esprit. À la fac, il y avait une chanson que j'aimais beaucoup… elle s'intitulait *Le Sourire de Stella.*

– Elle parlait de moi.

– Vraiment ?

– Vous croyez réellement que j'ai passé toute ma vie mariée à Don Ennis ? Je suis juste sa dernière épouse. J'ai pas mal vécu, vous savez. J'étais dans la musique à Los Angeles. Au lycée, tous mes copains étaient dans la musique. J'ai rencontré le chanteur d'un groupe et il m'a écrit cette chanson.

– Vraiment ?

– Oui, je vous assure, dit-elle un peu agacée. Certains ont poursuivi leurs études et d'autres ont pris la route, comme moi. On a grandi très vite.

Il ne la quittait pas des yeux.

– Au départ, il avait appelé cette chanson *Les Lèvres de Stella.* Heureusement que son manager lui a demandé de changer le titre.

– Je n'ai jamais rencontré personne pour qui on ait écrit une chanson.

– Eh bien, voilà qui est fait, dit-elle d'un ton dédaigneux. (Elle avait quand même l'air contente qu'il le sache.) Joe, j'ai quelque chose à vous demander… Vous avez dit que Don ressemblait à un reptile. Vous utilisez souvent des métaphores animales pour décrire les gens ?

Elle le regardait droit dans les yeux, avec un aplomb imperturbable, comme elle l'avait fait dans le restaurant la première fois qu'il l'avait vue.

– Je n'ai jamais réfléchi à la question, répondit-il, mais j'imagine que la réponse est oui.

– Quelqu'un que je connaissais faisait ça aussi. (Il nota un léger tressaillement dans son regard.) Je trouve ça charmant.

Il poussa un vague grognement en se demandant si elle faisait allusion à Will, mais il n'osa pas lui poser la question.

– Quel genre d'animal serait Pete Illoway ?

Joe réfléchit un instant.

– Un loup.

Elle éclata de rire, manifestement ravie.

– Et Jim Johnson ?

– Un ours.

Joe devinait ce qui allait suivre.

– Et d'après vous, quel animal je serais, moi ?

Il sentit son visage s'empourprer.

– Est-ce que je peux vous répondre plus tard ? demanda-t-il.

Elle lui adressa un sourire entendu.

– Vraiment ?

Il hésita un instant. Il aimait être en sa compagnie, la regarder parler. Elle appartenait à une espèce exotique, charmante et séduisante, et en même temps dangereuse. Elle l'attirait énormément.

– Je suis sûr que nous allons nous revoir, lui dit-il. Ce n'est pas bien grand ici.

– Jackson a ça de particulier que c'est aussi grand ou petit qu'on veut, lui renvoya-t-elle.

Joe déplaça les dossiers qu'il avait dans les mains.

– Ce n'est pas la peine de faire ça, dit-elle. J'ai vu votre alliance hier soir. Et vous avez vu la mienne. Votre femme est-elle ici avec vous ?

– Non, mais c'est tout comme.

– Bonne réponse, dit-elle.

Elle baissa les yeux et ses lèvres dessinèrent un sourire malicieux. On aurait dit qu'elle ne savait pas trop quoi en faire. *Les Lèvres de Stella.*

– Il faut que j'y aille, dit Joe.

– Oui, dit-elle.

Joe grimpa dans la cabine de son pick-up et lorsqu'il se retourna elle était toujours là, à côté de lui, comme si elle voulait dire autre chose. Il baissa la vitre.

– Avez-vous trouvé le dossier me concernant dans le bureau de Will Jensen ? demanda-t-elle.

– Quel dossier ?

– Il doit y en avoir un, dit-elle en hochant la tête. J'ai dû signer une décharge à l'adresse du département Chasse et Pêche du Wyoming pour pouvoir l'accompagner. Vous savez… un papier qui les décharge de leur responsabilité au cas où je me serais fait renverser par un cheval ou mordre par un ours.

– Vous sortiez avec Will ? demanda-t-il d'un ton plus pressant qu'il ne l'aurait voulu.

– Ce n'est pas exactement ce que j'ai dit. Il m'est arrivé de l'accompagner pour effectuer des relevés de wapitis et une fois pour contrôler un camp de chasse. J'aimais beaucoup ça.

Joe se sentait plus écarlate que jamais – si c'était encore possible.

– J'adorais son côté authentique, dit-elle. Rude et dangereux. Je suis une accro de l'authenticité, si on peut dire une chose pareille.

Joe déglutit et la regarda.

– Je vous ai vue aux funérailles.

Elle hocha la tête.

– Alors comme ça vous le connaissiez bien, n'est-ce pas ? Est-ce que vous et Will…

– Oui, Joe.

Il essaya de les imaginer ensemble, mais il ne voyait qu'elle. Étrangement, il se sentit submergé par la jalousie.

Elle croisa les bras, sur la défensive.

– J'avais une grande admiration pour lui. C'était un être authentique. Il y avait chez lui une dignité et une droiture tranquille qu'on trouve rarement aujourd'hui. Il était simple et direct. Les gens prenaient son sérieux pour un manque d'intelligence et c'était vraiment dommage. J'avais beaucoup de respect pour lui. Vous m'y faites penser.

Joe n'était pas sûr de la croire, mais elle semblait sincère.

– Même si votre mari n'avait aucun respect pour lui ? demanda-t-il en éludant délibérément sa dernière remarque.

– Que vous le croyiez ou non, nos opinions divergent, au grand dam de mon mari, d'ailleurs. En fait, il préférerait que je n'aie pas d'opinion du tout, sauf pour ce qui est de mon admiration pour lui.

Sentant qu'il avançait en terrain miné, Joe chercha une échappatoire.

– Avez-vous la moindre idée sur les raisons qui ont pu pousser Will au suicide ?

Elle le fixa un long moment avec une petite moue. Il s'aperçut une fois de plus qu'il regardait sa bouche.

– Peut-être n'aimait-il pas ce qu'il était devenu, dit-elle distraitement.

– Ce qui veut dire ?

– Ce qui veut dire que je n'ai pas encore décidé ce que je pouvais vous dire ou pas.

– J'aimerais savoir.

– Il faut que je parte, dit-elle à nouveau en agitant légèrement la main.

Joe fouilla dans la poche de sa chemise et lui tendit sa carte de visite. Elle s'en saisit et la glissa d'un geste prompt dans la poche de son pantalon, comme si elle ne voulait pas être vue. Joe jeta un coup d'œil en direction du bâtiment. Debout derrière la porte vitrée, Don les regardait.

Joe retourna son attention vers Stella en se demandant si elle avait vu son mari et si elle s'en fichait.

– Vous l'avez senti aussi ? demanda-t-elle. Quand on s'est rencontrés...

Il savait exactement de quoi elle parlait, mais il feignit de ne pas comprendre. Elle lui sourit.

– C'est bien ce que je pensais.

Il quitta le parking dans l'ombre mouchetée des arbres. Avant que la route ne tourne en direction de la forêt, il risqua un dernier coup d'œil dans son rétroviseur. Elle était en train d'ouvrir la portière de sa voiture, le regard tourné vers lui.

– Marybeth ! s'entendit-il crier dans son portable.

– Joe, pourquoi m'appelles-tu maintenant ? répondit-elle à voix basse, sur un ton où perçait l'agacement. Je suis en plein milieu du contrôle fiscal dont je t'ai parlé, chez Barrett. Sauf si c'est une urgence, je ne peux pas te parler maintenant.

S'agissait-il d'une urgence ? Assurément ! pensa-t-il.

– Non, rien de pressé.

– Alors, appelle-moi ce soir, comme prévu.
– D'accord.
– Ça va, Joe ?
– Ça roule, répondit-il en ayant l'impression de lui mentir.

# 20

Bud Barnum commençait à perdre patience. Ça faisait déjà une semaine que Randan Bello avait fait irruption au Stockman's Bar et il se demandait s'il faisait exprès de l'éviter. Il savait qu'il était toujours dans les parages. Tubby Reeves, qui gérait le champ de tir du comté, lui avait dit avoir vu Bello tirer plus d'une centaine de cartouches avec chacun de ses fusils la veille, et c'était du bon matériel qu'il avait. Bello s'entraînait au tir à distance, criblant les cibles d'impacts serrés à quatre cents mètres – la plus grande distance possible sur le champ de tir. Reeves avait ajouté que Bello avait aussi trois armes de poing : un revolver gros calibre, un semi-automatique de moyenne gamme avec chargeur à quatorze coups et un petit calibre .25 qu'il portait dans un holster de cheville.

– Encore un peu de café ? demanda Timberman en longeant le bar, la cafetière à la main.

– Bientôt l'heure de la relève, dit Barnum en couvrant sa tasse de la main.

– C'est de plus en plus tôt, marmonna Timberman.

– Merci de m'avoir fait partager ton avis, lâcha Barnum.

Bello avait pris une chambre au Holiday Inn à l'entrée de la ville et n'en avait pas bougé. La réceptionniste, une femme aux allures masculines nommée Sharon et qui, un jour, avait partagé la couche de Barnum, éprouvait encore quelques sentiments pour le shérif à la retraite. Elle avait accepté de lui dire ce qu'il voulait savoir. Tous les matins, Bello quittait sa chambre de bonne heure pour ne rentrer qu'à la nuit tombée. C'était un client sans problème, « facile à gérer ». Il ne faisait pas de bruit, utilisait peu de serviettes, rangeait sa chambre et laissait deux dollars sur la commode pour la femme de chambre – Sharon, la plupart du temps. Il avait réglé une semaine d'avance en liquide et lui avait dit qu'il resterait peut-être trois semaines. Tous les matins, il emportait ses étuis à fusil, un porte-documents et un gros sac de voyage. Il ne laissait dans sa chambre que ses vêtements et quelques livres sur l'art de la fauconnerie.

Barnum se doutait de l'endroit où se rendait Randan Bello quand il n'était pas au champ de tir. Il partait en reconnaissance, comme le chasseur qu'il était.

Le matin, en prenant le café avec les autres lève-tôt, Barnum avait failli dire quelque chose. Le maire faisait de longs discours sur l'annexion possible des terres qui bordaient la rivière, Guy Allen racontait qu'à Yuma la température dépassait les trente degrés et un éleveur local se plaignait de la baisse du prix du bétail suite à un autre cas de vache folle dans l'Alberta. Même conversation que la veille et l'avant-veille. Barnum avait eu envie de se pencher vers eux, de capter leur attention et de leur dire : « Il va y avoir un meurtre. » Mais il s'était retenu en songeant qu'au lieu de le leur annoncer comme ça, il leur dirait plus tard qu'il l'avait vu venir – quand ce serait chose faite. Leur raconter toute l'histoire en détail aurait davantage d'impact. Il leur expliquerait comment il avait réussi à savoir ce qui se préparait, et sans qu'il puisse faire quoi que ce soit puisque les citoyens du comté de Twelve Sleep, dans leur infinie sagesse, l'avaient démis de ses fonctions en votant pour une espèce de crétin prétentieux.

# 21

Le mardi matin, Mary Seels leva les yeux de son bureau en voyant Joe entrer dans le bâtiment avec son porte-documents et son dossier marqué « Beargrass Village ».

– Vous devriez vous garer sur le parking de derrière, à l'emplacement de Will, au lieu d'utiliser le parking des visiteurs. Vous n'êtes pas un visiteur, que je sache.

– D'accord, dit-il d'un air penaud avant de prendre l'escalier qui menait à son bureau.

Arrivé en haut, il s'arrêta et la regarda. Elle était penchée sur ses papiers, voûtée comme si elle croulait sous le poids d'une armure. Il voulait l'interroger sur ce qu'elle avait commencé de lui dire la veille.

– Mary…

– Pas maintenant, grommela-t-elle.

Il s'assit à son bureau et regarda autour de lui. Il se sentait beaucoup mieux aujourd'hui. Il avait enfin parlé à Marybeth. Il avait bien dormi – pour la première fois en trois jours –, même si son rêve avec Stella Ennis était aussi excitant qu'embarrassant quand il y repensait.

Il feuilleta rapidement les carnets de Will restés sur le bureau, sans trop savoir ce qu'il cherchait. Il y avait du courrier dans sa boîte. L'énorme carte topographique qui recouvrait le mur semblait peser sur lui, les punaises qui marquaient l'emplacement des camps de chasse évoquant un collier de perles ouvert. Il faut que j'aille là-haut, pensa-t-il. Mais il avait d'autres problèmes à régler. Il se frotta les yeux et la figure. Par quoi commencer ?

Malgré les carnets, les dossiers et la carte sur le mur, il n'avait qu'une chose en tête : Stella Ennis et le rêve qu'il avait fait d'elle. Il comprenait qu'on ait envie d'écrire une chanson sur cette femme. Elle l'attirait énormément, il n'y avait aucun doute là-dessus. Il était même carrément en extase. Le voile sombre de la culpabilité, comme un gros nuage noir, pointait son nez au-dessus des montagnes.

Il fallait qu'il se change les idées et qu'il se concentre sur une tâche utile.

Heureusement, il y avait autre chose qui le tracassait. Quelque chose que le shérif Tassell avait dit, une phrase apparemment anodine qui lui avait semblé légèrement singulière. Il l'avait oubliée, mais elle avait refait surface après qu'il s'était entretenu avec Marybeth, la veille au soir.

Il appela le bureau du shérif et demanda à parler à Tassell.

– Quel est le médecin légiste qui a été appelé chez Will ? demanda-t-il.

Il entendit Tassell soupirer.

– Je suis en réunion avec les services secrets. Puis-je vous rappeler plus tard ?

– Non, lâcha Joe sèchement. Tout ce que je veux, c'est son nom. C'est une question très simple.

– Ne me parlez pas sur ce ton.

– Vous avez raison, mais je veux juste un nom.

– Quel est le problème ?

– Il se peut qu'il n'y en ait aucun. (Joe marqua une légère pause avant de poursuivre.) Je croyais que vous étiez en réunion. Que vous n'aviez pas le temps de me parler…

– Je n'ai pas le temps, mais…

– Shérif, il s'agit d'une information d'ordre public. Je voulais juste gagner du temps et éviter d'avoir à faire les recherches moi-même.

Tassell poussa un autre soupir.

– Shane Graves. Le Dr Shane Graves. Il habite sur la route de Pinedale. Comme il est peu sollicité, il se partage entre notre comté et celui de Sublette.

– Merci.
– Joe, tenez-moi au courant si vous trouvez quelque chose.
– Entendu.
Ce n'était pas si difficile après tout, pensa-t-il.

Le Dr Graves était dans son ranch et avait les dossiers et les clichés chez lui. Sa voix aux intonations aristocratiques était celle d'un homme raffiné et cultivé – pas du tout ce à quoi Joe s'attendait.

– Si je viens jusque chez vous, me permettrez-vous de jeter un coup d'œil au dossier ? lui demanda Joe.

Graves sembla hésiter.

– Je suis très occupé aujourd'hui et j'avais prévu de passer la soirée avec mon compagnon. S'agit-il de quelque chose d'urgent ?

– Oui, répondit Joe en se disant que tout ce qui pourrait l'empêcher de penser à Stella Ennis pour le ramener au suicide de Will était urgent. Je dois partir en montagne dès que possible, mais j'aimerais d'abord boucler quelques affaires.

– Alors d'accord, dit Graves sans enthousiasme. Passez ce soir vers six heures. Je vais vous expliquer comment venir ici.

Joe nota les indications qu'il lui donna.

– À ce soir donc, dit Joe.

– Je suis étonné que vous n'ayez rien dit, ajouta Graves d'un ton évasif.

– À quel propos ?

– À propos de mon nom. Graves[1]. La plupart des gens réagissent quand ils apprennent que je suis médecin légiste et que je m'appelle Graves.

– Je ne suis pas très futé, dit Joe.

Il était soulagé de n'avoir rien dit. Il avait cru que Graves faisait allusion au mot « compagnon ».

1. « Tombes » en anglais.

Joe passa l'après-midi à faire connaissance avec les chevaux de Will dans leur enclos. Il aimait beaucoup le hongre noir et la jument baie, qui lui rappelait une de ses anciennes montures. Tous deux semblaient calmes et solides et ne se dérobèrent pas lorsqu'il les sella et plaça sur leur dos les grosses sacoches rectangulaires dans lesquelles il transporterait son matériel. Ils avaient l'air bien nourris et en parfaite santé. Il le fallait, pensa-t-il, vu les endroits qu'ils allaient parcourir ensemble.

Coincé derrière un bus scolaire qui déposait les enfants au bout des chemins de campagne, Joe dut s'arrêter à plusieurs reprises sur la route qui quittait Jackson par le sud. Chaque fois, il contemplait les maisons disséminées dans la vallée au-dessous de lui. Frappé par cette image de carte postale, il se disait que c'était parce que Jackson était entouré de zones montagneuses protégées que cette vallée lui faisait penser à une île étincelante au milieu d'un océan de vagues hautes de trois mille mètres.

Au niveau du canyon de Hoback, le bus bifurqua vers Pinedale. Joe poussa un soupir de soulagement et consulta sa montre. Il allait être en retard chez le Dr Graves.

Dans l'éclat cuivré du couchant, le canyon de Hoback vibrait d'une telle intensité et d'une telle présence brute qu'il était presque douloureux à regarder. La route qui le traversait suivait les courbes de la Hoback River.

Dans une ligne droite, Joe jeta un coup d'œil dans son rétroviseur. Derrière le bus scolaire, s'étirait une longue file de véhicules. Il nota que les trois quarts des conducteurs étaient en train de parler dans leurs portables ou de tambouriner sur le volant de leurs gros 4×4.

Voir les enfants rentrer chez eux en traînant les pieds, avec leurs sacs à dos et leurs colliers et bracelets de chanvre, le fit penser à Sheridan et Lucy, puis à Marybeth. Sheridan, avec son angoisse d'adolescente et ses idées bien arrêtées, parviendrait-elle à s'adapter ici ? Il avait du mal à l'imaginer, mais il n'imaginait pas davantage qu'ils puissent rester à Saddlestring. Et Marybeth, est-ce qu'elle se plairait ici ?

Il essaya d'imaginer Marybeth et Stella Ennis dans la même ville. Jackson, pensa-t-il avec un sentiment aigu de culpabilité, ne serait pas assez grand pour les deux femmes.

# 22

Marybeth était en train de faire bouillir de l'eau et de mesurer des spaghettis pour trois lorsqu'on frappa lourdement à la porte d'entrée.

– Tu peux répondre ? demanda-t-elle à Sheridan qui travaillait sur la table de la cuisine.

– Je fais mes devoirs, répondit sa fille.

– Sheridan…

– OK, c'est bon, dit Sheridan qui repoussa sa chaise en soupirant avec un air de martyre.

Pendant la saison de la chasse, il n'était pas rare qu'ils aient des visites à des heures incongrues. Normalement, si Joe n'était pas là pour régler le problème, il pouvait être joint sur son portable ou par radio et il rentrait dès que possible. Depuis huit jours qu'il était parti, Marybeth remerciait le ciel que les choses aient été si calmes. Mais elle se doutait que ça n'allait pas durer. Et, pour couronner le tout, elle avait reçu un message de Phil Kiner à Laramie. Le garde-chasse qui devait superviser le district en l'absence de Joe lui annonçait qu'il serait retardé parce qu'il devait témoigner devant les tribunaux et ne savait pas quand il pourrait arriver.

Sheridan revint dans la cuisine.

– Il y a un homme qui dit qu'il vient se livrer au garde-chasse.

– Génial ! lâcha Marybeth en reposant les spaghettis et en baissant le gaz sous la casserole d'eau.

– Je crois qu'il a un coup dans le nez, murmura Sheridan.

– Super !

Marybeth se ressaisit et traversa la cuisine à grandes enjambées, Sheridan sur ses talons.

– Maman, je couvre tes arrières, dit Sheridan à voix basse.

Un grand gaillard vêtu d'une tenue de camouflage ensanglantée se dressait dans l'encadrement de la porte. Il avait un visage parfaitement rond, de grosses joues rouges et le regard vitreux.

– Joe n'est pas là, dit Marybeth. En quoi puis-je vous aider ?

– Comme je viens de le dire à la petite demoiselle, je viens me rendre, bredouilla-t-il.

Son haleine sentait le whisky.

– Je voulais tirer un wapiti, mais j'ai touché un faon, dit-il en faisant un effort pour bien choisir ses mots et articuler le plus clairement possible. Je l'ai ramené avec moi et je viens chercher mon PV.

– Vous l'avez apporté ici ?

– Oui.

– Et qu'est-ce que je dois en faire ?

– J'en sais rien, dit l'homme, les yeux brillants. Ce qu'on en fait d'habitude.

Marybeth regarda Sheridan qui se contenta de hausser les épaules.

– J'ai bien peur de ne pas pouvoir le garder. Mon mari doit rentrer… plus tard.

Elle faillit lui dire qu'il était en déplacement, mais, avant le départ de Joe, ils avaient décidé de ne pas mentionner son absence prolongée.

– Je vois, dit l'homme, perplexe. J'étais pas obligé de faire ça, vous savez ? J'aurais pu le laisser là-haut sans rien dire, ajouta-t-il, mécontent.

– C'est vrai, dit Marybeth. Vous avez fait le bon choix. Mais je ne peux rien pour vous.

– Ah ben, c'est du propre ! On essaie de faire les choses bien et on se fait renvoyer !

Marybeth comprit vite que la situation risquait de dégénérer et le pochard larmoyant de se transformer en ivrogne enragé. Elle n'y tenait pas et voulait surtout éviter que l'homme entre dans la maison. Heureusement, Maxine l'avait suivie en trottinant depuis la cuisine. Sheridan se pencha et saisit le collier de la chienne.

– Laissez votre numéro et je dirai à Joe de vous contacter.

Elle pourrait lui en parler ce soir quand il appellerait et il pourrait joindre le central. Pour l'instant, tout ce qu'elle voulait, c'était que cet homme s'en aille. Il était tellement saoul qu'il ne se souviendrait probablement pas de ce qu'elle lui avait dit.

Il posa sur elle un regard dur et noir qui la fit reculer instinctivement vers Sheridan. Maxine se mit à grogner en tirant sur son collier. Sentant le danger inhérent à la situation, Marybeth craignit pour sa sécurité et celle de ses enfants. S'il faisait un seul pas vers elle, elle n'hésiterait pas à dire à sa fille de lâcher Maxine et d'appeler la police pendant qu'elle irait chercher son aérosol d'autodéfense au poivre dans son sac.

Mais l'homme marmonna quelque chose avant de pivoter maladroitement sur ses talons et de s'éloigner.

Marybeth et Sheridan restèrent figées sur place en regardant la porte moustiquaire se refermer dans un grincement.

– Ouf! dit Sheridan.

Un bruit sourd résonna dans le jardin, suivi du ronflement d'un moteur qu'on démarre et du vrombissement d'un pick-up en route vers Saddlestring.

Marybeth alluma la lumière extérieure et jeta un coup d'œil dehors. Apercevant un amas indistinct sur l'herbe, elle prit une lampe torche dans le bureau de Joe et sortit pour découvrir un cadavre de faon. La cartouche lui avait perforé les entrailles et son petit corps tacheté était étrangement disloqué.

– C'est horrible, dit Sheridan en rejoignant sa mère. Pauvre petite bête! Tu aurais dû au moins relever le numéro d'immatriculation de sa voiture. C'est ce que Papa aurait fait.

– Je n'ai vraiment pas besoin de tes conseils maintenant, rétorqua Marybeth d'une voix tendue.

– Très bien, lança Sheridan en faisant furieusement volte-face et repartant vers la maison.

– Sheridan! cria Marybeth. Veille à ce que Lucy ne sorte pas!

Sa fille s'immobilisa sur le perron.

– Je voulais justement lui dire de venir te rejoindre.

– Sheridan…

De retour dans la cuisine, Sheridan vit sa mère décrocher le téléphone mural pour passer deux coups de fils Elle appela d'abord la maison où logeait son père. Mais son appel resta sans réponse.

– Essaie son portable, lança-t-elle de la table.

– C'est déjà fait. Ou bien il l'a éteint, ou bien il n'y a pas de réception là où il est.

– Appelle le central.

Sa mère lui jeta un coup d'œil rapide avant de se retourner vers le téléphone.

– J'appelle Nate.

– Est-ce qu'on va dîner un de ces jours ? demanda Sheridan sans lever les yeux de ses cahiers.

Elle savait qu'un jour sa mère finirait par appeler Nate. Elle le savait depuis un an.

Nate Romanowski arriva à vingt et une heures, balança le faon sur la banquette arrière de sa Jeep et s'avança vers la porte.

– Je ne veux pas qu'il me voie comme ça ! cria Sheridan en se précipitant hors de la cuisine en pyjama.

Marybeth sourit d'un air amusé.

– Merci beaucoup, Nate, dit-elle sur le seuil.

– Ce n'est rien, vraiment. Je sais y faire avec les cadavres.

– J'espère que vous plaisantez.

– En quelque sorte, dit-il en haussant les épaules.

– Vous avez dîné ? Il me reste des spaghettis.

À son silence, elle comprit qu'il avait faim et l'invita à entrer.

– Puis-je d'abord faire un brin de toilette ?

– La salle de bains est au fond du couloir, dit Marybeth en se dirigeant vers la cuisine pour sortir le plat de spaghettis du réfrigérateur et le mettre dans le four à micro-ondes.

Elle lui prépara aussi du pain aillé.

La voix de Nate lui parvint du fond du couloir.

– Bonsoir, Sheridan.

En guise de réponse, Sheridan lâcha un « Oh, non ! » retentissant et claqua la porte de sa chambre.

Nate s'approcha de la table de la cuisine, un sourire aux lèvres après ce petit incident.

– J'apprécie beaucoup votre invitation, dit-il. Je commence à en avoir assez de ma cuisine. Avant, j'étais plus inventif aux fourneaux, mais depuis quelque temps je ne fais que de la viande grillée. Oh, et du pain aillé en plus !

Elle prit place à l'autre bout de la table et essaya de ne pas le regarder manger. Il avait vraiment un physique intéressant, avec son corps anguleux et ses mouvements fluides. En dépit de sa haute taille et de sa minceur, il semblait ramassé sur lui-même, comme prêt à bondir. Il avait quelque chose d'un grand chat.

– Avez-vous noté le nom du type qui vous a laissé le faon ? demanda-t-il entre deux bouchées.

– Non, et je n'ai pas noté son numéro d'immatriculation non plus.

– Je pourrais le retrouver si vous voulez.

– Comment ?

Il lui sourit d'un air espiègle.

– Vous avez dit qu'il était gros. Il n'a probablement pas encore nettoyé le sang dans son pick-up. Et manifestement ce n'est pas quelqu'un du coin puisque vous ne l'aviez jamais vu. Il n'y a pas beaucoup d'endroits pour les gens de passage à Saddlestring.

– Hmm…

– Alors… voulez-vous que je le retrouve ?

– Non. Mais je suis contente qu'il soit parti.

Il hocha la tête en silence et continua à manger.

– Je ne connais personne qui apprécie autant mes spaghettis.

– Désolé, je mange comme un goinfre.

– Non, je suis juste contente de voir que vous aimez ça.

Il vida son assiette et l'essuya avec un dernier morceau de pain aillé.

– Alors, comment ça se passe pour Joe à Jackson ?

Elle soupira.

– Il a l'air soucieux. Nous avons du mal à nous parler.

Nate la regarda soudain avec intérêt.

Elle se sentit rougir.

– Ce que je voulais dire, c'est qu'il m'a appelée plusieurs fois au mauvais moment, et quand je l'ai appelé la connexion était mauvaise.

Sur le seuil, Nate la remercia encore une fois pour le repas.

– C'est la moindre des choses, dit-elle, vu que je ne suis pas un très bon garde-chasse…

Il eut un sourire gêné. (C'est ce qu'elle pensa en tout cas.)

– Où emportez-vous le faon ? Vous allez l'enterrer ?

Il fit non de la tête.

– Une partie servira à nourrir mes oiseaux. Le reste, je m'en débarrasserai dans un endroit que je connais, dans le piémont.

– Loin d'ici ?

Il hésita un instant comme s'il était en train de décider s'il voulait partager son secret avec elle.

– C'est une source thermale très particulière que j'ai découverte par hasard l'hiver dernier. L'eau qui en sort contient une grande quantité d'acide sulfurique. Un jour, j'y ai jeté une antilope tuée sur la route : en moins d'une semaine la chair avait disparu, et un mois plus tard il ne restait plus rien des os.

– Joe la connaît ?

Nate fit oui de la tête.

– Je la lui ai montrée. Il a essayé de savoir d'où venait cette eau pour voir si elle pouvait être liée à l'activité thermale souterraine du côté de Thermopolis ou du parc de Yellowstone.

– Ça, c'est bien lui.

– Donnez-lui le bonjour de ma part, dit Nate avec un sourire.

– Entendu, dit-elle, si j'arrive à lui parler un jour.

Nate la regarda d'un air perplexe, puis tourna les talons et se dirigea vers sa Jeep. Marybeth referma la porte derrière lui et s'appuya un instant contre le battant, à la fois soulagée que Sheridan n'ait pas entendu leur conversation et honteuse d'y avoir pensé.

Une heure plus tard, le téléphone sonna et Marybeth répondit dès la première sonnerie.

– Joe ?

– Non, c'est ta mère, dit Missy. Nous sommes rentrés de notre voyage de noces. Désolée de te décevoir.

– Ce n'est pas que…

– L'Italie était merveilleuse. Les gens sont très chaleureux et on y mange divinement bien.

– Nous avons eu des spaghettis pour le dîner, dit Marybeth sur un ton amer qu'elle regretta aussitôt.

– Rien à voir avec les spaghettis en Italie, poursuivit sa mère. Oh, il faudra que tu amènes les filles. Nous avons rapporté des cadeaux pour tout le monde. Même pour Joe.

Marybeth lui dit qu'il était à Jackson depuis plus d'une semaine.

– Mon troisième mari et moi avions un appartement là-bas. Mais depuis le divorce je ne peux plus y aller.

– Je m'en souviens.

Marybeth ne voyait pas pourquoi sa mère parlait de ça, sauf par réflexe, pour impressionner sa fille.

– Je parie que tu t'ennuies toute seule, dit Missy. Je sais ce que c'est que d'être abandonnée. N'oublie pas que tu peux toujours amener les enfants et rester ici avec elles si tu le souhaites. Ce n'est pas la place qui manque et vous serez toujours les bienvenues. N'oublie pas que ce ranch est à moi maintenant.

Marybeth raccrocha et s'aperçut qu'elle venait de manquer un appel. Son cœur se mit à battre la chamade. Elle écouta les messages, mais n'entendit qu'un souffle rauque dans l'appareil. L'identification d'appel indiquait qu'il s'agissait d'un numéro précédé de l'indicatif 720.

Les filles étant allées se coucher, Marybeth commença à nettoyer la cuisine dans un état de vague agitation. Pourquoi Joe n'avait-il pas appelé ? Le ressentiment qu'elle éprouvait envers lui éclipsait son inquiétude. Ça devenait une habitude.

Et tout d'un coup, comme si une brèche s'ouvrait dans son barrage mental, des pensées désagréables lui vinrent à l'esprit. Quelques-unes au début, puis ce fut un flot continu, puis un torrent. Elle était vraiment en colère contre lui. Bien sûr, elle l'avait encouragé à saisir l'occasion qui se présentait, mais pendant qu'elle était à la maison à se battre avec l'attitude de sa fille et à gérer un animal mort dans le jardin, lui était dans une station de sports d'hiver. Elle l'imaginait dînant au restaurant, voyant de nouvelles choses, rencontrant des gens nouveaux et intéressants. Ses journées étaient tellement riches et bien remplies qu'il n'avait pas une minute pour l'appeler. Et elle était coincée dans leur petite baraque minable, dans ce coin paumé du Wyoming. Il l'avait abandonnée dans cette vie qu'il avait choisie, pas elle, pas *eux*. Il l'avait plantée là et elle devait gérer le travail, la famille, les responsabilités et le budget. Elle qui avait entrepris de brillantes études de droit était devenue la collaboratrice de Joe Pickett, son assistante bénévole. Elle était coincée dans ce bled tandis que dehors les choses bougeaient comme un bateau filant vers l'horizon. Bientôt, il serait trop tard pour qu'elle puisse le rattraper.

La conversation qu'elle avait eue avec sa mère n'avait pas arrangé les choses. Loin de là.

Peut-être devrait-elle suivre l'exemple de Missy qui changeait d'homme chaque fois qu'elle pouvait améliorer sa situation. Il n'y avait qu'à voir où elle en était. « Ce n'est pas la place qui manque, avait-elle déclaré. N'oublie pas que ce ranch est à moi maintenant. » Et elle, qu'est-ce qu'elle avait ? À part ses filles, bien sûr. Elle balaya la pièce du regard. Même sa maison appartenait à l'État.

Elle aperçut tout d'un coup son reflet dans la porte du four à micro-ondes. La colère et le désespoir se lisaient sur son visage. La culpabilité aussi.

Joe faisait de son mieux. Il faisait toujours de son mieux. Mais elle ne pouvait s'empêcher de se demander quand Nate allait revenir dîner avec elle.

# 23

La propriété du Dr Shane Graves était vaste et les bâtiments construits de manière anarchique sur le flanc d'une colline couverte d'armoise à quelque cinq kilomètres de la route principale. La nuit, on aurait dit un navire perdu en pleine mer, toutes lumières allumées. Aucune autre lueur n'était visible aux alentours. Joe s'engagea dans une allée dallée et se gara près de la porte d'entrée.

Un homme grand et mince, doté d'une abondante chevelure blanche et d'un visage grêlé aux joues creuses, ouvrit la porte avant qu'il ait eu le temps de frapper. Graves portait un long peignoir en velours, des chaussettes et des mocassins brodés de perles. Il se présenta et lui tendit la main. Joe réprima un tressaillement au contact de ses longs doigts doux et froids.

– Mon bureau est au fond du couloir, dit Graves en le précédant à l'intérieur. Le dossier Jensen et le carton contenant les preuves matérielles sont sur le bureau. Je vous demanderai de ne pas ouvrir les sachets en plastique contenant les preuves matérielles sans que je vous y aie autorisé.

Joe suivit le légiste le long d'un couloir sombre et ne put s'empêcher de jeter un coup d'œil sur une vaste et belle pièce baignée d'une lumière chaude et tamisée provenant de plusieurs lampes à basse tension. Une douce musique s'en échappait. Un homme de l'âge du docteur était assis dans un canapé. Il avait l'air d'un cow-boy en tenue de travail – Wrangler usé, bottes élimées, chemise en toile à manches longues et chapeau à bord large entre les mains. Il ignora complètement la présence de Joe. Penché en avant, il avait les yeux rivés au mur comme s'il pensait qu'en restant parfaitement immobile il avait une chance de ne pas être vu. Il s'agissait sans doute du compagnon dont Graves avait parlé.

Arrivé dans son bureau, ce dernier alluma une rangée de spots qui projetèrent une lumière crue et lui montra la table de travail.

– Si vous me disiez exactement ce que vous recherchez, je pourrais peut-être vous faire gagner du temps.

Dans sa blancheur clinique, le bureau présentait un contraste violent avec la grande pièce aux lumières tamisées et Joe mit quelques minutes à s'habituer à la luminosité.

– Je ne sais pas encore ce que je recherche exactement, dit-il en se dérobant. J'aimerais d'abord lire les rapports et voir si j'ai des questions. Est-ce que c'est possible ?

– Au téléphone, vous m'avez dit que c'était urgent, lui rappela Graves d'un ton impatient.

Pris sur le fait, Joe se sentit rougir.

– Désolé. C'est quelque chose que m'a signalé le shérif Tassell l'autre soir. Il a dit que l'arme de Will avait un tel recul que le canon lui avait perforé le palais.

Graves acquiesça d'un hochement de tête.

– C'est exact. Il lui a aussi fait sauter les deux dents de devant. Une arme de ce calibre possède un énorme recul.

– L'arme que Will a utilisée est-elle ici ? demanda Joe en désignant le carton.

Graves contourna Joe, plongea la main dans le carton et en sortit un grand sac en plastique qu'il lui tendit. Le .44 Magnum était lourd et volumineux, avec un canon de dix pouces. De ses longs doigts blancs, Graves désigna le cran de mire particulièrement tranchant.

– Il n'est pas difficile de voir comment ça a pu arriver, dit-il.

Joe remarqua que le cran de mire avait pris la teinte rouille du sang séché.

– Je vois, dit Joe, hésitant. Ça vous ennuie si je jette un coup d'œil aux dossiers ?

– J'ignore quelles sont vos intentions et j'espère que vous n'êtes pas ici pour me soutirer des informations, dit Graves avec un soupir. N'y passez pas la nuit, monsieur Pickett. Comme vous avez pu le constater, j'ai un invité.

Joe acquiesça d'un hochement de tête.

– Certaines photos risquent de vous choquer, reprit Graves. Je dois juste vous avertir… elles sont très crues.

– Je comprends.

– On dit toujours ça, ajouta Graves en lui adressant un sourire révélant des dents jaunies et tordues, jusqu'à ce qu'on les ait sous les yeux.

Graves s'éloigna à pas feutrés le long du couloir et Joe entendit qu'on montait le volume de la musique. Manifestement, le docteur ne souhaitait pas être entendu. Il ouvrit le dossier et commença à lire. Ça correspondait à ce que Tassell lui avait dit. La seule chose qui l'intriguait était qu'on n'avait demandé ni rapport toxicologique ni autopsie.

Lui qui se croyait préparé fut choqué par les clichés qu'il avait sous les yeux – comme Graves le lui avait dit. Will était affalé en arrière sur le dossier de sa chaise, ses longues jambes écartées sous la table. Son cou blanc était exposé et son menton ensanglanté levé vers le plafond. Ses bras pendaient sur les côtés. Le .44 Magnum gisait par terre, près de sa main droite. Derrière lui, le mur de la cuisine et ce qu'on pouvait voir du plafond étaient maculés d'éclaboussures de sang, de morceaux de cervelle, d'éclats d'os et de cheveux. Joe eut la nausée et regarda autour de lui pour voir s'il y avait de l'eau fraîche. Il trouva un gobelet en carton près de l'évier, le remplit et constata que sa main tremblait.

Il respira un grand coup et regagna le bureau, où il se força à regarder les autres clichés. Will avait été photographié sous toutes les coutures. Sur une photo particulièrement dérangeante, on voyait l'arrière de son crâne ouvert. Sur une autre, un gros plan de sa bouche montrait clairement la perforation du palais causée par le cran de mire, les deux dents de devant suspendues aux gencives par de minces fils.

– Mon Dieu, aidez-moi ! murmura-t-il.

Il attendit d'être sûr de ne pas avoir de nouveau la nausée avant de rejoindre le médecin. Il fit délibérément claquer les talons de ses bottes sur le dallage en longeant le couloir sombre vers la grande pièce – il voulait être sûr qu'on l'entende arriver.

Graves était tourné vers le cow-boy assis sur le canapé. Deux grands verres en cristal remplis de vin rouge étaient posés sur la table devant eux. Cette fois encore, le cow-boy évita le regard de Joe.

– Docteur Graves, puis-je vous poser quelques questions ?

Graves avait l'air mécontent. Il laissa échapper un soupir, puis se leva et suivit Joe vers le bureau.

– Pourquoi n'y a-t-il pas eu de rapport toxicologique ou d'autopsie ? demanda Joe.

Graves resserra les pans de son peignoir avant de répondre.

– Parce qu'il n'y avait aucune raison de le faire. La cause de la mort était clairement un coup de revolver auto-infligé dans la bouche. Nous ne pratiquons pas d'autopsie systématique, seulement si nous avons une bonne raison de le faire. Nous savons qu'il n'est pas mort d'une crise cardiaque, monsieur Pickett. Je suis comme tous les médecins légistes du pays sur ce point.

– Ainsi nous ignorons si Will avait bu ou s'il était malade ?

– C'est exact, dit Graves.

– Est-il encore possible de le savoir ?

Graves l'observa d'un air interrogateur.

– Je suis sûr que non, vu que le corps a été incinéré. À quoi voulez-vous en venir ?

– Je veux savoir pourquoi il a fait ça.

Le docteur poussa un long soupir.

– Écoutez, je vous comprends, mais mon travail ne consiste pas à découvrir pourquoi une victime se suicide. Mon boulot, c'est de déterminer comment c'est arrivé et de donner mon avis sur la cause du décès. Vous semblez chercher quelque chose pour laquelle je ne suis pas en mesure de vous aider.

Joe se frotta la mâchoire et réfléchit un instant. Il avait observé Graves pendant qu'il lui parlait, à l'affût de la moindre fausse note, mais il n'avait rien vu ou entendu qui puisse le trahir.

– Bon, si vous avez vu tout ce que vous vouliez voir... commença Graves sans avoir besoin de terminer sa phrase.

– D'accord, dit Joe en prenant sa veste.

Debout sur le seuil du bureau, Graves s'apprêtait à le raccompagner lorsque Joe s'immobilisa et saisit le revolver dans le carton.

– Vous ne pouvez pas l'emporter, dit Graves.

– Ce n'est pas mon intention, dit Joe avec un sourire. Je suis nul au tir de toute façon. Mais je viens de penser à quelque chose.

Graves haussa les sourcils.

Joe se rassit et saisit la crosse du revolver à travers le plastique. Il tendit le bras, pointa l'arme vers le mur, puis replia le coude et le poignet en amenant le canon à quelques centimètres de son visage.

– Que faites-vous, monsieur Pickett ? s'enquit Graves d'une voix inquiète en reculant dans le couloir, puis passant la tête dans l'embrasure de la porte. Ce revolver est chargé.

– Regardez un peu la longueur du canon. Il atteint à peine ma bouche dans cette position, il est trop long. Ce revolver est très lourd et il est particulièrement difficile de le tenir ainsi. Avant de tirer avec une arme d'un tel calibre, il vaut mieux être bien campé sur ses deux jambes et la tenir fermement avec les deux bras tendus, sinon elle vous saute carrément des mains. Si j'appuyais sur la détente dans la position où je me trouve, la balle traverserait la partie inférieure de mon crâne avant de perforer le mur juste derrière et le revolver me jaillirait probablement des mains pour atterrir à l'autre bout de la pièce.

– Oui... mais la balle s'est logée dans le plafond.

– Exact, dit Joe. Et c'est bien ce qui m'intrigue.

Graves garda le silence.

– Mais si je le tourne comme ça, c'est beaucoup plus facile.

Joe ramena son bras sur sa poitrine et pointa le canon du

Magnum vers le haut. Il pencha sa tête vers l'avant comme s'il allait boire à la paille et le canon effleura ses lèvres à travers le plastique.

– Vous voyez ce que je veux dire, ajouta-t-il.

– Oui, je vois, dit Graves. Mais je serais plus rassuré si vous reposiez cette arme sur le bureau.

Joe ignora sa requête.

– Si j'appuie sur la détente en tenant l'arme dans cette position, la balle va me traverser le cerveau et se loger dans le plafond. Je le tiens solidement contre moi pour que ma seule masse physique absorbe le recul du revolver qui tombera probablement par terre.

– Oui.

– Mais comme vous pouvez le constater le cran de mire est orienté vers le bas dans cette position, vers ma lèvre inférieure et non vers mon palais.

Graves hocha la tête.

Joe leva les yeux et poursuivit :

– Alors comment se fait-il que Will se soit donné la mort avec cette arme dans une position aussi difficile et inconfortable que celle que je vous ai montrée tout à l'heure ? Et que la balle se soit logée dans le plafond et pas dans le mur ? Et que l'arme ait eu un tel recul qu'elle lui a perforé le palais et fait sauter les dents du haut et qu'on l'ait retrouvée par terre à côté de lui et pas à l'autre bout de la table ?

Il posa le revolver sur le bureau et le Dr Graves revint dans la pièce.

– Je ne crois pas être en mesure de répondre à ces questions, dit-il.

– Moi non plus, admit Joe.

– Où voulez-vous en venir ?

– A-t-on vérifié les empreintes ?

– Oui. Il y a encore des résidus de poudre. On n'a retrouvé que les empreintes de Will sur le canon et sur le barillet.

Joe examina à nouveau le sachet contenant l'arme et nota les résidus de poudre dans les plis du plastique.

– Et sur la crosse et la détente ?

Graves se racla la gorge.

– Aucune empreinte.

– Rien du tout ?

Le médecin fit non de la tête.

– Quelqu'un les avait essuyées ?

– Je n'ai pas dit ça. La surface de la détente est striée et les empreintes ne s'y impriment pas. Quant à la crosse, elle est en bois à damiers et ce n'est pas la surface idéale pour prélever des empreintes.

– Mais on aurait pu l'essuyer ?

– C'est possible, en effet. Mais il n'y a aucune preuve. Je ne peux pas affirmer que cette arme a été nettoyée.

– Ces questions sont-elles suffisantes pour que l'affaire soit requalifiée en homicide ?

Le docteur serra les mâchoires.

– Non. Je crois qu'il en faudrait plus que ça. Mais laissez-moi quand même y réfléchir.

# 24

Le mercredi matin, après avoir pris le petit déjeuner au Sportsman's Café, Joe, assis à son bureau, se sentit à nouveau dans un état bizarre. Il avait très mal dormi. Chaque fois qu'il fermait les yeux le plafond se mettait à tanguer et d'étranges images se précipitaient vers lui : les photos du suicide de Will, les yeux de l'ours braqués sur lui, pétrifié, Stella Ennis, les lèvres entrouvertes sur l'éclat de ses dents. Il n'arrivait pas à se concentrer sur les papiers qu'il avait devant lui. Les lignes de la carte topographique accrochée au mur se brouillaient et la liste des guides de chasse, le nom des camps et leurs emplacements se confondaient dans un flou indistinct. Même quatre tasses de café n'avaient pas réussi à chasser la brume de son esprit.

C'était une heure avant l'ouverture du bâtiment. Il était arrivé tôt – il faisait encore sombre dehors – parce qu'il ne pouvait pas dormir. Après avoir jeté un coup d'œil dans le miroir des toilettes – il aurait juré qu'il avait un problème de vision –, il regarda le soleil levant illuminer le sommet des Teton Mountains d'un rose électrique. C'était parfaitement surréaliste, comme son état d'esprit d'ailleurs.

Il avait passé le bureau au peigne fin dans l'espoir d'y découvrir le carnet manquant. Rien derrière les meubles à tiroirs et rien non plus entre les dossiers suspendus. Il avait retiré les tiroirs du bureau et regardé à l'intérieur, mais n'avait trouvé qu'un papier d'emballage de chewing-gum. Rien sous le sous-main et rien derrière la carte, ni non plus derrière le tableau d'affichage.

En arrivant, il avait trouvé une enveloppe sur son bureau avec son nom écrit dessus d'une écriture élégante. Comme il n'y avait ni timbre ni tampon de la poste, elle avait dû être livrée en personne. Il en sortit une grande carte qu'il relut. C'était une invitation à une réception qui aurait lieu le samedi soir suivant, en l'honneur du vice-président des États-Unis, au domicile de Don et Stella Ennis à Beargrass Village.

Bon sang, pensa Joe, le vice-président !

Au bas de la carte, sous le RSVP, il lut : « Si vous portez votre chemise d'uniforme rouge, je saurai que vous voulez me parler. Sinon, je vous laisserai tranquille. Mais vous DEVEZ venir. » C'était signé « S ».

Stella.

Joe imagina la réaction de Marybeth quand il lui parlerait de cette réception. Il serait difficile de la convaincre qu'il ne s'amusait pas follement sans elle.

Un peu plus tard, il consulta sa montre en se demandant si Marybeth était déjà levée. Il n'avait pas appelé la veille parce qu'il était rentré de chez le Dr Graves à minuit passé. Éreinté, il s'était contenté d'avaler des spaghettis en boîte et un bourbon à l'eau. Il voulait lui faire part de ses nouvelles découvertes et lui demander ce qu'elle en pensait. Elle avait souvent des points de vue intéressants auxquels il n'avait pas pensé.

Ensuite, il voulait parler à Mary et voir s'il pouvait apprendre quelque chose sur Will Jensen avant de partir à cheval pour un voyage de quatre ou cinq jours qui le mènerait vers le nord et les camps de chasse. Il n'avait pas oublié que Smoke Van Horn avait montré un intérêt tout particulier pour ses déplacements. Joe n'avait parlé de ses projets à personne et n'en informerait Mary et Marybeth qu'avant de partir.

Si une chose pouvait l'aider à retrouver ses esprits, c'était bien quelques jours de solitude dans les montagnes. Il avait l'intention de consacrer ce temps à son travail de garde-chasse, mais aussi à réfléchir à ce qu'il avait appris sur la mort de Will Jensen depuis qu'il était arrivé à Jackson.

Parce que j'ai vraiment du mal à me concentrer sur quoi que ce soit ici, songea-t-il.

Il avait pensé aller voir un médecin, mais il n'en connaissait aucun à Jackson et ne savait pas si les frais seraient pris en charge par son assurance. S'il continuait à dormir aussi mal, il se jura d'aller voir quelqu'un dès son retour en ville.

Au moment où il tendait la main vers le téléphone pour appeler sa femme, la sonnerie retentit. C'était le shérif Tassell. Il avait l'air furieux et lui dit qu'il l'appelait de sa voiture parce qu'il n'était pas encore arrivé au bureau. Joe lui aussi était contrarié par cet appel : encore une chose qui l'empêchait d'appeler Marybeth.

– Aux dires de Graves, vous pensez que quelqu'un a pu assassiner Will Jensen, dit Tassell.

– C'est une hypothèse…

– Bon Dieu ! On m'avait pourtant prévenu à votre sujet ! Je vous avais demandé de me tenir au courant !

– Il était plus de minuit quand je suis rentré chez moi hier soir. Vous vouliez que je vous appelle à cette heure ?

– Pourquoi pas ? Graves l'a bien fait, lui.

– Que vous a-t-il dit ?

– Il m'a dit que nous devrions demander à un expert médico-légal de jeter un coup d'œil à ces photos.

– Il pense qu'il y a quelque chose ? demanda Joe, légèrement surpris.

Il avait supposé, à tort, que Graves était aussi pressé d'en finir avec cette affaire que le shérif Tassell.

– Il n'en est pas sûr, mais c'est ce qu'il m'a fait comprendre. Ce qu'il m'a balancé, plutôt. Bien sûr, les frais engendrés par une telle expertise ne seraient pas imputés sur son budget à lui.

Joe fit une grimace amère.

– Alors, c'est de ça qu'il s'agit, hein ? Peut-être que le DCI[1] du Wyoming…

– Pas question d'impliquer l'État maintenant, surtout après

1. Division of Criminal Investigation, soit « département des enquêtes criminelles ».

les faits, dit Tassell d'un ton impatient. Pas en se basant sur quelques photos et sur le fait qu'il était malcommode de tenir l'arme dans une certaine position. Le type était tellement perturbé qu'il s'est flingué sans se demander s'il serait dans une position inconfortable pendant ses derniers instants.

– Y a quand même quelque chose de bizarre, dit Joe.

– Est-ce une raison suffisante pour soulever la question ? Il en faudrait plus pour que je décide d'engager les frais élevés qu'entraînerait la consultation d'un spécialiste extérieur.

– Vous ne voulez pas connaître la vérité ?

– N'essayez pas de me donner mauvaise conscience, Joe. Vous êtes aussi têtu que Graves.

– C'est vous le shérif, dit Joe. C'est vous qui décidez.

Tassell ronchonna et lâcha un juron.

– D'accord, je vais y réfléchir. Mais en attendant ces photos ne bougent pas d'ici. Peut-être qu'une fois que le vice-président sera reparti et que je saurai où nous en sommes au niveau du budget…

– Pourquoi attendre ?

– Parce que, hurla Tassell avant de raccrocher, c'est moi qui décide !

Il venait juste de trier son courrier et de ranger les cartes qu'il voulait emporter dans des tubes lorsque Mary Seels apparut dans l'embrasure de la porte.

– Joe, votre pick-up est en feu.

Il ne put sauver que les sacoches qu'il avait préparées la veille et laissées à l'arrière du pick-up. La cabine et le moteur étaient un véritable brasier. Au milieu du crépitement furieux des flammes, il faillit ne pas entendre les deux biologistes aux fenêtres du premier étage qui hurlaient : « Éloignez-vous avant que ça pète ! »

Ce qu'il fit, juste avant l'explosion qui ébranla le sol. Il se retrouva du côté des enclos, les sacoches roussies à ses pieds. Une épaisse colonne de fumée noire monta vers le ciel avant de rester suspendue dans l'air au niveau du toit du bâtiment. Une odeur d'essence et d'huile brûlées, de plastique et de caoutchouc fondus emplit l'atmosphère. À l'arrivée des pompiers, le véhicule n'était déjà plus qu'une carcasse calcinée et lorsqu'ils ouvrirent leurs lances à incendie, le métal se mit à fumer et à grésiller et des volutes de fumée blanche à traverser le parking. Pris d'un haut-le-cœur, Joe se baissa pour les éviter.

Tandis qu'il contournait le pick-up en s'émerveillant du fait que seule la poignée du levier de vitesses était intacte, le directeur adjoint Randy Pope fit son apparition.

– Qu'est-ce qui s'est passé? demanda-t-il en effleurant le cadre métallique de la portière avant de retirer promptement sa main sous l'effet de la chaleur.

– Je n'en ai aucune idée, répondit Joe. Je suis venu ici avec mon pick-up ce matin, je me suis garé et ensuite il a pris feu.

– Étiez-vous au volant à ce moment-là?

Joe fit non de la tête.

– J'étais dans mon bureau.

Personne n'avait vu le pick-up prendre feu. Les quelques employés qui étaient déjà arrivés se trouvaient dans la salle commune, en train de fêter l'anniversaire d'un des biologistes. Il n'y avait personne dans le parking et celui-ci n'était pas visible depuis la rue.

– Avez-vous senti une odeur de brûlé ce matin? demanda Pope. Les indicateurs du tableau de bord se sont-ils allumés? Le moteur chauffait-il? Un véhicule flambant neuf de vingt-neuf mille dollars ne prend pas feu tout seul.

– Non, dit Joe, rien de tout ça.

Il s'était senti particulièrement désorienté en venant au bureau. Peut-être avait-il l'esprit tellement embrumé qu'il ne s'était pas rendu compte que le pick-up ne fonctionnait pas normalement.

Pope s'immobilisa et hocha la tête.

– Voyons un peu, dit-il sans vraiment attendre de réponse,

ne s'agirait-il pas du troisième véhicule de service totalement détruit?

– Je n'ai rien fait, dit Joe, conscient de la médiocrité de sa réponse. Il a pris feu, je ne sais pas comment, et il a brûlé.

– À quand remonte la dernière révision?

Joe essaya de se souvenir.

– Quand j'ai fait réparer la carrosserie après avoir endommagé le châssis, je crois. Le carnet d'entretien aussi a brûlé.

Pope le regarda d'un air condescendant.

– Trois véhicules en cinq ans, j'imagine que c'est un record.

– Peut-être que quelqu'un y a mis le feu, dit Joe en essayant de rester calme.

– Vous croyez ça? Qui avez-vous pu exaspérer à ce point? Ça ne fait même pas une semaine que vous êtes ici.

Joe réfléchit un instant. Pi Stevenson, Smoke Van Horn, la femme qui avait tué le faon au volant de sa Porsche, Don Ennis… peut-être même le shérif Tassell.

– Je ne sais pas, répondit-il.

Ce n'est qu'en fin d'après-midi qu'il prit la direction des montagnes au volant du pick-up de Will, auquel il avait attaché le van des chevaux. L'intérieur du véhicule était tellement semblable au sien que, lorsqu'il se rendit compte qu'il n'avait pas encore appelé Marybeth, il tendit le bras vers l'emplacement de son portable. Rien.

Il lâcha un juron. Il fallait absolument qu'il la joigne avant de s'enfoncer plus avant dans les montagnes, où il n'y aurait plus de réception. Il s'arrêta à un téléphone public au bord de la route, mais il était en dérangement. Il décida d'utiliser la radio de bord pour appeler le central et demander qu'on le transfère sur le numéro de chez lui. Pourvu que Marybeth soit à la maison. Il pourrait peut-être parler à Sheridan et à Lucy qui devaient être rentrées de l'école. Bon Dieu, qu'elles lui manquaient!

Sa femme répondit et le son de sa voix lui réchauffa le cœur.

– Marybeth, je suis content d'avoir réussi à te joindre.

– Il était temps. Je commençais à me demander si tu n'étais pas parti de la maison pour de bon.

– Ma chérie, dit-il en pensant à tous les gardes-chasse, dispatchers, contrôleurs de marquage et autres individus équipés de scanners qui écoutaient chaque mot de leur conversation. Je t'appelle sur la radio de bord, cette conversation n'a rien de privé.

– Oh, lâcha-t-elle visiblement déçue. Pourquoi n'as-tu pas appelé sur ton portable ? Ou bien du bureau ?

– Mon portable a brûlé. En fait, mon pick-up tout entier a brûlé.

Silence.

– Je sais que ça a l'air ridicule, mais mon pick-up a pris feu ce matin dans le parking. Je t'appelle du pick-up de Will.

– Tu vas bien ?

– Oui. Ne t'inquiète pas. Écoute, je ne vais pas être joignable pendant trois ou quatre jours. Mais je voulais te parler avant de partir.

Elle marqua une légère pause qui lui en dit plus long que n'importe quelles paroles.

– Trois ou quatre jours ?

– Au moins, dit-il. Je suis désolé.

Il était dans un sale pétrin. Impossible de lui dire où il allait au cas où quelqu'un qui connaissait Smoke Van Horn, ou Smoke lui-même, aurait été en train d'écouter les échanges radio. Il aurait aimé lui expliquer clairement la situation pour la rassurer et apaiser sa colère.

Lorsque enfin elle répondit, ce fut d'une voix froide, presque professionnelle :

– Joe, quand tu seras de retour et que tu auras trouvé un téléphone, il faudra qu'on parle.

– Je sais. Il me tarde.

– C'est bien… sans doute.

– Marybeth…

– Un homme a balancé un faon mort dans notre jardin la nuit dernière. Oh, et on continue de recevoir ces appels.

Son cœur se serra. Il avait espéré entendre que tout se passait incroyablement bien.

– J'espère que tu as appelé Nate.

– Oui. Il nous a aidées pour le faon.

– Bien…

– Mais il y a toujours ces appels. Et, Joe, nous devons parler de l'une de nos filles.

– Sheridan ?

– Je croyais que cet appel n'était pas privé, dit-elle sèchement.

– C'est vrai. Je m'excuse. Elle va bien ?

– Elle va bien, mais nous avons quelques problèmes.

– Marybeth…

– Joe, ce n'est pas possible. Cet appel, je veux dire. Je n'aime pas te parler comme ça. Rappelle-moi dès que tu peux, d'accord ? Si tu as une minute.

Sur ce, elle raccrocha brusquement et Joe sentit des aiguilles glacées lui transpercer le cœur.

Au même moment, à proximité de la Twelve Sleep River, Nate Romanowski lâchait sa buse à queue rousse et son faucon pèlerin. Il recula légèrement et les regarda hésiter un instant avant de rejoindre un courant ascendant et de s'élever dans les airs en décrivant de larges cercles. C'était un bel après-midi d'automne, sans l'ombre d'un nuage. Ses oiseaux montant vers l'azur, Nate s'éloigna de la maison et se dirigea vers le champ d'armoise.

Il avança bruyamment à travers les broussailles, piétinant des touffes d'armoise sous ses pas. Ses bruits et ses mouvements auraient fait fuir n'importe quelle proie qui, effrayée, aurait déguerpi aussitôt. Nate servait de rabatteur à ses faucons.

Le pèlerin fut le premier à réagir, piquant à la verticale comme une pierre tombée du ciel. Il fendit l'air, ailes repliées, pattes serrées comme des poings. Nate n'avait pas vu le lapin, mais qu'importe, son faucon, lui, ne l'avait pas manqué. La collision eut lieu au niveau du sol, coup de tonnerre étouffé au milieu d'un petit nuage de poussière et de fourrure.

Pendant ce temps, la buse à queue rousse continuait de décrire des cercles tandis que Nate avançait dans le champ. Il dépassa le pèlerin qui dévorait le lapin en faisant craquer ses os. Dix minutes plus tard, les buissons d'armoise frémirent à quelques pas de lui. Un lièvre adulte surgit à découvert et détala vers la crête du champ en direction de la route. Il le regarda s'enfuir, s'émerveillant, comme toujours, de l'amplitude de ses bonds qui avaient l'air trois fois plus longs qu'ils ne l'étaient vraiment. Il sentit plus qu'il ne vit la buse à queue rousse repérer sa proie et se préparer à lui fondre dessus. Il s'immobilisa et suivit le lièvre du regard jusqu'à ce qu'il disparaisse derrière la crête du champ tandis que la buse fonçait vers lui dans un élan parfaitement meurtrier.

Tout d'un coup, le rapace trembla, interrompit sa descente et modifia sa trajectoire. Il battit maladroitement des ailes pour reprendre de l'altitude. Le lièvre avait-il réussi à s'enfuir ? Impossible, se dit Nate. Les lièvres ne se cachent pas dans des trous et il ne pouvait pas avoir disparu. Quelque chose avait effrayé son oiseau. Quelque chose qu'il avait vu de l'autre côté de la crête.

Quelque chose ou quelqu'un.

# 25

Pour l'ex-shérif Bud Barnum, la matinée commençait mal. Stovepipe, l'homme au poste de sécurité à l'entrée du bâtiment des services du comté et de la ville, venait de lui demander de passer sous le portique de détection des métaux.

– Tu déconnes ! grogna-t-il.

– Pas du tout, dit Stovepipe. Pour accéder au bureau du shérif, vous devez franchir le portique de détection et je dois vous remettre un laissez-passer. Le shérif m'a dit de ne faire aucune exception.

– Ça marche, au moins ? demanda Barnum en se souvenant qu'à l'époque où il était shérif le détecteur était souvent en panne.

– Oui, ça marche maintenant.

– C'est vraiment n'importe quoi !

Stovepipe se contenta de hausser les épaules.

– N'oublie pas que c'est moi qui t'ai embauché, Stovepipe.

– Et je vous en remercie, Bud, vraiment.

Barnum lui lança un regard furieux. Stovepipe l'avait toujours appelé « shérif », pas « Bud ». Lorsqu'il passa sous le portique, la sonnerie d'alarme retentit. D'un geste du menton, Stovepipe lui fit signe de reculer.

Barnum obtempéra, furieux, et dut vider ses poches, retirer sa ceinture et mettre son stylo plaqué or dans un petit récipient en plastique. Cette fois, il franchit le détecteur sans problème.

– Je dois garder tout ça jusqu'à ce que vous ressortiez, dit Stovepipe en lui remettant un laissez-passer jaune.

– Tu plaisantes ! ?

– Non.

– Mon pantalon… commença Barnum, sentant le rouge lui monter aux joues.

– J'ai de la ficelle, si vous voulez.

Barnum reconnut les cordons qu'on donnait aux prisonniers pour qu'ils ne se pendent pas avec leur ceinture.

Stovepipe jeta un coup d'œil dans le récipient en plastique.

– Hé, je me souviens d'avoir participé à l'achat de ce stylo. Il est vraiment super. Mais on dirait qu'ils ont manqué de place pour la dédicace, à voir la façon dont ils ont écrit « service ».

– T'y touches pas, compris ? lança Barnum en pivotant sur ses talons et maintenant son pantalon à la taille pour qu'il ne lui tombe pas sur les chevilles.

Il s'attendait à voir Wendy à l'accueil. Mais à sa place, ce fut une créature corpulente aux cheveux sombres qui leva les yeux vers lui.

– Puis-je vous aider ?

– Où est Wendy ?

– Elle a été affectée à un autre service. Que puis-je faire pour vous ?

– Affectée à quel service ? Et vous, qui êtes-vous ?

Il était étonné de ne pas avoir entendu parler de ce changement et vexé que McLanahan ne l'ait pas consulté sur la question.

La réceptionniste redressa la tête d'un air agacé.

– Elle est repartie au standard, je crois. Suis-je censée vous connaître ?

L'adjoint Reed, qui avait dû entendre la conversation, passa la tête par-dessus la demi-cloison de son box.

– Donna, c'est le shérif Barnum.

– Oh, dit-elle, avec une expression de dégoût qui choqua Barnum.

– Je voudrais voir McLanahan. (Il ne pouvait pas se résoudre à dire « le shérif McLanahan ».)

Donna jeta un bref coup d'œil sur une feuille posée devant elle.

– Je n'ai pas de rendez-vous, dit Barnum avant d'ajouter : et je ne devrais pas en avoir besoin.

Il lança un regard en direction de Reed, espérant le voir sourire ou hocher du chef, mais celui-ci avait à nouveau disparu dans son box.

Donna décrocha le téléphone, appuya sur le bouton de l'interphone et annonça à McLanahan que « M. Bud Barnum » voulait le voir.

– Non, dit-elle en évitant le regard de Barnum et en baissant la voix, il vient juste d'arriver.

– Nom de Dieu ! lâcha Barnum avant de franchir les portes battantes qui jouxtaient le bureau de la réception.

En passant, il jeta un coup d'œil dans le box de Reed, mais celui-ci fit semblant de ne pas le voir. Un nouvel adjoint dont Barnum avait oublié le nom l'observait depuis l'autre bout de la salle avec un air de mépris. Barnum pénétra dans son ancien bureau et referma la porte derrière lui.

McLanahan leva les yeux et lui désigna une chaise en face de lui. Il est dans mon fauteuil, pensa Barnum.

– Alors, qu'est-ce qui vous amène, Bud ?

Barnum s'assit, heureux de pouvoir lâcher la ceinture de son pantalon.

– J'étais venu vous rapporter quelque chose, dit Barnum d'une voix graveleuse, mais vu la façon dont je viens d'être traité, je me demande si je ne suis pas en train de perdre mon temps.

McLanahan sourit froidement, sans lâcher des yeux son ancien patron.

– Nous prenons la sécurité beaucoup plus au sérieux qu'avant, Bud. Nous n'avons pas le choix.

– Ce connard de Stovepipe m'a piqué ma ceinture.

– Désolé, mais je lui ai dit de ne faire aucune exception.

– Même pour moi ?

McLanahan leva les deux mains dans un geste qui voulait dire : « C'est comme ça ! »

– Pourquoi avez-vous remplacé Wendy ? demanda Barnum. C'est moi qui l'avais promue à ce poste.

– Les choses changent, Bud, dit McLanahan en passant les doigts dans son épaisse chevelure. En tant que shérif, j'ai parfois des décisions difficiles à prendre.

– Et ç'a été une décision difficile de te faire permanenter les cheveux ?

McLanahan se pencha vers l'avant, les yeux rétrécis.

– Bud, j'essaie d'être poli…

– Et combien ça t'a coûté, hein ? Trente dollars ? quarante ? Tu te passes la tête sous l'eau et tu laisses sécher au vent et ça fait le même effet.

McLanahan détourna le regard.

– J'ai des choses à faire, alors dites-moi où vous voulez en venir.

Bouillant de rage, Barnum garda le silence un instant. Plus il y pensait et plus il était en colère.

– C'est moi qui t'ai formé à ce poste. J'ai fermé les yeux sur toutes tes conneries. Tout ce que tu sais aujourd'hui, c'est moi qui te l'ai appris. Et maintenant que tu es shérif, on dirait que tu as oublié celui qui t'a permis d'en arriver là. Et le respect alors ? Et la reconnaissance ?

McLanahan se tourna enfin vers lui et le regarda droit dans les yeux.

– On ne peut pas dire que votre sortie se soit faite en beauté. Pas mal de choses sont remontées à la surface, vous savez ? Vous avez de la chance que je n'aie pas voulu mettre mon nez là-dedans après mon élection.

À ces mots, Barnum tressaillit.

– Mettre ton nez là-dedans ? hurla-t-il.

– Bud, baissez la voix ou je vous fais virer, l'avertit McLanahan.

– Tu me fais… quoi ? dit Barnum en se levant précipitamment. Quelle déloyauté ! T'es vraiment un petit con !

Le shérif lui lança un regard menaçant, le visage crispé de colère. Barnum décida d'adopter une approche différente.

– Écoute, McLanahan…

– *Shérif* McLanahan. Sortez, maintenant.

Barnum sentit une nouvelle bouffée de colère. Il baissa les yeux et vit que ses mains tremblaient. Il n'aurait eu aucun mal à plonger en travers du bureau et à enfoncer ses doigts dans la trachée de McLanahan.

– Je m'en vais, dit-il dans un murmure. J'étais venu pour faire une bonne action, pour te prévenir de quelque chose, mais apparemment, ce n'est pas la peine. Tu n'as aucunement besoin de mon aide.

– Si vous êtes venu pour signaler un crime, l'adjoint Reed prendra votre déposition. Vous connaissez la procédure, dit McLanahan d'une voix neutre.

Barnum pivota sur ses talons et sortit, les yeux de Reed, du nouvel adjoint et de Donna braqués sur lui.

Laisse faire, pensa-t-il. Qu'il y ait un meurtre. Que McLanahan et sa bande de clowns se démerdent. Peut-être que la prochaine fois ils me témoigneront un peu plus de respect.

Revenu sur son tabouret au Stockman's Bar, Barnum en tremblait encore. Il était passé de la colère à l'apitoiement sur son sort. Quand Timberman s'avança vers lui avec une cafetière à la main, Barnum lui montra une bouteille de Jim Beam derrière le bar.

– Double whisky à l'eau.

Timberman s'immobilisa et consulta sa montre.

– Et fais pas chier, lança Barnum. C'est pas le seul bar de la ville ici !

# QUATRIÈME PARTIE

Dans de nombreux endroits, les chasseurs reprennent le rôle écologique des prédateurs.

Michael Pollan,
« The Unnatural Idea of Animal Rights »,
*The New York Times Magazine*, 10 novembre 2002

La bouffe vient d'abord, ensuite la morale.

Bertolt Brecht, 1898-1956

# 26

Le soleil se couchait et la lune se levait aux deux extrémités d'un ciel sans nuages lorsque Joe fit bifurquer son cheval de selle et son cheval de bât de la ligne de partage des eaux vers ce qui ne pouvait être que Two Ocean Pass. Seul le bruit étouffé des sabots de ses chevaux dans l'herbe épaisse troublait le silence glacé du crépuscule.

Il tira sur les rênes pour immobiliser son cheval et balaya le paysage du regard. C'était bien celui que lui avait décrit Susan Jensen, en plus grandiose encore. Il comprenait pourquoi Will avait choisi cet endroit. Un petit ruisseau d'eau claire serpentait à travers la vaste étendue herbeuse avant de se séparer en deux branches au pied d'un sapin solitaire: l'une partant vers l'est, en direction de l'Atlantique, et l'autre vers l'ouest, en direction du Pacifique. Au-delà du col s'ouvraient le bassin de Yellowstone et le Thorofare, la région la plus reculée et la plus sauvage des quarante-huit États continentaux. L'immensité du paysage était saisissante: à perte de vue s'étendaient d'épais tapis d'arbres sombres sur les versants bleutés des montagnes. À l'aide d'une carte, il parvint à identifier Box Creek, Mount Randolph, Mount Leigy, Terrace Mountain et Jackson Peak. Joy Peak devait son nom à sa silhouette en forme de mamelon. Vers le sud, les lames cristallines des Teton Mountains découpaient le ciel.

Il avait passé toute la journée à chevaucher et la lumière du jour s'estompait déjà. Il avait traversé deux bourrasques de neige, franchi une demi-douzaine de ruisseaux et surpris un ours brun maigrichon qui ne l'avait pas entendu venir, occupé qu'il était à extraire les derniers vers d'une grosse branche pourrissante.

Heureusement, il s'était enfui précipitamment à travers les arbres, faisant craquer les branches sur son passage. Joe constata avec satisfaction que ses chevaux n'avaient pas eu l'air effrayés par cette apparition et qu'ils étaient même restés plus calmes que lui. Après cette rencontre, il avait sorti de son paquetage le fusil trouvé dans le pick-up de Will et l'avait chargé. Sa crosse dépassait d'une des sacoches de selle, à portée de main. Will aurait sans doute préféré son .44 Magnum, mais Joe était plus à l'aise avec un fusil. Son aérosol anti-ours était accroché à un cordon suspendu autour de son cou.

Il se laissa pénétrer par la nature qui l'entourait, conscient du danger qu'elle représentait, mais désireux de s'imprégner de sa beauté. Il ne s'était jamais senti aussi alerte et plein de vie depuis qu'il était arrivé à Jackson. Il n'arrivait pas à oublier complètement ce monde-là, mais au moins pouvait-il le reléguer au second plan. Impossible cependant de le faire disparaître tout à fait.

D'abord, il y avait Beargrass Village et Don Ennis. Après avoir relu les notes et les dossiers de Will, Joe était maintenant convaincu que celui-ci avait eu l'intention de s'opposer au projet. Après réflexion, il en était arrivé aux mêmes conclusions que lui, et sauf s'il obtenait de nouvelles informations ou si Ennis modifiait radicalement son projet, son opinion resterait la même. Ennis devait savoir que Will n'approuvait pas son projet et que Joe interpréterait les choses de la même façon. Beargrass Village n'allait pas surgir de la montagne sur la seule volonté de Don Ennis et de ses investisseurs. Ce projet présentait de sérieux problèmes, Joe, comme Will, en était parfaitement conscient. Mais Ennis risquait de ne pas accepter son point de vue. Étant donné la manière dont s'était déroulée leur réunion, c'était fort probable. Une bataille s'annonçait. Jusqu'où Ennis était-il prêt à aller pour s'assurer la victoire ?

Et puis il y avait Stella. À cette pensée, Joe s'affaissa légèrement sur sa selle. Cette femme était une énigme, même si elle avait clairement exprimé ce qu'elle voulait. Elle qui recherchait l'authenticité avait choisi une vie de faux-semblants en épousant un homme qui semblait la détester et en s'installant avec lui dans un lieu comme Jackson Hole. Il se demandait pourquoi elle y restait et pourquoi elle avait jeté son dévolu sur Will. S'agissait-il seulement de l'attrait de l'uniforme ? Probablement pas. Il y avait plus, beaucoup plus. C'était comme si elle avait accepté sans lutter de rentrer dans un moule à cause de sa beauté et des circonstances (quelles qu'elles aient pu être) et qu'elle vienne juste de se rendre compte qu'elle voulait changer tout ça. Après la mort de Will, son intérêt s'était naturellement porté sur Joe – en tout cas, c'est ce qu'il pensait.

Pourquoi n'arrivait-il pas à se la sortir de la tête ? Le danger qu'elle représentait était-il aussi attirant que sa beauté et sa personnalité ? Susan Jensen l'avait traitée de prédatrice. Peut-être avait-elle raison. Mais alors, accepterait-il d'être sa proie ?

Il n'avait aucune réponse à ces questions et peut-être était-ce mieux ainsi. Il hocha la tête, essayant de chasser ces idées de son esprit. Il se concentra sur le paysage et emplit ses poumons d'air frais en inspirant le plus profondément possible. Il entendait le murmure du vent dans les frondaisons, les pas de ses chevaux et le crissement du cuir de la selle.

Après avoir attaché ses chevaux et dressé un camp de fortune pour la nuit, il sortit l'urne funéraire de l'une des sacoches et l'emporta avec lui vers le ruisseau. Il n'avait pas réfléchi à la manière dont il allait s'y prendre et hésitait sur la marche à suivre. Fallait-il répandre les cendres sur le sol, dans l'eau ou dans le vent ? Il décida de laisser le vent les emporter et secoua doucement l'urne, la poudre grise s'envolant sous les derniers rayons du soleil avant de se déposer sur le sol herbeux.

– Repose en paix, Will.

Rien d'autre ne lui vint à l'esprit.

Le lendemain, dès le milieu de la matinée, il visita quatre camps de chasse et prit vers le nord en direction du refuge. Avant de faire irruption dans les camps de chasse, il avait suivi les conseils de Trey et refait les nœuds de son paquetage. Les camps étaient bien entretenus et les guides aimables et professionnels. Conformément au règlement, il y avait un guide pour deux chasseurs, les permis étaient en règle et la nourriture suspendue à l'extérieur des camps. Les guides semblèrent heureux de faire sa connaissance et lui offrirent à manger et à boire. Ils parlèrent librement des déplacements des wapitis, de l'emplacement des autres camps et des façons de faire des autres guides. Comme la plupart des hommes habitués à vivre au grand air – les mêmes qui sont si taciturnes en ville –, les guides n'arrêtaient pas de parler. Tous s'accordaient à dire qu'il fallait qu'il neige pour que les troupeaux descendent vers le sud, dans leur direction.

La question qui revenait le plus souvent concernait Smoke. Ils voulaient savoir si Joe l'avait déjà rencontré. Ils posaient la question avec un mélange d'amusement, de mépris et de respect empreint de crainte.

En quittant le sixième camp de la journée, Joe songea qu'il avait l'esprit beaucoup plus clair que la veille. C'était peut-être l'air frais, l'altitude ou la solitude, il n'en savait rien. Mais il se sentait à nouveau normal, sans cette brume qui lui voilait l'esprit depuis qu'il était arrivé à Jackson. Peut-être avait-il juste besoin de partir dans les montagnes, d'être seul et de faire du bon boulot.

Il ne pouvait s'empêcher de penser que Will ne s'était peut-être pas suicidé. Il se sentait coupé de sa famille et se disait que Marybeth et ses filles, surtout Sheridan, auraient beaucoup aimé ce lieu. Il regrettait de ne pouvoir partager ce moment avec elles.

Au rythme où il allait, il atteindrait probablement le refuge en fin d'après-midi. Il avait prévu d'y passer au moins deux nuits et de se rendre dans les camps du bassin de Yellowstone à partir de là. Lorsque la piste se divisa en deux, il prit à droite sans réfléchir et ce n'est que trois kilomètres plus loin qu'il se rendit compte qu'il était parti dans la mauvaise direction. La piste n'était plus qu'un étroit sentier sinueux grimpant à travers les arbres. Le sous-bois étant trop dense pour que les chevaux puissent faire demi-tour – surtout celui qui transportait son paquetage –, Joe poursuivit sa route en attendant de trouver un dégagement. Le sentier était de plus en plus abrupt et les chevaux commençaient à peiner. Il se pencha en avant en espérant apercevoir une trouée dans l'ombre du sous-bois qui indiquerait le sommet.

Lorsque le sous-bois s'éclaircit enfin et qu'il aperçut le ciel, il arrêta les chevaux sur une étroite bande herbeuse pour qu'ils puissent se reposer. Pendant ce temps, il prit sa carte et grimpa jusqu'en haut du chemin pour voir où il se trouvait. Il repéra d'abord les endroits qu'il avait identifiés plus tôt. Du bout du doigt, il traça le chemin jusqu'au refuge et s'aperçut qu'en fait il avait pris un raccourci. En redescendant de l'autre côté de la montagne, il pourrait remonter en suivant Clear Creek et arriver sur le côté du refuge en gagnant une douzaine de kilomètres sur le trajet, ce qui lui permettrait de rattraper le temps qu'il avait perdu en prenant la mauvaise direction. Le chemin serait cahoteux – ce n'était pas une piste forestière –, mais ses chevaux avaient déjà prouvé qu'ils étaient tout à fait aptes à la tâche.

Il remonta en selle, sentit une douleur familière dans les genoux – résultat d'une journée et demie passée à cheval – et prit la direction du nord-ouest.

C'est en descendant vers Clear Creek, alors qu'il n'était pas encore sorti du sous-bois, qu'il aperçut un individu en train de faire quelque chose qu'il n'aurait pas dû faire.

Il ne comprit pas tout de suite ce qui se passait. Il descendit de cheval, attacha ses bêtes hors de vue près d'un épais bosquet de trembles et observa l'homme en contrebas avec ses jumelles. Il avait posé son appareil photo numérique et ses téléobjectifs près du rocher derrière lequel il se cachait.

L'homme se trouvait à plus de cinq cents mètres de là et se déplaçait en cercle dans une petite clairière de l'autre côté de Clear Creek. Il s'arrêtait de temps en temps pour donner des coups de pied dans la terre. Il portait quelque chose de long et de mince sur l'épaule – un fusil, peut-être. Non, en l'observant de plus près avec ses jumelles, Joe s'aperçut qu'il s'agissait d'une pelle. Bien que massif et solidement bâti, l'homme se déplaçait avec aisance. Comme il était de dos, Joe n'avait pas encore pu voir son visage. Lorsqu'il le vit passer dans l'ombre des arbres, Joe braqua ses jumelles sur le bosquet qui bordait la clairière. Trois chevaux alezans se tenaient immobiles au pied des grands pins. Un seul était sellé ; les autres portaient des sacoches qui semblaient vides. Joe se dit que la cargaison qu'ils avaient dû transporter jusque-là venait sans doute d'être enterrée dans la clairière.

Puis l'homme sortit de l'ombre, retira son chapeau et s'essuya le front d'un revers de manche. Joe orienta ses jumelles dans sa direction et reconnut le visage de Smoke Van Horn.

Celui-ci portait une chemise en flanelle, un gilet en polaire, un jean et un ceinturon auquel était accroché un revolver à canon long. Il balaya du regard les alentours et posa brièvement les yeux sur le bosquet d'arbres où se cachait Joe. Celui-ci plongea immédiatement derrière le rocher pour éviter que Smoke ne surprenne l'éclat de ses jumelles et sortit son appareil photo. Il se demanda si Smoke se sentait observé, sachant combien ce sentiment pouvait être fort.

Il se redressa et prit cinq photos de Smoke en train de jeter un dernier coup d'œil au soleil avant de faire volte-face et de se diriger d'un pas pesant vers ses chevaux. Joe lui laissa vingt minutes pour s'éloigner avant de sortir de derrière son rocher.

La clairière avait été piétinée non seulement par les bottes de Smoke, mais par ce qui ressemblait à des centaines d'empreintes de wapitis. Des déjections animales datant apparemment de la veille s'étaient amoncelées un peu partout dans l'herbe.

Joe photographia la clairière, les empreintes et les neuf monticules de terre fraîchement remuée qui formaient vaguement un cercle. Il savait ce qu'il allait trouver lorsque du bout du pied il dégagea la terre meuble des monticules : des blocs de sel de vingt kilos. Depuis quelques années, les contrevenants avaient compris qu'il valait mieux ne pas placer les blocs directement sur le sol –

ils étaient beaucoup trop visibles, même de loin. En les recouvrant d'une mince couche de terre, les wapitis n'avaient aucun mal à les trouver, mais il était pratiquement impossible de les repérer à moins de tomber littéralement dessus.

Le plus difficile était de prendre les guides sur le fait. Ils pouvaient toujours dire que quelqu'un d'autre avait déposé les blocs de sel. S'ils étaient pris avec des blocs de sel dans leurs sacoches, ils pouvaient prétendre que c'était pour leurs chevaux. Pour pouvoir arrêter quelqu'un qui « chassait à l'appât » – selon le terme utilisé dans le règlement – il fallait le surprendre en train de déposer des blocs de sel. Afin d'être sûr d'avoir toutes les preuves nécessaires, Joe fit défiler les photos sur l'écran de son appareil. Elles étaient prises de loin et certaines étaient légèrement floues, mais on y voyait clairement le visage de l'homme à la pelle en train d'enterrer des blocs de sel. Même si c'était en se trompant de chemin que Joe était arrivé là, Smoke avait bel et bien été pris la main dans le sac.

Depuis quatre ans que Will Jensen soupçonnait Smoke d'appâter le gibier avec des blocs de sel, il n'avait jamais réussi à le prendre sur le fait.

– Maintenant, tu peux vraiment reposer en paix, dit Joe à haute voix.

Il jeta un coup d'œil à sa montre, puis regarda le ciel. Plus que trois heures avant le coucher du soleil et il lui en faudrait probablement deux pour arriver au refuge. L'arrestation de Smoke devrait attendre le lendemain.

Le refuge était plus vieux, plus petit et plus délabré qu'il ne l'avait imaginé, mais il était situé dans un cadre agréable. Sa petite terrasse surplombait une vaste prairie et un petit lac qu'on avait dénommé, avec beaucoup d'imagination, « lac de l'État ».

Dans la dernière demi-heure avant la tombée de la nuit, il conduisit les chevaux dans l'enclos, rentra les sacoches dans l'unique pièce du refuge, ouvrit les volets qui obstruaient les deux fenêtres et fit un feu dans le vieux poêle à bois. Il se dépêchait, espérant pouvoir savourer un petit bourbon sur la terrasse en regardant le soleil se coucher. Mais il perdit du temps à nettoyer les crottes de souris qui jonchaient le sol et la paillasse de la cuisine, et à décrocher un nid d'oiseaux installé en haut du tuyau du poêle. Quand il versa le bourbon tiède de sa flasque dans sa tasse métallique, le soleil avait déjà plongé dans le lac.

Son steak grésillant et ses pommes de terre cuisant dans une poêle en fonte, il sirota son bourbon en inspectant le refuge. Les murs en rondins avaient pris une teinte grisâtre et s'étaient fendus avec l'âge. Il aurait fallu colmater les fissures. Des pointes rouillées plantées ici et là dans le bois servaient à suspendre les vêtements et du matériel divers. Un calendrier de 1963 n'avait toujours pas été remplacé. Le lit à une place était constitué d'un vieux sommier métallique recouvert d'un mince matelas, gris d'usure et de crasse. Il feuilleta un cahier gondolé dans lequel les visiteurs et les occupants du refuge avaient laissé leurs noms au cours des vingt dernières années. Il reconnut plusieurs noms de gardes-chasse et de biologistes et nota la visite de Trey Crump quinze ans plus tôt. Sur les deux dernières pages, il ne vit que le nom de Will Jensen. Il fut surpris de constater que son ultime visite remontait à seulement trois semaines.

Dans l'enchaînement des événements qui avaient mené au suicide de Will, Joe n'avait pas eu connaissance du fait que l'ancien garde-chasse était venu dans ce lieu. Et qu'il s'y était trouvé la semaine qui avait précédé sa mort.

Joe examina la dernière signature. L'écriture ressemblait à celle de Will – il avait lu tant de pages rédigées de sa main qu'il se considérait presque comme un expert en la matière –, mais les lettres avaient été tracées d'une main tremblante et mal assurée. Certaines présentaient des boucles là où il n'aurait pas dû y en avoir et ne suivaient pas les lignes. Mais il y avait quelque chose d'autre, quelque chose de tellement petit que Joe dut approcher le cahier de la lampe à gaz pour mieux voir. Il crut d'abord que Will avait gribouillé un point après son nom, comme s'il voulait bien marquer son passage. En fait, il ne s'agissait pas de ponctuation, mais d'une seule et minuscule lettre : « S ». Il avait déjà vu cette lettre griffonnée à la hâte sur une invitation qu'il avait reçue deux jours auparavant.

Joe reposa le cahier. Ainsi donc Stella était venue ici avec lui. Comment avait-elle osé faire une chose pareille ? Et lui ? Il ne put s'empêcher de jeter un coup d'œil par-dessus son épaule et de l'imaginer dans le lit. Il était à la fois jaloux de Will et honteux de l'être.

Soudain, une idée lui traversa l'esprit. Il se précipita vers le lit et retourna le vieux matelas. Il était là : le dernier carnet de Will.

Mais il y avait autre chose. Le hennissement d'un cheval à l'extérieur, suivi de la toux profonde de quelqu'un qui tentait de s'éclaircir la voix.

– Hé, FNG ! Ça sent rudement bon là-dedans ! J'ai apporté une bouteille !

Joe sentit son estomac se nouer et sa gorge se serrer en reconnaissant la voix de Smoke. Il jeta le carnet sous le matelas et se tourna vers la porte – son fusil était à portée de main, dans l'angle de la pièce. Il se demanda si Smoke l'avait vu redescendre de Clear Creek et s'il était venu pour s'assurer qu'il ne parlerait à personne.

# 27

Sheridan avait entendu sa mère et Nate élaborer un plan concernant les appels du 720. Bien que l'idée semble bonne, la situation ne lui plaisait pas beaucoup. En fait, il n'y avait pas grand-chose qui lui plaisait ces temps-ci.

C'était la troisième fois de la semaine que Nate dînait à la maison. Elle avait remarqué que, dès le premier soir, sa mère avait sorti la belle vaisselle qu'elle réservait d'habitude aux occasions spéciales ou aux invités de marque. Le ton enjoué sur lequel ils se parlaient tous les deux lui déplaisait. Et elle avait aussi remarqué à quel point – et ce n'était rien de le dire – sa mère semblait s'intéresser à Nate, sans arrêt à lui poser des questions du genre: « Vous en reprendrez bien un peu? Je crois que j'en ai trop fait. Je n'ai jamais vu quelqu'un apprécier autant ma cuisine. »

Peut-être que si sa mère avait cuisiné comme ça quand son père était là, si elle avait sorti les belles assiettes, lui aussi aurait apprécié. Mais lorsqu'elle avait fait part de ses réflexions à sa mère, juste avant l'arrivée de Nate, celle-ci lui avait lancé un regard furieux.

Sheridan avait pris conscience de l'amitié entre Nate et sa mère un an auparavant, mais à l'époque elle n'avait pas compris ce qui la gênait tant. Maintenant, elle savait. On aurait dit que sa mère cherchait à séduire Nate et ça n'avait pas l'air de l'embarrasser. À cause des sentiments qu'elle éprouvait pour eux deux, et pour son père, la seule réaction possible était d'être en colère contre sa mère et de semer le désordre. Et elle y parvenait avec de plus en plus de facilité.

– Nate est ici pour nous aider, disait sa mère. Le moins qu'on puisse faire, c'est de l'inviter à dîner.

– Ça fait quinze jours qu'il ne m'a pas donné de leçon de fauconnerie, répondait Sheridan. Ce n'est pourtant pas le temps qui lui manque pour venir dîner ici.

Sheridan avait du mal à croire qu'elle puisse être jalouse de sa propre mère. Mais il n'y avait pas que ça. Et son père alors ?

Lucy, elle, n'avait rien remarqué, et ça aussi, ça énervait Sheridan. Sa sœur ne faisait qu'aggraver les choses avec ses questions du genre : « Est-ce que Nate vient dîner ce soir ? »

Après le repas, Nate et sa mère décidèrent d'attendre ensemble le coup de fil du 720 et Sheridan se dit que ce n'était qu'un prétexte. Nate n'avait pas besoin de rester là à boire du café pour que leur plan réussisse.

Il avait découvert que l'indicatif 720 correspondait à un numéro de Denver. Et quand sa mère lui avait dit qu'elle n'y connaissait personne, il avait répondu que les appels ne venaient probablement pas de cette ville.

– Je suis pratiquement sûr qu'il s'agit d'un numéro de carte prépayée, dit Nate. La société qui les vend est basée dans le Colorado, à Aurora, une banlieue de Denver. À mon avis, il s'agit d'appels locaux passés par un individu qui a choisi un numéro ne permettant pas de l'identifier. J'ai ma petite idée sur la question, mais je ne pourrai rien prouver tant que je n'aurai pas pris le type sur le fait.

– Que dois-je faire ? lui avait demandé sa mère.

– La prochaine fois qu'il appelle, gardez-le en ligne. Ne raccrochez surtout pas. Parlez-lui, posez-lui des questions. Je crois que c'est ce qu'il veut de toute façon, vous pousser à bout. Dès que vous l'avez au téléphone, vous m'appelez sur votre portable pour que je sache à quel moment il va raccrocher. Comme ça, je pourrai vérifier ma théorie.

– D'où croyez-vous qu'il appelle ?

Nate avait haussé les épaules.

– Vous m'avez bien dit qu'il vous arrivait d'entendre un bruit de fond, n'est-ce pas ? Des gens qui parlent, de la musique ?

– Oui.

– Il n'y a pas beaucoup d'endroits ouverts au public, tard le soir. À mon avis, il appelle d'un bar ou d'un restaurant.

– Je vois. Et d'après vous, de qui s'agit-il ?

– Pour le moment, ce n'est qu'une supposition et je préfère ne rien vous dire tant que je n'en serai pas complètement sûr.

– Faites en sorte que ça s'arrête, avait dit sa mère. Chaque fois que le téléphone sonne, je crois que c'est Joe. Et je ne veux pas manquer un appel de mon mari parce que cet imbécile est en ligne.

Nate avait hoché doucement la tête en sirotant son café.

– Ne lui faites pas de mal, Nate.

– Jamais de la vie, avait-il dit sur un ton qui laissait présager autre chose.

Lorsque la sonnerie du téléphone retentit une heure plus tard et que Marybeth lança : « Sept cent vingt ! », Nate sortit précipitamment de la maison et se rua vers sa Jeep avant même qu'elle ait eu le temps de décrocher.

Sheridan regarda sa mère ouvrir son portable et appeler le numéro préenregistré de Nate tout en interrogeant son interlocuteur.

– Pourquoi continuez-vous à m'appeler ? Qu'est-ce que vous voulez ? Pourquoi ne dites-vous rien ?

Dix minutes plus tard, lorsqu'il leva les yeux, Bud Barnum vit la vieille porte en accordéon s'ouvrir violemment et deux énormes mains s'avancer dans la cabine téléphonique et l'attraper par le col de la chemise.

– Hé là !

Nate Romanowski lui arracha le combiné des mains.

– Allô, Marybeth ?

Dès qu'il eut entendu la réponse, il lâcha le téléphone et se rua sur Barnum comme un animal sur sa proie.

– À l'aide ! hurla Barnum en direction des clients assis sur les tabourets du Stockman's Bar.

Personne ne bougea. Même Timberman, qui avait un fusil à canon scié et une queue de billard sous le bar, resta figé sur place.

Romanowski attira l'ex-shérif tout contre son visage et lui souffla à voix basse :

– À partir de maintenant, vous allez laisser cette famille tranquille.

Barnum voulut répondre, mais fut violemment projeté vers le bar, les mains de Romanowski n'ayant toujours pas lâché son col. Quelques clients eurent la présence d'esprit d'attraper leur verre et de s'écarter du bar, mais la plupart n'avaient pas eu ce réflexe, et lorsque Romanowski fit atterrir Barnum à plat ventre sur le comptoir et le tira sur toute la longueur de celui-ci, de la bière lui gicla dans la bouche et du whisky dans les yeux.

Il ne le lâcha pas avant d'avoir complètement nettoyé le bar de tout ce qui s'y trouvait. Puis il propulsa Barnum à l'autre extrémité de la pièce, où il alla s'écraser par terre comme un paquet de linge mouillé.

Il resta là un instant, à essayer de reprendre son souffle et essuyant ses yeux qui le brûlaient. Il sentit plus qu'il ne vit Romanowski se pencher vers lui et approcher de nouveau son visage à quelques centimètres du sien. Des doigts épais et calleux s'enfoncèrent entre ses lèvres et il hurla de douleur lorsqu'il sentit le goût chaud du sang dans sa bouche.

Il se laissa tomber sur le côté, inerte, et lorsqu'il rouvrit les yeux il vit Romanowski lancer de l'argent sur le bar en annonçant qu'il payait une tournée.

Romanowski pointa le doigt vers Timberman.

– Si jamais vous voyez Barnum s'approcher de la cabine téléphonique, déconseillez-lui vivement de se servir du téléphone. Il s'amuse à harceler des familles. Il utilise une carte prépayée pour que les gens ne sachent pas qui les appelle.

Sur ces mots, Romanowski lança un regard de mépris glacé à Barnum et quitta le Stockman's Bar.

Dès qu'ils furent sûrs qu'il était parti, plusieurs des vieux amis de Barnum l'aidèrent à se remettre sur pied. Mais l'ex-shérif songea qu'ils ne l'avaient pas aidé quand il en avait eu besoin. Ils s'étaient figés sur place et s'étaient contentés de regarder. « Enlevez vos sales pattes de là, bande d'enfoirés ! », c'est ça qu'il voulait leur dire, mais il ne parvint pas à articuler et du sang jaillit de sa bouche.

– Bud, faut te sortir ce truc de là, dit un des hommes en tendant la main vers son visage.

L'ex-shérif détourna rageusement la tête et porta la main à sa bouche. Il sentit des gouttes de sang tiède lui couler sur la main.

Des larmes emplirent ses yeux lorsqu'il arracha la carte téléphonique d'entre ses dents de devant – Romanowski la lui avait enfoncée dans la gencive. La retirer déclencha un autre flot de sang. Ses amis s'écartèrent, même lorsque Timberman vint près de lui avec un chiffon.

– N'approchez pas ! rugit Barnum en les éclaboussant de son sang.

Il savait déjà que cette histoire allait faire le tour du comté à la vitesse de l'éclair.

Lorsqu'elle vit sa mère blêmir, Sheridan comprit qu'elle entendait ce qui était en train de se passer à l'autre bout de la ligne.

– À quoi tu t'attendais, hein ? demanda la fillette.

– Je lui avais dit de ne faire de mal à personne, dit Marybeth. On aurait dit le shérif Barnum.

Sheridan réfléchit un instant et hocha doucement la tête.

– En tout cas il nous déteste, ça c'est sûr.

Sa mère raccrocha le téléphone avec des gestes lents.

– Je n'arrive pas à croire que nous vivons dans un endroit où des gens nous détestent.

– C'est à cause du travail de Papa, dit Sheridan.

– Il ferait peut-être mieux de faire autre chose ! lança sa mère dans un mouvement de colère.

À ces mots, Sheridan pivota sur ses talons et alla s'enfermer dans sa chambre en claquant la porte. Elle ne dormait toujours pas lorsque la Jeep de Nate s'arrêta devant la maison.

Elle se demanda jusqu'où elle pourrait aller avant le lever du soleil si elle remplissait son sac à dos de vêtements et se mettait à marcher.

Barnum frappa violemment à la porte. D'une main, il tenait un chiffon ensanglanté qu'il pressait contre sa bouche. Le devant de sa chemise était maculé de sang. Même le bord inférieur de son chapeau était taché de minuscules gouttelettes rouges.

Il aperçut un rai de lumière sous la porte, puis quelqu'un regarda à travers le judas et fit tourner un verrou.

Vêtu d'une simple serviette, Randan Bello apparut sur le seuil et plissa les paupières.

– Bon Dieu, qu'est-ce qui vous est arrivé ?

– Laissez tomber, dit Barnum d'une voix rauque. Je sais ce que vous êtes venu faire à Saddlestring et je suis ici pour vous aider.

Bello recula de quelques pas et examina Barnum du bout de ses bottes tachées jusqu'au chapeau.

– Entrez donc, shérif.

Au volant de sa Jeep, Nate Romanowski traversait doucement le parking du motel, tous phares éteints. Il avait sorti son Casull .454 de son holster et l'avait posé sur le siège passager.

Des chasseurs, essentiellement. Des plaques d'immatriculation du Colorado, du Michigan et de Pennsylvanie. Des États où on pratique la chasse. Sauf le 4×4 à côté duquel Barnum s'était garé, immatriculé en Virginie. Intéressant.

Nate ralentit au maximum sans appuyer sur la pédale de frein pour éviter que ses stops ne s'allument. Il se pencha par-dessus le siège passager et regarda les fenêtres éclairées. Un homme, dont le profil lui sembla familier – quelqu'un qu'il avait connu longtemps auparavant –, s'approcha d'une fenêtre et attrapa les rideaux à deux mains. Mais avant qu'il ait pu les fermer, Nate aperçut le chapeau défoncé de Bud Barnum par-dessus son épaule.

Il repensa à la réaction de sa buse à queue rousse deux jours plus tôt.

Instinctivement, il effleura du pouce la crosse de son arme.

# 28

L'imposante présence physique de Smoke Van Horn sembla emplir l'espace lorsqu'il pénétra dans le refuge, enveloppé de son énorme manteau en mouton retourné d'où émanaient les odeurs mélangées de feu de bois, de graisse, de cuir et de chevaux. Il avait un visage massif naturellement tendu vers l'avant, comme un poing.

– Belle nuit, dit-il en s'adressant à Joe, mais il faudrait de la neige pour faire bouger les wapitis.

Il fit glisser son manteau de ses épaules et le lança sur le lit, à l'autre bout de la pièce, comme s'il avait fait ça des centaines de fois. C'était peut-être le cas, songea Joe. Sous son manteau, il portait les mêmes vêtements que l'après-midi dans la clairière et un .44 Magnum dans son holster.

– Je faisais un tour dans le coin quand j'ai aperçu de la lumière, dit Smoke d'une voix trop forte, alors je me suis dit que je ferais bien d'aller jeter un coup d'œil. Plus d'une fois, j'ai dû virer des randonneurs qui s'étaient installés ici, vous savez. Il y a deux ans de ça, c'étaient des chasseurs que j'ai fait décamper avant que Will arrive. Après tout, c'est l'argent de mes impôts et de mes permis de chasse qui paie cet endroit, alors j'ai pas envie qu'on vienne le saccager.

– Je vous en remercie, dit Joe en se servant du steak et des pommes de terre. Voulez-vous partager mon repas ?

– J'ai pas arrêté de manger du *pemmican*[19] en venant jusqu'ici,

1. Viande de bison séchée réduite en poudre et mélangée à de la graisse bouillie et des baies sauvages.

dit Smoke en hochant la tête, mais faut dire que ça sent rudement bon chez vous.

Joe emplit une deuxième assiette et la posa devant lui sur la table. Il essayait de ne pas tourner le dos à Smoke et de toujours rester face à lui. De l'homme se dégageait une impression de force brute et de danger, même s'il n'avait encore rien dit ou fait qui puisse présenter un caractère menaçant. Joe le regarda sortir un gobelet extensible de la poche de sa chemise, l'agiter pour l'ouvrir et prendre sa bouteille de Wild Turkey pour le remplir à moitié.

– Vous en voulez ? demanda Smoke en remplissant le gobelet en fer-blanc de Joe.

– Merci, répondit Joe en ajoutant de l'eau d'un bidon.

– Vous êtes en train de ruiner deux boissons d'un coup, dit Smoke en levant son gobelet avec un grand sourire. Buvons à l'automne dans le Wyoming et à deux types bien.

Pendant qu'ils mangeaient, Smoke remarqua que Joe regardait son .44 Magnum.

– Y a un problème ? demanda-t-il, la bouche pleine.

– Vous ne vous en séparez jamais ? le questionna Joe en retour.

– Non.

– Avez-vous envisagé de vous munir d'un aérosol anti-ours ?

– Non.

– Avez-vous déjà eu à vous en servir ?

– Ouais… Il manque un truc à ce steak. Vous avez du ketchup ou de la sauce piquante ?

À la grande surprise de Joe, Smoke ramassa les assiettes et alla les plonger dans une vieille cuvette en plastique qu'il avait remplie avec l'eau qui chauffait sur le poêle à bois.

– Vous n'avez pas à faire ça, dit Joe.

– C'est la règle chez nous, répondit Smoke sans se retourner. Vous avez cuisiné, je fais la vaisselle. Prenez un autre verre. Et servez-m'en un autre, voulez-vous ?

Joe prit la bouteille et commença à remplir son gobelet, mais retint son geste. Il remplit celui de Smoke et reposa la bouteille d'un coup sec, comme s'il s'était resservi. Au lieu de ça, il ajouta de l'eau dans son gobelet.

– Je dois admettre que vous êtes plus malin que je ne l'avais cru le jour où on s'est vus devant le Sportsman's Café, dit Smoke en lavant une assiette, le dos toujours tourné. Vous deviez déjà savoir que vous alliez venir faire un tour par ici, mais vous n'avez pas pipé mot.

Joe ne répondit pas.

– C'était aussi une vieille astuce de Will. Il aimait laisser tout le monde dans l'incertitude. Merde, si j'étais garde-chasse, je ferais sans doute pareil. Ça fait beaucoup de territoire pour un seul homme, non ?

– C'est vrai.

– Vous aviez déjà vu un paysage pareil ?

– Mon district se trouve au cœur des Bighorn, vous savez. Là-bas aussi, nous avons quelques coins sauvages.

– Mais rien de comparable, dit Smoke en se retournant pour prendre une grande gorgée de bourbon. Vraiment rien à voir.

Il reposa son gobelet en le frappant sur la table.

– Et si on remettait ça, hein ?

– C'est votre bouteille, dit Joe en le resservant.

Smoke lava la dernière assiette et suspendit la poêle au-dessus de la cuvette.

– Vous lavez la fonte ou vous vous contentez de l'essuyer ?

– Je l'essuie.

– Vous avez bien raison, dit Smoke en essuyant la poêle avec du papier absorbant. Y a plus beaucoup de gens qui savent à quel point les aliments perdent du goût et du caractère quand les poêles sont récurées tous les jours. La fonte, c'est fait pour être culotté.

Lorsqu'il eut terminé, Smoke se rassit à table, un torchon sur le bras.

– Bon, va falloir que je pense à rentrer voir mes chasseurs. Ils vont finir par se demander si je me suis fait bouffer par un ours.

À ces mots, Joe sentit un pincement dans la poitrine. Comment pouvait-il laisser Smoke repartir tranquillement vers son camp de chasse et l'arrêter le lendemain matin ?

– Y a un problème ? demanda celui-ci en scrutant son visage.

– Un dernier pour la route, dit Joe en remettant sa décision à plus tard.

– D'accord, dit Smoke en se versant une belle rasade. Allons-y pour une petite rallonge.

– C'est ma trente-deuxième année ici, dit Smoke d'un ton mélancolique. Et je suis aussi heureux qu'au premier jour.

Joe acquiesça d'un hochement de tête.

– Pourtant, les choses ont bien changé. À Jackson, on s'en rend compte tous les jours, mais ici, dans les montagnes, je n'aurais jamais cru que ça changerait à ce point. Ça me fout en rogne.

Smoke changea de position et se pencha par-dessus la table, le visage tendu vers Joe. Celui-ci réprima un mouvement de recul.

– J'ai trois générations de guides de chasse derrière moi, poursuivit Smoke. Je bosse dans le même camp que mon père et mon grand-père avant moi. Y a deux ans de ça, pendant une tempête de neige qui nous empêchait de chasser, j'ai calculé qu'au cours de toutes ces années notre camp avait dû voir passer quelque deux mille cinq cents wapitis morts. Ça fait un sacré paquet de viande. J'ai estimé qu'on avait bien dû payer un demi-million en frais de permis et dépenser quelque quatre millions de dollars dans ce comté, rien que pour faire tourner notre affaire. Dans ce métier, je suis le meilleur et j'en suis fier. Je montre à tous ces types qui viennent ici qu'il existe encore des coins sauvages dans le Wyoming et qu'ils ont intérêt à respecter la nature. Tout le monde sait que j'ai déjà renvoyé chez eux des pleurnichards qui ne respectaient pas ce que nous avons ici – même si j'y perdais de l'argent.

– Deux mille cinq cents wapitis, ça fait beaucoup, dit Joe.

Les yeux rétrécis, Smoke réfléchit un instant à la remarque de Joe et décida qu'elle était neutre, pas négative.

– C'est vrai, continua Smoke, mais ce n'est pas suffisant si l'on considère le problème dans son ensemble. À cause de toutes ces réglementations fédérales, nous avons beaucoup trop de wapitis dans ces montagnes pour maintenir une population saine. On ne devrait pas avoir besoin de nourrir les dix mille bêtes qui descendent ici chaque hiver, comme si c'étaient des animaux domestiques. Les troupeaux sont affaiblis et se refilent des maladies. Il faudrait en éliminer une partie. C'est devenu de l'élevage intensif ici, sauf que quand il s'agit de tuer pour manger les chasseurs sont très mal vus.

Joe ne put réprimer un sourire.

– On dirait un peu Pi Stevenson.

– Ah, nom de Dieu ! lâcha Smoke en tapant sur la table et en faisant sauter les gobelets. Ne me parlez pas de celle-là ! Son idée la plus stupide, c'est de laisser les troupeaux proliférer jusqu'à ce que toutes les bêtes crèvent de faim sous nos yeux. Et alors là, on n'aurait pas fini de l'entendre.

– Je vois ça d'ici, dit Joe.

Tout d'un coup, le visage de Smoke se fendit d'un grand sourire.

– Je l'aimais bien, ce vieux Will, même s'il voulait me cueillir et me foutre en taule. Il l'aurait fait, vous savez. Mais j'avais du respect pour lui, c'était un homme de parole. Dommage qu'il ait pété les plombs à la fin.

– Y avait-il des gens qui le détestaient assez pour vouloir le tuer ? demanda Joe brusquement.

La question ne sembla pas déconcerter Smoke.

– Quelques-uns, sans doute. Il paraît que votre copine Pi Stevenson l'avait menacé. Moi aussi probablement, quand j'avais un coup dans le nez. Je me suis vraiment foutu en rogne une ou deux fois.

– Mais à la fin vous arriviez à vous entendre, non ?

– À la fin, il a pété les plombs, je vous dis. Et cette histoire avec la femme d'Ennis ! Un jour, il l'a même amenée ici, ce qui prouve bien qu'il ne savait plus qui il était, ni où. Ici, c'est comme un sanctuaire pour moi, et il l'a profané. La situation n'a fait qu'empirer quand il s'est mis à se bagarrer et à se faire arrêter…

Joe l'observait attentivement.

– Pourtant, avant tout ça, on coexistait plutôt bien tous les deux. Disons qu'on se tenait à distance. Je crois qu'il avait une certaine admiration pour moi, même s'il ne me l'a jamais dit. Je suis un des rares à ne pas voir d'un mauvais œil l'augmentation du nombre d'ours ou l'arrivée des loups que les fédéraux nous ont envoyés. Pour moi, ils font partie intégrante de tout ça. Ils nous aident à limiter la prolifération des troupeaux. Mais j'ai du mal à comprendre la façon dont certains individus considèrent ces animaux… comme s'ils étaient supérieurs aux humains. Ce n'est pas bien compliqué : l'amour des fédéraux – et des gens comme Pi Stevenson – pour les loups ou les ours est moins fort que leur haine des humains. Mais leurs théories sont en train de gagner du terrain et ça aussi, ça me fout en rogne.

Joe commençait à se prendre de sympathie pour Smoke ; il appréciait sa compagnie et son caractère passionné. Il connaissait beaucoup d'hommes comme lui dans le comté de Twelve Sleep et se demandait à quel moment il risquait de passer de l'emportement fougueux à la violence physique. Il devait rester sur ses gardes.

– Vous êtes au courant pour cette communauté qu'ils veulent construire à l'extérieur de Jackson ? demanda Smoke, l'air incrédule.

– Beargrass Village, dit Joe. Oui, je suis au courant.

– Non seulement, il n'y a pas de *bear grass* dans le Wyoming, poursuivit Smoke dont le visage s'empourprait, mais leur idée la plus débile, c'est de créer un environnement artificiel pour produire de la viande « pure » pour des millionnaires ! Nom de Dieu ! Et ils trouvent ça naturel ! Mais la nature, ça n'a rien à voir avec ça. La vraie nature, elle est là, dehors, dit-il en désignant la fenêtre. Rude, compliquée, mais bien réelle. Pourquoi ne viennent-ils pas s'y frotter un peu ?

Joe haussa les épaules. Smoke commençait à s'exciter et à parler plus fort. Il était connu pour ses accès de rage et sa façon d'interrompre les réunions publiques en dominant les discussions – les agents de l'administration redoutaient sa présence.

– J'aimerais bien emmener un de ces rigolos de Beargrass jusqu'ici et l'obliger à tirer sur un wapiti avant de l'étriper et de le suspendre dans les arbres. Nous, c'est comme ça qu'on a notre viande, que j'y dirais.

D'un geste bien visible, Joe regarda sa montre en espérant que son invité verrait là le signal du départ. Il était tard et il se sentait fatigué. Mais Smoke ignora son geste.

– Quand je leur raconte tout ça, les gens se moquent de moi, poursuivit-il. Ce n'était pas le cas avant, mais les choses ont changé. Ils me regardent comme si j'étais un vieux ringard dépassé. Et ils ont sans doute raison.

Smoke vida son gobelet et le remplit à nouveau avant que Joe ait pu intervenir.

– Je suis un arachnéisme, bordel !

– Une araignée ? demanda Joe, sachant très bien que Smoke avait voulu dire « anachronisme ».

– J'en ai rien à foutre qu'on ait peur de moi ou qu'on me déteste, enchaîna Smoke en baissant la tête, mais je supporte pas qu'on se foute de ma gueule.

Après ce flot de paroles, le silence fut saisissant.

– Je suis désolé, dit Joe.

– Désolé de quoi ? finit par dire Smoke d'une voix faible – pour la première fois depuis son arrivée.

– Pour l'araignée, dit Joe. Je savais très bien ce que vous vouliez dire.

Smoke hocha imperceptiblement la tête.

– Vous savez que je vous ai vu en train de déposer des blocs de sel, enchaîna Joe.

Smoke sembla se figer un instant. Mais peut-être était-ce seulement sa manière d'agripper le gobelet.

– Il me semblait bien que quelqu'un m'observait.

– Je vous ai pris en photo.

– Qu'avez-vous l'intention de faire ?

Joe jeta un coup d'œil rapide au fusil posé dans l'angle de la pièce. Il lui suffisait de deux enjambées.

– Je comptais débarquer dans votre camp de chasse demain matin et vous arrêter. Mais je crois que ni vous ni moi ne souhaitons la présence de vos chasseurs et de vos guides.

Smoke poussa un long soupir avant de s'affaisser sur sa chaise.

– Non, en effet.

– On pourrait faire ça ce soir. Ce n'est pas comme si j'allais vous ramener à Jackson enchaîné. Je rédige le procès-verbal, je vous remets la citation et on se retrouvera devant les tribunaux.

Smoke hocha la tête.

– Je perdrai ma licence et ma réputation, Joe. Autant me flinguer tout de suite.

Il avait raison sur le premier point.

– Smoke, vous saviez très bien ce que vous faisiez.

– Oui, je le savais, répondit Smoke, une étincelle dans le regard. Mais je parie que vous ignorez qui d'autre a déposé des blocs de sel dans la même clairière pendant des années.

– Je ne vous suis pas.

– Bien sûr que si, vous me suivez, dit Smoke en se penchant en avant, le rouge empourprant à nouveau ses joues. Le département Chasse et Pêche pour commencer. Pendant vingt ans, ils ont attiré les wapitis de Yellowstone avec des blocs de sel pour les faire descendre vers nos chasseurs. Et avant ça, c'était l'Office des forêts qui s'en chargeait. À l'époque, on considérait que c'était une bonne chose.

– Vraiment ?

– Vraiment. Ce n'est que depuis quelques années que le sel n'est plus autorisé, depuis que certains militants du genre de Pi Stevenson ont décrété que c'était injuste.

Joe garda le silence.

– Vous voulez que je vous emmène faire un tour demain et que je vous montre tous les blocs de sel disséminés dans la nature ? Et pas seulement ceux des guides de chasse, mais aussi toutes les efflorescences salines à l'état naturel. Les wapitis ont besoin de sel. C'est bon pour eux. De toute façon, les blocs de sel n'attirent que le gibier qui se trouve déjà dans le coin. Ils permettent juste de les regrouper pour que nos clients puissent leur tirer dessus proprement en évitant qu'un animal blessé s'enfuie dans la forêt et nous échappe. Et si un chasseur tire sur une bête en train de lécher une plaque de sel naturelle ? Hein, qu'est-ce que vous faites de ça ?

– C'est différent. Le fait de déposer des blocs de sel n'a rien de naturel.

Le gobelet de Smoke explosa sous la pression de ses doigts. Des gouttes de Wild Turkey éclaboussèrent le visage de Joe. Smoke parlait de plus en plus fort.

– Filer du foin à dix mille wapitis pour que les touristes puissent les regarder n'a rien de naturel, bordel ! Pas plus que de laisser les troupeaux proliférer à Yellowstone parce qu'ils n'ont plus de prédateurs naturels ou d'introduire le loup gris dans le Wyoming alors que cette espèce n'a jamais vécu ici. Ni de construire une putain de communauté privée pour des riches qui veulent élever leur propre « viande pure », résultat de plusieurs siècles de manipulation génétique !

Joe repoussa sa chaise et se leva. Le fusil était à portée de main.

– Je vais vous faire une proposition, Smoke. Si vous retirez tous les blocs de sel que vous avez déposés et que vous me promettez de ne jamais recommencer, je ferai comme si cette conversation n'avait jamais eu lieu.

– Je ne peux pas faire ça, Joe, dit Smoke en passant le doigt dans le whisky répandu sur la table.

– Pourquoi ?

– Parce que je n'ai rien fait de mal. Tout ça n'est qu'un jeu, comme la plupart des choses aujourd'hui. Et celui-ci vise à se débarrasser de gens comme moi.

– Alors, je vais être obligé de vous dresser un procès-verbal, dit Joe d'une voix mal assurée.

– Joe, il est hors de question que je renonce à ma façon de vivre, dit Smoke en levant les yeux. Pas à cause d'une réglementation qui ne tient pas debout sur le plan biologique, ni scientifique. Je ne vous laisserai pas ruiner ma vie.

– Je vous ai laissé le choix alors que rien ne m'y autorise.

– Je vous en suis reconnaissant. Vous pouvez me croire. Ça prouve que vous êtes l'homme honnête que je croyais, comme Will. Mais ma décision est prise.

Joe sentit les battements de son cœur résonner jusque dans ses oreilles. Il sortit son carnet d'une des sacoches et se mit à rédiger le procès-verbal. Du coin de l'œil, il surveillait la position de Smoke – affalé sur le dossier de sa chaise, les mains bien en vue sur la table – et son fusil dressé dans l'angle.

– Je suis prêt à vous croire si vous me dites que vous allez retirer les blocs de sel.

– Je sais, Joe. Je vous remercie de votre confiance. Mais je ne le ferai pas.

Avec un hochement de tête, Joe détacha le feuillet de son carnet à souche et le tendit à Smoke. Celui-ci le prit, le froissa et en fit une boule qu'il laissa tomber dans la flaque de whisky, sur la table.

– Ça ne changera rien, dit Joe qui sentit soudain l'hostilité émaner de Smoke comme il avait perçu plus tôt l'odeur des chevaux et du feu de bois.

– Je ne vous laisserai pas faire ça, dit Smoke en se levant presque tristement de la table. Je n'ai pas d'autre endroit où aller.

– Smoke, il n'est pas nécessaire d'en arriver là.

– Si, il le faut.

Debout dans l'angle de la pièce, Joe effleura la crosse de son fusil du dos de la main tandis que Smoke prenait son manteau et sa bouteille et se dirigeait d'un pas lourd vers la porte, sans un mot.

Il se prépara du café pour pouvoir rester éveillé et lire le dernier carnet de Will. Il avait verrouillé la porte et poussé une grosse caisse de munitions contre le battant. Les volets étaient fermés et personne ne pouvait le voir de l'extérieur. Il avait déplacé les chevaux et les avait attachés de chaque côté du refuge de sorte que, si quelqu'un approchait, il entendrait. Le fusil, chargé, était posé sur la table sur laquelle il était en train de lire. Il n'avait jamais eu aussi peur de sa vie. Lorsqu'un écureuil cria dans un arbre, il bondit sur ses pieds, le fusil pointé vers la porte, le cœur battant à tout rompre.

Même les notes de Will, terriblement explicites, n'arrivaient pas à lui faire oublier la présence de Smoke, là dehors. Le journal de l'ancien garde-chasse révélait la folie qui semblait s'être doucement emparée de lui. Au début, il se contentait de noter quelques observations circonspectes d'une écriture fine et serrée, puis il s'était mis à tracer d'énormes lettres majuscules dont certaines avaient été soulignées avec une telle violence que le papier s'était déchiré. Quelques pages plus loin, l'écriture changeait encore pour devenir carrément informe. Finis les rapports et les observations, c'étaient ses peurs et ses pensées les plus intimes que Will écrivait. Le plus terrifiant était de l'imaginer, lui, un des hommes les plus secrets et les plus réservés que Joe ait jamais connus, se transformant lentement en un personnage totalement différent. La dernière entrée remontait à trois semaines :

« Ils ont réussi à m'avoir. Ils sont dans ma tête et dans mon corps. Ils connaissent tous mes déplacements et épient mes moindres mouvements. Je sais que ça a l'air délirant, mais c'est vrai. Peut-être que c'est moi, mais je ne crois pas. Ils ont trouvé un moyen de me foutre en l'air. »

Et ça continuait comme ça.

# 29

Une demi-heure avant que le soleil ne surgisse au-dessus des sommets, une brume légère flottant encore sur le petit lac, Joe entendit s'ébrouer le hongre noir, signe qu'il avait perçu un danger. Quelque part dans l'ombre du sous-bois, là où la piste disparaissait, un cheval répondit. Joe ouvrit grands les yeux dans son sac de couchage et, malgré le froid, ce fut comme si un courant électrique l'avait traversé.

Il s'était allongé sur une bâche dans les hautes herbes, derrière un bosquet de vieux pins noueux. Aux environs de trois heures du matin, après avoir relu le carnet de Will et en avoir tiré des conclusions surprenantes, il était sorti, incapable de rester plus longtemps enfermé à attendre. Il se sentait prisonnier dans le refuge, sans aucun moyen de savoir si Smoke allait revenir ou pas, et d'où il surgirait. Il avait chargé le poêle à bois pour que la cheminée continue de fumer comme si le lieu était occupé, puis il avait traîné sa bâche et son sac de couchage dehors, dans le noir. Il avait dormi tout habillé, le fusil le long du corps.

Il se redressa sur son séant et dirigea son regard vers la porte d'entrée du refuge, entre les troncs d'arbre. Le hongre noir, les oreilles dressées, regardait en direction de la piste, là où il avait entendu un autre cheval. Lorsqu'il baissa la fermeture Éclair de son sac de couchage, un froid plus vif qu'il ne l'avait imaginé le saisit, lui glaçant les mains et le visage. Il s'extirpa du sac en roulant dans l'herbe gelée qui crissa sous son poids. Il s'agenouilla et regarda en direction du sous-bois en prenant bien soin de ne pas se montrer.

Smoke, qui était descendu de cheval, surgit d'entre les arbres. Son imposante silhouette était facile à reconnaître. La buée de sa respiration montait en volutes autour de son visage avant de se dissiper dans l'air matinal. Comment un homme aussi massif pouvait-il progresser aussi discrètement dans un sous-bois ?

Il ne lui fallut pas plus de dix minutes pour venir se positionner en face de la porte. Il s'était approché comme un chasseur guettant sa proie – en s'avançant lentement, en s'arrêtant pour observer les environs et en humant l'air, l'oreille aux aguets. Joe, toujours à genoux et transi de froid, ne bougeait pas. Le métal glacé de son fusil lui brûlait les doigts.

D'une main, Smoke tenait son gros revolver, et de l'autre la bouteille de Wild Turkey. Il en restait à peine un fond qui dansait au rythme de ses pas. Il avançait lentement et avec précaution, mais sa démarche semblait mal assurée. Joe essaya de se rappeler combien de whisky il restait dans la bouteille la veille – une bonne moitié, au moins.

– Joe Pickett, vous êtes là ? beugla Smoke en direction de la porte. Allez, sortez et réglons nos comptes.

Manifestement, il était complètement ivre et avait du mal à articuler.

Joe se leva en espérant que ses genoux n'allaient pas craquer à cause du froid et alerter Smoke. Il épaula son fusil et avança doucement entre les arbres et les broussailles jusqu'à n'être plus qu'à quelques mètres derrière le guide de chasse.

Il arma son fusil.

– Jetez votre arme et retournez-vous, Smoke.

Surpris par la puissance de sa propre voix, il s'efforça de réprimer le tremblement qui agitait les muscles de sa poitrine et n'était pas dû au froid.

Smoke étouffa un ricanement et ses épaules s'inclinèrent tandis qu'il tournait légèrement sa grosse tête.

– Je ne m'attendais pas à vous trouver dehors, articula-t-il de manière indistincte. Je vous croyais bien au chaud à l'intérieur.

– Jetez votre arme !

Smoke se tourna un peu plus, le revolver toujours au côté.

– Il paraît que vous vous êtes fait piquer votre flingue un jour ? Par un guide de chasse, c'est ça ?

Joe pensait à la même chose, mais ne répondit pas. Ça faisait cinq ans déjà, mais il ne l'oublierait jamais.

– Jetez votre arme et nous pourrons discuter. La proposition que je vous ai faite est toujours valable.

– Ah, la proposition ! Je ne l'accepte pas, je vous l'ai déjà dit.

Smoke fit maladroitement volte-face et la rapidité du mouvement le fit chanceler. Il tituba, reprit l'équilibre, écarta les jambes et posa sur Joe des yeux injectés de sang.

– Vous m'avez bien eu en vous cachant comme ça dans l'herbe.

– Je m'attendais à votre visite et je voulais éviter que ça dégénère.

Smoke hocha doucement la tête, comme si Joe venait de lui exposer une théorie compliquée et qu'il lui fallait un moment pour assimiler.

– C'est pourtant ce qui va se passer, dit Smoke.

– Rien ne nous y oblige.

– C'est ma façon à moi de tirer ma révérence, poursuivit Smoke, plus pour lui-même que pour Joe. De finir en beauté. Qu'est-ce que je pourrais faire d'autre si on me retirait ma licence ? Si je perdais le camp de chasse de mon grand-père ?

– Il y a beaucoup de choses que vous pourriez faire.

– Alors, pourquoi vous ne les faites pas, vous ? s'enquit Smoke avec un grand sourire. Au lieu de ça, vous dormez dans le froid avec un putain de fusil.

– Smoke…

– Tout est fini, dit Smoke en plissant les paupières. Il faut juste que je décide sur lequel de vous je dois tirer.

Il leva doucement son arme et Joe aperçut le canon béant du revolver.

– Ne faites pas ça, dit Joe. Je vous en prie…

Smoke baissa son arme et grimaça un sourire.

– Et alors ? On peut pas tirer sur un type qui vous regarde droit dans les yeux ?

Joe repensa à son face-à-face avec l'ours et à la réaction qu'il avait eue. Comment Trey avait été obligé de tirer parce que lui, figé sur place, en avait été incapable. Mais la situation était différente. Smoke n'allait pas vraiment faire ce qu'il disait. Bon Dieu, pensa Joe, je l'aime bien ce type.

– Vous voilà, grogna Smoke. Ça y est, je vous vois plus clairement.

Smoke leva le canon de son revolver d'un geste nonchalant et tira. L'explosion fut assourdissante et, malgré la douleur fulgurante qui irradia dans son flanc et le bourdonnement qui emplit sa tête, Joe entendit une pluie d'aiguilles de pin sèches tomber sur l'herbe.

– Bingo! lança Smoke en ramenant lentement son arme au niveau de son regard. (Elle avait bondi au-dessus de sa tête lorsque le coup était parti.) Qu'est-ce que vous foutez debout? demanda-t-il, ses yeux larmoyants roulant dans leurs orbites.

Joe visa la poitrine de Smoke et tira. Celui-ci, une expression d'incrédulité sur le visage, recula en titubant et rechargea son arme. Une mince volute de fumée s'échappait d'un trou béant dans le manteau en peau du guide de chasse.

Joe vit Smoke lever lentement le revolver qui pendait au bout de son bras.

– Ne m'obligez pas… commença Joe.

D'un geste mal assuré, Smoke continuait à lever son arme d'un air décidé. Joe lui tira une autre balle en pleine poitrine. Cette fois, le guide de chasse s'affala comme une marionnette dont on aurait coupé les fils. Son revolver tomba d'un côté et sa bouteille de whisky de l'autre.

– Oh, mon Dieu! lâcha Joe en se précipitant vers Smoke et en s'agenouillant près de lui.

Smoke respirait à un rythme anormalement précipité et papillotait des yeux, le visage horriblement tordu de douleur.

– J'ai mal, j'ai très mal…

Au-dessous de lui, une flaque de sang sombre s'étalait dans l'herbe, fumant dans l'air glacé et dégageant une forte odeur métallique.

– J'ai très mal, j'ai très mal…

Joe posa son fusil, saisit une des grosses mains calleuses de

Smoke et la serra entre ses doigts. Aucune réaction. Un gargouillis monta de sa gorge et un jet de sang jaillit d'un des trous du manteau, éclaboussant la manche de Joe.

– Smoke ?

– J'ai mal, j'ai mal, j'ai très mal…

Joe jeta un coup d'œil en direction du refuge et se demanda bêtement s'il y avait une trousse à pharmacie à l'intérieur. Mais Smoke avait deux balles de 12 dans la poitrine et personne ne pouvait plus rien pour lui.

– Smoke, vous m'entendez ?

*J'ai mal, j'ai très mal, j'ai très mal…*

Une série de petits bruits secs semblable au cliquetis d'une carte à jouer coincée dans les rayons d'un vélo s'échappa de sa gorge. Il se raidit, sa main agrippa celle de Joe et un dernier râle chargé de l'odeur métallique du sang monta de sa poitrine dans un bruit de soufflerie.

Joe demeura immobile, les yeux fermés, jusqu'à ce que le soleil surgisse au-dessus des sommets et qu'une chaleur soudaine vienne lui caresser le dos. Il lâcha la main de Smoke et se redressa en chancelant, manquant s'affaler sur le corps qui gisait à ses pieds. Son flanc le faisait horriblement souffrir et son bras droit était agité de tremblements incontrôlés. Pour la première fois, il baissa les yeux vers sa blessure. Brillant au soleil du matin, une tache de sang sombre imbibait ses trois couches de vêtements. Il respira un grand coup et serra les dents en espérant repousser la douleur, mais rien n'y fit. Il lui fallait quelque chose pour éteindre le feu qui lui brûlait le flanc.

Il se dirigea en titubant vers les arbres, manquant trébucher sur son sac de couchage. Arrivé sur la berge rocailleuse du lac, il plongea dans l'eau glacée.

Le corps engourdi par le froid et des filaments de sang rougeâtres échappés de sa blessure flottant autour de lui, il pensa : « J'ai tiré sur un homme et je l'ai tué. C'est horrible. »

# 30

En menant ses deux chevaux, Joe Pickett quitta le Thorofare par le sud et prit la piste conduisant aux Turpin Meadows, pour ce qui allait devenir un véritable chemin de croix. Après avoir enveloppé le cadavre de Smoke dans la bâche sur laquelle il avait dormi la veille, Joe l'avait attaché sur l'alezan du guide de chasse, troisième cheval de la colonne. Il traversa plusieurs camps de chasse à la tête de cet étrange cortège, trop épuisé et souffrant pour s'entretenir avec les guides et les chasseurs qui voulaient connaître les détails de son histoire. Les seuls à qui il expliqua la situation furent les chasseurs originaires de Georgie qui se trouvaient dans le camp de Smoke avec les autres guides. Ceux-ci regardaient fixement le ballot ficelé sur la monture de leur patron.

– On se demandait où il était parti ce matin, avait déclaré le chef des guides en lui serrant tristement la main. J'ai toujours su que son tempérament irascible lui attirerait des ennuis un jour ou l'autre.

À sa grande surprise, les hommes de Smoke ne lui firent aucun reproche et ne semblèrent pas lui en vouloir. Il ne vit chez eux qu'un chagrin stoïque. Et un égoïsme manifeste.

– On peut quand même continuer à chasser, non ? demanda un des chasseurs.

– Pourquoi pas ? répondit un des guides d'un air légèrement dégoûté.

– Je suis désolé pour tout ça, poursuivit le chasseur qui regardait les autres en espérant leur soutien, mais certains d'entre nous ont payé très cher pour être ici.

– Je sais, répondit le guide en dévisageant ses clients et crachant un long jet de tabac brunâtre entre ses bottes. (Puis, s'adressant à Joe :) Y a des fois, je me dis que j'aurais jamais dû bosser dans le secteur des services.

Avant de se mettre en route ce matin-là, Joe avait pansé sa blessure. La balle de Smoke lui avait déchiré la peau au niveau des côtes et entaillé la partie interne du bras droit sur sept ou huit centimètres. Il saignait beaucoup du côté et éprouvait une légère sensation de vertige à cause de tout le sang qu'il avait perdu. Il avait grimacé en tentant de refermer la plaie et en apercevant la blancheur d'une côte qui présentait une petite encoche. Il avait trouvé un rouleau de gaze dans le refuge, mais pas de sparadrap. Il avait dû se contenter d'un morceau de scotch d'électricien pour maintenir le pansement en place. Joe était un fana du scotch d'électricien, selon lui une des cinq meilleures inventions des temps modernes – c'était ce qu'il disait à Marybeth en tout cas. Il avait enfilé à grand-peine une chemise propre par-dessus le pansement et mis l'autre – lourde de sang – à brûler dans le poêle à bois.

Partout, la nouvelle l'avait précédé. Les guides de chasse avaient plusieurs manières de communiquer entre eux – de vive voix, par messages radio ou par téléphone satellite via la fameuse « ligne téléphonique des guides de chasse ». D'habitude, ils se servaient de cette ligne pour signaler le déplacement des wapitis, avertir qu'un guide s'était fait désarçonner et qu'il était blessé, ou qu'un chasseur était malade ou désillusionné et souhaitait rentrer. Mais cette fois, la nouvelle était tout autre : le nouveau garde-chasse avait abattu le plus tristement célèbre d'entre eux, Smoke Van Horn, le Lion des Teton, suite à un échange de coups de feu.

Joe poursuivait sa route vers le sud et, dans chaque camp qu'il traversait, il était attendu. Des guides et leurs clients, dans un camp qu'il avait visité la veille, l'attendaient carrément au bord de la piste avec leurs appareils photo et il avait perçu le cliquetis des obturateurs sur son passage.

– On se croirait à l'époque de la conquête de l'Ouest, avait lâché un chasseur en tenue de camouflage.

Avachi sur sa selle, en état de choc et luttant contre l'épuisement, Joe atteignit enfin les Turpin Meadows au crépuscule. Les Teton Mountains profilaient leurs silhouettes noires et anguleuses sur le ciel violacé du couchant.

Il dirigea ses chevaux vers le camp de base et aperçut des véhicules de secours, des ambulances, les 4×4 du shérif et de son équipe et tout un tas de gens qui grouillaient dans le parking. Apparemment, un des guides de chasse avait réussi à faire parvenir la nouvelle à Jackson.

Dès qu'ils le virent arriver, tous se figèrent et se tournèrent vers lui comme un seul homme, certains braquant des jumelles dans sa direction. Un des adjoints du shérif fit même inutilement hurler sa sirène pour signaler son arrivée.

– Vous allez devoir nous remettre vos armes, lui dit le shérif Tassell en l'aidant à descendre de cheval. Nous allons vous conduire à l'hôpital et après je prendrai votre déposition.

Joe hocha la tête en grimaçant et mit pied à terre. Il sentit sa blessure se rouvrir sous le pansement.

– Êtes-vous gravement blessé ? demanda Tassell.

– Non, je ne crois pas, dit Joe. J'aurais besoin de quelques points de suture et j'ai perdu pas mal de sang.

– Voulez-vous monter dans l'ambulance ?

– Non.

Tassell se tourna vers ses adjoints et leur désigna le troisième cheval.

– Détachez le cadavre et mettez-le dans l'ambulance. Dites au chauffeur d'aller directement chez le Dr Graves.

Joe se dirigea lentement vers son pick-up.

– Il est hors de question que vous preniez le volant ! hurla le shérif, exaspéré. Vous avez perdu la tête ou quoi ?!

Randy Pope se détacha du petit groupe. Il portait un jean impeccable, des bottes neuves, une chemise à boutons-pressions et une veste en jean.

– J'ai parlé à Trey Crump, annonça-t-il. Il m'a chargé de vous dire que vous étiez suspendu jusqu'à ce que l'enquête soit bouclée. Comme vous le savez, c'est la procédure habituelle.

Joe acquiesça d'un hochement de tête.

– Je m'y attendais. (Puis, en examinant Pope des pieds à la tête, il ajouta :) On dirait que vous êtes allé faire un tour à la boutique western.

Pope ignora sa remarque.

– Il veut que vous l'appeliez le plus vite possible.

– C'est ce que je comptais faire.

Pope se rapprocha de lui.

– Alors, c'était vraiment une fusillade, comme tout le monde le dit ?

– C'était plutôt un suicide assisté, dit Joe d'un air sombre. Smoke a tiré le premier.

– Et vous avez riposté ?

Joe hocha la tête, trop épuisé pour répondre.

Pope soupira et leva les yeux vers le ciel qui s'obscurcissait. Des étoiles commençaient à apparaître comme des têtes d'épingle sur un tissu sombre.

– Avec toute la paperasserie que vous générez, je suis obligé de faire des heures sup pour arriver à suivre, protesta-t-il.

Tassell donna les clés de son 4×4 à un de ses adjoints et prit le volant du pick-up de Joe tandis que celui-ci s'affalait sur le siège passager.

Arrivé sur le bitume, le shérif demanda :

– C'est le véhicule de Will Jensen, n'est-ce pas ?

Joe acquiesça d'un hochement de tête.

– Oui, le mien a brûlé.

Le shérif hocha la tête à son tour.

– On me l'a dit. Apparemment, on ne s'ennuie pas quand vous êtes dans les parages. C'est bien ce que Barnum m'avait dit.

Joe garda le silence.

– Ça faisait des années que Will essayait de coincer Smoke, et vous, au bout de trois jours, vous le descendez.

– Ça ne s'est pas passé comme ça, dit Joe sans vouloir préciser.

Il repensait à ce qu'il avait lu dans le dernier carnet de Will. Comment tout se recoupait. L'horreur qu'il avait vécue pendant ses derniers jours.

Ils roulèrent en silence jusqu'à ce que Joe aperçoive les lumières de Jackson dans le lointain. Il avait l'impression d'y vivre depuis toujours alors qu'il n'y était arrivé que depuis quelques jours. L'ambulance s'était immobilisée juste devant eux pour laisser passer une longue file de touristes à cheval qui traversaient la route pour rejoindre leur ranch avant la nuit. Tassell s'arrêta à son tour, les phares du pick-up illuminant l'intérieur de l'ambulance et le cadavre enveloppé dans la bâche.

– Voilà où va passer le budget réservé aux expertises médicales cette année, soupira Tassell.

Après un examen médical, une prise de sang, vingt points de suture au côté et huit au bras, Joe fut tenu de passer la nuit en observation à l'hôpital. Un certain « Dr Thompson » qui arborait un badge fluorescent marqué « Fana de ski » lui administra des sédatifs. La douleur s'atténuant peu à peu, il commença à se sentir mieux. Avant de sombrer dans le sommeil, il tendit la main vers le téléphone posé à côté du lit.

– Marybeth, dit Joe, heureux d'entendre le son de sa voix. Je viens de tuer le seul homme de Jackson Hole que je comprenais vraiment.

# 31

En s'habillant le lendemain matin, il essaya de se rappeler la conversation qu'il avait eue avec Marybeth la veille et quelques bribes lui revinrent. Il avait eu du mal à se concentrer à cause des médicaments qui commençaient à faire effet et seul le ton de sa voix avait réussi à le tenir éveillé – il était à la fois insistant et teinté de tristesse, comme si elle essayait de réprimer sa colère au vu des circonstances. Ça lui faisait du bien d'entendre sa voix, de prendre des nouvelles de sa famille et de se reconnecter. Elle était son point d'ancrage, celle auprès de qui il se sentait chez lui, et il avait besoin de sentir ça. Mais elle avait d'autres soucis. Sheridan était difficile et se comportait de manière désagréable. Leur relation était de plus en plus tendue.

– C'est le rapport mère-fille, avait dit Marybeth comme si ça pouvait l'aider à comprendre.

Il lui avait proposé de parler à Sheridan – il pensait avoir une relation privilégiée avec elle –, mais Marybeth lui avait dit qu'elle était déjà couchée.

Il se souvenait clairement qu'elle lui avait dit que Barnum était l'homme du 720, que ce numéro était celui d'une carte téléphonique et que Nate avait pris l'ex-shérif sur le fait au Stockman's Bar. L'humiliation de Barnum avait vite fait le tour de la ville et l'ancien shérif n'osait plus se montrer nulle part. Joe lui avait recommandé de se méfier de lui.

– Il pense que je suis à l'origine de tous ses déboires, dit Joe.

– Ne t'en fais pas, dit Marybeth. Nate est avec nous.

– C'est bien.

– Oui, dit-elle après une longue pause.

Il se demanda s'il avait eu raison d'approuver la présence de Nate. Il avait eu l'impression qu'elle voulait ajouter quelque chose, mais elle n'en avait rien fait.

Elle avait proposé de laisser les filles chez sa mère et de venir le rejoindre à Jackson, mais il l'en avait dissuadée.

– Je suis plus fatigué que souffrant, avait-il dit en fixant l'écran vide de la télévision pour éviter de s'endormir, et je vais avoir beaucoup à faire dans les jours qui viennent. Tu te rappelles le carnet manquant dont je t'avais parlé ?

Il ne se souvenait plus comment s'était terminée leur conversation. Que lui avait-il dit exactement ? Lui avait-il fait part de ses soupçons ? Si oui, il avait oublié sa réponse. Les détails lui échappaient, mais en repensant à leur échange il avait un vague sentiment d'incompréhension, comme s'ils s'étaient parlé sans vraiment s'entendre, chacun racontant son histoire sans que l'autre puisse en comprendre le véritable sens.

– Alors comme ça vous avez décidé que vous alliez mieux et que vous pouviez quitter l'hôpital ? lança le Dr Thompson. En général, c'est un médecin qui décide. Moi, en l'occurrence.

Debout le dos à la porte, Joe était en train d'attacher sa ceinture. Il se retourna et vit le Dr Thompson appuyé au chambranle, une écritoire à pince à la main.

– J'avais surtout besoin d'une bonne nuit de sommeil, déclara-t-il.

– J'approuve votre pronostic, étant donné votre… hum, état.

Joe était perplexe.

– Laissez-moi jeter un coup d'œil à votre blessure et refaire le pansement, dit Thompson. Ensuite, il faudra qu'on parle un peu tous les deux. Vous devriez faire un peu plus attention à vous, monsieur Pickett.

– Je ne comprends pas à quoi vous faites allusion, dit Joe. Suis-je malade ?

C'était vrai que, depuis qu'il était arrivé à Jackson, il n'était pas en grande forme, il se sentait constamment dans un état de confusion mentale, dormait mal et avait des difficultés à se concentrer. Il se préparait déjà à entendre de mauvaises nouvelles.

Thompson lui jeta un regard amusé, comme pour lui faire comprendre qu'il n'avait pas besoin de feindre quoi que ce soit avec lui.

– Écoutez, je suis médecin, pas flic. Les résultats de votre prise de sang d'hier soir sont strictement confidentiels. Personne ne saura ce que nous avons trouvé. Mais vous avez l'air d'un type bien, vous êtes un représentant de la loi et vous vous baladez avec des armes. Alors, il vaut mieux que je vous avertisse des effets secondaires de vos… disons, petites gâteries.

– Mes quoi ?

– Commencez donc par retirer votre chemise pour que je puisse jeter un coup d'œil à votre blessure.

Stella Ennis l'attendait dans le hall de l'hôpital et, quand il l'aperçut, il se figea sur place. Elle leva les yeux vers lui par-dessus son journal.

– Comment vous sentez-vous ? demanda-t-elle.

– Apparemment, pas aussi bien que je le croyais, dit-il, la voix encore mal assurée après sa conversation avec le Dr Thompson.

– Vous avez l'air plutôt en forme, lui répondit-elle avec un sourire.

– Vous aussi.

Elle rit en rejetant la tête en arrière.

– Si vous m'aviez vue avec dix ans de moins et sept kilos de plus, vous auriez été surpris.

Elle portait un pull à col roulé noir parcouru de fils d'or et d'argent et un pantalon gris, son épaisse chevelure auburn lui tombant sur les épaules. Elle secoua le journal d'un geste anormalement brusque.

– Saviez-vous que vous étiez célèbre ?

– Non.

– Et si je vous invitais à prendre un petit déjeuner ?

– D'accord.

– Nous avons des choses à nous dire.
– Oui, reconnut-il.

C'était une belle matinée froide et ensoleillée, mais le soleil n'avait pas encore réussi à faire fondre le givre qui recouvrait les pare-brise et les pelouses. Ils longèrent un trottoir en bois glissant jusqu'à un restaurant bondé, à proximité de l'hôpital. L'établissement était spécialisé dans les viennoiseries et affichait un écriteau qui disait : « Venez prendre de la brioche ! »

– Avant, j'aimais beaucoup cet endroit, dit Stella en lui prenant la main pour lui faire poursuivre son chemin, mais je suis un peu trop connue là-dedans et la qualité a pas mal baissé. Allons plutôt au Sportsman's Café.

– C'est mon endroit préféré, dit Joe.

– Je sais, dit-elle en levant les yeux au ciel. C'était aussi le préféré de Will.

Ed les conduisit vers le box le plus éloigné, près de la porte de la cuisine, et Joe commanda le Sportsman's Special. Stella sourit d'un air entendu.

– Je sais, dit Joe. C'était le petit déjeuner préféré de Will.

– Ça me donne la chair de poule, dit-elle en commandant du café et un bagel.

Joe la fixa, assise en face de lui, et à son tour elle braqua son regard sur lui. Son nom était revenu tant de fois depuis qu'il l'avait rencontrée. Il avait souvent pensé à elle et même rêvé d'elle. Qu'il n'ait pas parlé d'elle à Marybeth en disait long et il préférait ne pas y penser. Lorsque leurs yeux se croisèrent, il eut l'impression qu'elle aussi avait pensé à lui, même s'il ignorait dans quel contexte. C'était comme s'ils se tournaient autour depuis des jours en attendant de trouver une ouverture.

– À vous de parler en premier, dit-elle.

Il sirotait son café, se brûlant la langue à chaque gorgée.

– Ça faisait longtemps que je n'avais pas déjeuné avec une femme autre que la mienne.

– Je vous crois, dit-elle en lui souriant. Voulez-vous partir ?

Il hésita un moment avant de répondre.

– Non.

– Je ne tiens pas non plus à vous voir partir.

Il prit une autre gorgée de café en la regardant par-dessus sa tasse et en essayant de se convaincre qu'être avec elle faisait partie de l'enquête.

– Vous n'avez jamais rencontré de femme comme moi, dit Stella d'une voix douce.

Il regardait ses lèvres et l'éclat blanc de ses dents quand elle parlait.

– C'est vrai.

– Ne vous inquiétez pas, dit-elle en s'interrompant aussitôt.

– J'ai retrouvé le dernier carnet de Will, dit Joe.

– Dans le refuge ?

Il acquiesça d'un signe de tête.

– Moi aussi, je l'ai cherché, dit-elle avec une pointe de mélancolie dans la voix et en détournant le regard. J'espérais qu'il l'aurait rapporté à Jackson. Où était-il ? Sous le matelas ?

– Oui. J'ai vu votre initiale sur le livre des visiteurs. Je l'ai reconnue grâce à l'invitation que vous m'avez envoyée.

Elle sourit et ses yeux s'embuèrent comme si elle pensait à un souvenir douloureux. D'après Joe, il ne s'agissait pas de culpabilité.

– Je voulais laisser une trace de mon passage, dit-elle. Au cas où il me serait arrivé quelque chose. À moi ou à Will. Vous connaissez le guide de chasse Smoke Van Horn ? Celui sur qui vous avez tiré ? Il nous a vus ensemble là-haut. Ça ne lui a pas plu.

– Je sais.

– Mais on s'en fichait complètement. Il ne comprenait pas que j'étais là pour essayer de sauver Will.

– Vraiment ?

– Manifestement, je n'ai pas réussi.

Joe allait parler lorsque Ed déposa une grande assiette devant lui et en tendit une autre à Stella, avec son bagel.

– Offerts par la maison, dit-il. Bon appétit !

– En quel honneur ? demanda Joe en levant les yeux vers lui.

– C'est mon dernier jour de travail ici, répondit Ed, l'expression de son regard trahissant son sourire forcé. Je suis complètement dépassé par cet endroit.

– Ça alors ! lâcha Joe.

– J'aurais fait pareil pour Smoke, dit Ed. Lui aussi était bon client. Vous voyez ça, là-haut, sur l'étagère, poursuivit-il en leur montrant une tête de lion en céramique aux couleurs criardes. C'était en l'honneur de Smoke, le Lion des Teton. Un jour, un groupe de chasseurs la lui a offerte pendant qu'ils prenaient leur petit déjeuner ici et quand il est parti il l'a oubliée. Je l'ai mise là-haut et elle y est restée. Il disait toujours qu'il voulait le récupérer, mais il ne l'a jamais fait.

Joe sentit le regard de Stella sur lui – elle guettait sa réaction.

– Quel dommage ! ajouta Ed.

– Vous voulez parler de Smoke ou de votre dernier jour de travail ? demanda Joe.

Ed pivota sur ses talons et se dirigea vers la cuisine.

– Des deux sans doute, lança-t-il par-dessus son épaule.

Joe et Stella parlèrent encore longtemps après qu'Ed leur eut repris leurs assiettes vides. Joe avait bu tellement de café qu'il se sentait nerveux et agité. Elle lui demanda ce qui s'était passé au refuge et il lui raconta tout. Elle semblait fascinée par son récit, mais voulut surtout savoir ce qu'il avait ressenti avant et après l'échange de coups de feu, s'intéressant peu aux détails de l'affaire. Une fois de plus, il fut surpris de se sentir si bien avec elle et de voir comme il était facile de lui parler. Il se demanda si Will avait ressenti la même chose. Puis il répondit lui-même à sa question : bien sûr que oui. Il l'avait même noté dans son carnet.

– Je ne sais plus quoi dire. J'ai vidé mon sac.

– Je ne crois pas, non, lui répliqua-t-elle. Vous avez simplement peur des mots.

Il leva les yeux vers elle.

– Ce n'est pas parce qu'on aime déjà quelqu'un qu'on ne peut pas aimer quelqu'un d'autre aussi fort. Tout dépend du contexte. Ce n'est pas une question de choix. On peut avoir deux choses en même temps.

Sentant ses yeux s'écarquiller, Joe plissa les paupières. Une nouvelle décharge électrique venait de le traverser.

– Je ne sais pas, balbutia-t-il.

– Il n'y a aucun risque avec moi, dit-elle en se penchant vers lui par-dessus la table. Vous ne rencontrerez jamais personne qui pourra affirmer ça avec autant d'assurance. Je n'ai aucune intention cachée et je ne tiens ni à souffrir ni à vous faire souffrir. Mais je veux être avec vous, Joe, même si c'est pour peu de temps. Tant que notre relation restera sincère et aussi intègre que possible.

– Et Don ? demanda Joe, surpris par sa propre question.

– Ne gâchez pas ce moment, dit-elle avec brusquerie. Pour lui, je ne suis qu'une partie de sa personne. Et comme il est totalement obsédé par le personnage de Don Ennis, eh bien…

Ed apparut, la cafetière à la main. Joe ne savait pas s'il devait l'embrasser ou le renvoyer.

– Qu'est-ce que vous recherchez exactement ? lui demanda-t-il en regardant par la fenêtre.

Elle garda le silence quelques instants.

– Je vous l'ai déjà dit. L'authenticité. La véritable authenticité. Toute ma vie, j'ai été entourée de gens qui cherchaient à se composer un personnage, à jouer un rôle. Pendant vingt-cinq ans, je n'ai pas su faire la différence entre les acteurs et les gens authentiques, sur lesquels ils calquent leurs façons d'être. J'en ai assez de devoir interpréter. Je veux aller à la source.

– Et vous croyez la trouver ici ?

Elle rit en rejetant la tête en arrière.

– Non, pas à Jackson. Mais ici, oui. Je crois même que j'en suis toute proche.

Joe sentit son visage s'empourprer. Il se demandait quel genre d'authenticité elle espérait trouver avec un homme marié.

Comment une relation pouvait-elle être authentique si elle était basée sur un mensonge ? Mais il n'arrivait pas à le lui dire.

– Nous sommes les derniers clients, dit Joe en balayant la salle du regard. Il va falloir que j'y aille.

– Pour faire quoi ?

Il réfléchit un instant.

– Il y a plusieurs choses que j'aimerais vérifier.

Elle plissa les paupières, comme pour déchiffrer l'expression de son visage.

– Écoutez, dit-il. Je ne sais pas pourquoi, mais je vous fais confiance. Peut-être parce que Will vous faisait confiance. Il faut que je vous pose une question.

Une lueur de crainte passa dans ses yeux sombres. De quelle question avait-elle peur ?

– Lorsque vous êtes allée au refuge avec Will, est-ce qu'il avait l'air d'aller mieux ? Je veux dire… est-ce que son état mental s'était amélioré ?

– Au début, oui. (Était-ce du soulagement qu'il lisait sur son visage ?) Le premier jour là-haut, il m'a dit qu'il se sentait redevenir lui-même. Il adorait Two Ocean Pass et ça ne l'aurait pas gêné d'y passer le reste de ses jours.

– Il y est, dit Joe. Mais allez-y, continuez.

Elle hésita un instant avant de reprendre.

– Dès le deuxième jour, il était à nouveau mal en point. Il avait d'horribles maux de tête et ne pouvait rien avaler. Ses mains tremblaient. J'ai essayé de l'aider, de le distraire. Mais il n'y avait rien à faire. Quand nous sommes redescendus, il était complètement déprimé. C'était une semaine avant… vous savez.

Joe hocha la tête et réfléchit un moment.

– Quoi ?

– Ce matin, le Dr Thompson m'a fait la morale. Il m'a dit que je devrais faire plus attention à moi. Qu'ils avaient trouvé de la drogue dans mon sang.

Stella le regarda d'un air perplexe.

– D'après lui, c'étaient des barbituriques et même après plusieurs jours j'en conservais des traces. Il m'a demandé si je prenais du Valium et du Xanax et m'a mis en garde contre les effets secondaires.

Elle l'écoutait attentivement, sans le quitter des yeux, réfléchissant manifestement à ce qu'il lui disait.

– Stella, je n'ai jamais pris la moindre drogue de ma vie. Un produit a été introduit dans mon corps à mon insu. Et ça s'est sans doute passé avant que je parte pour les montagnes. Depuis que je suis arrivé ici, je ne me sens pas dans un état normal et tout ça a dû commencer dès mon arrivée.

– Je ne comprends pas, dit-elle.

– Je crois que la même chose est arrivée à Will. Il se peut qu'il ait été drogué à son insu. Il était sous pression depuis un moment et le fait qu'il ait été drogué sans le savoir n'a fait qu'empirer les choses, il a cru qu'il devenait fou. D'une façon ou d'une autre, ça aurait mal fini.

Elle avait l'air dévastée, son visage était blême. Elle savait quelque chose, mais il ignorait ce que c'était.

– Vous venez à notre réception ce soir, n'est-ce pas? demanda-t-elle brusquement.

Joe s'adossa à son siège.

– Je n'y avais pas pensé. Pour être honnête avec vous, j'avais complètement oublié. Je n'ai toujours pas répondu à l'invitation.

– Il faut que vous veniez, dit-elle en tendant le bras pardessus la table pour saisir sa main.

– Pourquoi? Je ne crois pas être particulièrement doué pour ce genre d'occasion.

– C'est important pour moi, insista-t-elle en braquant un regard brûlant sur lui. C'est même essentiel. Je veillerai à ce que vous soyez sur la liste des invités. Les services secrets veulent une liste complète avant midi.

– Stella…

– Ce que vous venez de me dire ouvre de nombreuses portes, dit-elle. C'est comme si on venait de faire la lumière sur tout ça. Mais il faut que je réfléchisse et que je sois sûre de ne pas faire fausse route.

– Mais de quoi parlez-vous?

– Venez ce soir, dit-elle en saisissant sa veste et en s'extirpant du box. Tout va s'éclaircir. Et les gens concernés seront tous réunis dans une seule pièce.

Il ne savait que penser. Il espérait qu'elle était de son côté, du côté de Will. Qu'elle allait l'aider à résoudre l'énigme de la mort de Will, à sa manière à elle.

Elle sembla confirmer son impression lorsqu'elle contourna la table, se pencha vers lui et l'embrassa sur la bouche. Ses lèvres étaient douces et tièdes et leur goût resta sur les siennes jusqu'à ce qu'elle ait quitté le Sportsman's Café, sans un regard en arrière.

Il mit un moment à retrouver ses esprits. Lorsque enfin il se leva, Ed le regardait par-dessus les portes battantes de la cuisine.

– Pas un mot, dit Joe.

Les sombres nuages de la culpabilité avaient commencé à envahir son ciel.

– Comme Will, lâcha Ed.

# 3 2

– Il sort ses oiseaux au moins une fois par jour, dit Bello au volant de son 4×4. Il les laisse voler et leur donne de la nourriture qu'il pose par terre ou tient dans sa main. Les oiseaux tombent littéralement du ciel pour venir manger.

– Il a entraîné ses rapaces à chasser avec lui, dit Barnum. Ils foncent en piqué sur leur proie.

– Peu importe comment ils font, lâcha Bello d'un ton irrité. Tout ce qui m'intéresse, c'est qu'il les sort une fois par jour, en général l'après-midi.

L'ex-shérif sentit une bouffée de colère l'envahir, mais garda le silence. Bello ne devrait pas lui parler sur ce ton. Il commençait à en avoir marre de tous ces gens qui lui manquaient de respect, Bello compris.

– Comme je vous l'ai déjà dit, poursuivit ce dernier en quittant la nationale pour s'engager sur la petite route conduisant à la rivière, avant d'arriver chez lui, il y a une côte et la maison se trouve à environ trois cents mètres de là, en contrebas. Aucun véhicule n'est visible avant qu'on franchisse le sommet de la côte. Quand je suis venu en reconnaissance, c'est là que j'ai déposé les sacs de sable, tout en haut, derrière des buissons d'armoise. Pas une fois il n'a regardé dans ma direction. Les sacs de sable sont espacés d'une centaine de mètres pour permettre deux angles de tir.

– Et s'il nous entend arriver ? demanda Barnum. Le bruit d'un moteur s'entend de loin ici.

– C'est pour ça que nous ferons le dernier kilomètre à pied, jusqu'en haut de la côte, dit Bello sèchement. J'espère que vos vieilles guiboles pourront vous porter jusque-là.

– Allez vous faire foutre, Bello ! dit Barnum, sans retenir sa colère cette fois.

Bello ricana froidement.

– À la bonne heure ! Vous réagissez enfin, shérif !

Leurs fusils étaient posés entre eux, sur le siège, le canon vers le bas. À côté de la Winchester Mag .308 de Bello, avec sa finition satinée et son énorme lunette Leupold, le vieux .270 de Barnum avait l'air d'un fusil de péquenaud – Bello venait de lui en faire la remarque.

– Pas de l'avis d'une quarantaine de wapitis et d'un Mexicain bourré armé d'une pelle, répliqua Barnum.

La veille, Bello lui avait raconté son histoire avec une certaine désinvolture, alors qu'ils étaient assis l'un en face de l'autre dans sa chambre du Holiday Inn. Chacun avec un cocktail que Barnum venait de préparer.

D'après Bello, Nate Romanowski, connu sous le nom de code « le Faucon », était un des meilleurs éléments de l'Agence. Il lui arrivait de quitter le pays pendant plusieurs années d'affilée. Mais comme d'autres avant lui, trop avides et trop indépendants, Romanowski avait commencé à ignorer certains ordres. Lorsqu'on l'avait rappelé au quartier général, il avait mis trois mois à rentrer et s'était immédiatement accroché avec le nouveau directeur. Le Faucon avait donné sa démission à grand bruit – selon les termes de l'Agence –, en les menaçant de parler s'ils essayaient de le retenir.

– Je n'avais jamais vu une panique pareille dans nos bureaux, avait déclaré Bello en montrant les dents.

Deux agents – un ami de Randan Bello et son gendre – avaient été envoyés par l'Agence sur les traces du Faucon pour s'assurer qu'il n'avait pas l'intention de parler. Ils avaient dû prendre une année sabbatique pour que l'Agence ne soit pas accusée d'activité clandestine à l'intérieur du pays. Le dernier message qu'ils avaient envoyé, via e-mail, venait du nord du Montana et signalait la présence d'un individu suspect qui vivait seul et dont la description semblait correspondre au Faucon.

C'était un fauconnier qui conduisait une vieille Jeep et possédait un Casull .454 fabriqué par Freedom Arms dans le Wyoming. Le lendemain, un automobiliste avait appelé la police de la route du Montana après avoir découvert les corps des deux agents.

– Romanowski les a tués tous les deux ? avait demandé Barnum. Comment se fait-il que nous n'ayons pas entendu parler de cette affaire ?

Bello avait vidé son verre et l'avait tendu à Barnum pour qu'il le lui remplisse.

– L'enquête a conclu que le moteur de leur véhicule avait lâché sur une route en lacet, qu'ils avaient perdu le contrôle et fait huit tonneaux. Les deux corps avaient été écrasés.

Barnum avait regardé par-dessus son épaule tout en versant le scotch.

– En fait, vous êtes pratiquement sûr que c'est lui qui a fait le coup.

C'était une affirmation, pas une question.

– Suffisamment sûr pour me pointer ici dès le lendemain de ma retraite, avait affirmé Bello. Ma fille ne s'est jamais remariée.

– Des enfants ?

– Non. Je n'ai pas de petits-enfants.

Barnum avait eu une pensée pour ses petits-enfants à lui, adolescents délinquants au teint sombre, vivant dans une réserve et qu'il n'avait jamais rencontrés. Pas une grosse perte, d'ailleurs.

– Pourquoi me racontez-vous tout ça ? avait fini par demander Barnum.

– Parce que vous vouliez savoir, avait répondu Bello qui sirotait son verre en regardant par la fenêtre, et parce que vous avez proposé de m'aider.

Barnum n'avait rien cru de toute cette histoire – les explications de Bello ne lui semblaient pas très crédibles. Et pourtant il l'avait suivi, mais pour des raisons personnelles.

Bello s'arrêta sur le bas-côté de la route à plus d'un kilomètre du haut de la côte et coupa le moteur. Il descendit, mit les clés dans sa poche, balança la Winchester .308 sur son épaule et s'accrocha un gros sac banane autour de la taille. Barnum le suivit en emportant son .270 qu'il avait chargé avec des cartouches de neuf grammes avant d'armer la culasse.

– Vous êtes prêt ? lui demanda Bello à voix basse.

Barnum acquiesça d'un hochement de tête et ils fermèrent les portières en faisant le moins de bruit possible. Avec la légère brise qui venait de la rivière, il était peu probable qu'on les ait entendus approcher.

Bello contourna le SUV et tendit à Barnum un petit talkie-walkie Motorola réglé sur le canal 4.

– Laissez le volume au minimum, dit Bello. Si vous devez me parler, mettez-le en mode vibreur et montez le volume d'un quart de tour. Mais il vaudrait mieux ne pas avoir besoin de communiquer.

Barnum accrocha l'appareil à la poche de sa chemise.

– Vous vous souvenez du plan ?

– Non, je l'ai oublié, plaisanta Barnum d'un ton bourru.

Bello le foudroya du regard.

– Ce n'est pas vraiment le moment de plaisanter.

– Dès qu'on l'a *in visu*, dit Barnum en reprenant les mots de Bello, on se fait un signe de la main. Puis dès qu'on le tient dans la ligne de mire et que vous donnez le signal – deux vibrations sur la radio – on tire en même temps pour augmenter nos chances de le descendre pour de bon.

– Visez la poitrine, l'interrompit Bello, braquez le point de mire sur la partie la plus large de son corps. N'essayez pas de viser la tête à cette distance.

– Une fois qu'il est à terre, enchaîna Barnum, on attend une heure sans le lâcher des yeux et en guettant le moindre mouvement. S'il ne bouge pas, vous descendez et vous le tirez jusqu'à la rivière. Je reste en arrière et je fais le guet.

Bello l'écoutait attentivement, sans le quitter des yeux, pour être sûr qu'il avait bien tout compris. Barnum n'aimait pas être observé de cette façon et le lui fit comprendre.

– D'accord, dit Bello en pivotant sur ses talons et se mettant à marcher au milieu de la route.

Barnum lui emboîta le pas.

D'après lui, le plan de Bello présentait quelques problèmes. Il y avait longuement réfléchi la veille en l'examinant sous tous les angles et avait fini par trouver ce qui n'allait pas : Bello se servait de lui. À son signal, Barnum tirerait, mais Bello, lui, manquerait délibérément sa cible en sorte que la seule balle qu'on retrouverait sur le cadavre de Romanowski serait celle du .270. Tout le monde savait que Barnum chassait avec un .270 et l'analyse balistique aurait vite fait de prouver que la balle provenait de son arme.

Barnum avait la réputation de boire et de parler beaucoup et toute la ville était au courant de l'humiliation dont il avait fait l'objet au Stockman's Bar. Si on retrouvait le cadavre de Romanowski – il referait probablement surface en aval de la rivière –, Barnum serait immédiatement soupçonné.

Et Bello serait déjà loin.

Évidemment, Barnum l'accuserait, mais que savait-il au juste de l'homme de Virginie ? S'appelait-il vraiment Randan Bello ? Barnum n'avait jamais vu ses papiers. Il n'était même pas sûr qu'il vienne de Virginie ; il avait très bien pu voler ou trafiquer les plaques de sa voiture. Depuis qu'il était arrivé, il avait pris soin de ne laisser aucune trace en payant tout en liquide. Sa façon de lui déballer toute son histoire, de lui parler de l'Agence, de son gendre et de lui exposer ses projets était suspecte. Bello n'était pas le genre d'homme à se dévoiler aussi facilement. Et Barnum en avait conclu qu'il voulait le faire accuser de meurtre à sa place.

Mais ça n'allait pas se passer comme ça, se dit-il en continuant d'avancer sur la route. Lorsque Bello lui donnerait le signal, il braquerait son fusil sur lui et lui tirerait une balle dans la tête.

Là, les lève-tôt du Burg-O-Pardner auraient vraiment quelque chose à se raconter.

– Je suis allé voir le shérif pour lui faire part de mes soupçons, leur dirait-il en écarquillant ses yeux de chien battu, mais il m'a pratiquement expulsé de son bureau. J'ai donc dû régler cette affaire moi-même.

– Je crois qu'il nous faut un nouveau shérif, dirait quelqu'un, peut-être le maire.

C'était ce qu'il devrait dire en tout cas.

Et tous se tourneraient vers lui.

– Je ne sais pas, mes amis, leur dirait-il humblement. Je commençais juste à m'habituer à la retraite.

Bello s'immobilisa et montra le ciel. Barnum plissa les paupières et aperçut la petite silhouette noire d'un faucon filant au-dessous d'un gros nuage cotonneux.

– Il a lâché ses oiseaux. Ça veut dire qu'il est dehors avec eux, murmura Bello par-dessus son épaule. C'est parfait.

– Oui, dit l'ex-shérif d'un air distrait en distinguant quelque chose dans son champ de vision.

Il se retourna et, en un éclair, comprit qu'il pouvait véritablement voir une balle arriver droit sur lui à plus de quatre cents mètres de distance, avant même d'avoir entendu la détonation.

# CINQUIÈME PARTIE

Une chose est juste lorsqu'elle tend à préserver l'intégrité, la stabilité et la beauté de la communauté biotique. Elle est injuste lorsqu'elle tend à l'inverse.

Aldo Leopold,
*Almanach d'un comté des sables*[1]

1. Traduit de l'américain par Anna Gibson. Paris, Flammarion, 2000.

# 33

« Ils ont réussi à m'avoir, avait écrit Will Jensen sur la dernière page de son carnet. Ils sont dans ma tête et dans mon corps. Ils connaissent tous mes déplacements et épient mes moindres mouvements. Je sais que ça a l'air délirant, mais c'est vrai. Peut-être que c'est moi, mais je ne crois pas. Ils ont trouvé un moyen de me foutre en l'air. »

Assis à table, dans la maison de l'ancien garde-chasse, Joe relisait encore une fois les dernières pages du carnet. Dommage que Will n'ait pas été plus explicite.

À qui faisait-il allusion ? Que voulait-il dire : « "Ils" sont dans ma tête » ? Et s'il avait vu juste, comment pouvaient-« ils » épier ses moindres mouvements, comme il le disait ?

Puis il avait relu le passage suivant, celui qui lui avait donné la chair de poule quand il l'avait lu au refuge :

« Il y a quelque chose qui ne va pas bien chez moi. Je ne suis plus seul. Il y a quelqu'un dans ma tête. J'ai tout perdu et je vais devenir fou. Peut-être le suis-je déjà. C'est comme si quelqu'un d'autre agissait à ma place. Je me regarde dire et faire des choses, je sais que c'est mon corps, mais ce n'est pas moi. Mon Dieu, aidez-moi ! Quelqu'un peut-il m'aider ? Personne ne le fera, à part Stella. »

Joe leva les yeux et son regard se posa sur une enveloppe restée sur la table. C'était l'invitation à la réception de Don et Stella Ennis. Stella était la seule personne en qui Will avait confiance. C'était elle, le lien. Était-elle assez proche de Will à la fin pour connaître ses déplacements ? Et comment, exactement, aurait-elle pu aider quelqu'un à entrer dans sa tête, comme il le disait ?

Joe n'arrivait pas à se convaincre que c'était Stella, pas après la façon dont elle l'avait regardé par-dessus la table. Personne ne pouvait feindre une telle détresse, jouer aussi bien la comédie. Elle avait été aux côtés de Will durant son combat ; il lui avait fait confiance. Mais pendant le petit déjeuner, quand il avait mentionné les traces de drogue que le médecin disait avoir décelées dans son sang, elle avait réagi d'une étrange façon. Cette nouvelle avait manifestement déclenché quelque chose dans sa tête. Cela dit, il devait prendre une décision la concernant, et cette décision n'avait rien à voir avec Will. Et c'était ce soir-là qu'il devrait la prendre.

Il se frotta les yeux. Il se posait beaucoup de questions sur Will, mais pour le moment il n'avait aucune réponse. Il se sentait fatigué et frustré et aurait apprécié une bonne bière. Oubliant ses points de suture, il recula sa chaise pour se lever et sentit une douleur fulgurante le traverser. Plus les heures passaient, plus sa blessure le faisait souffrir. Le Dr Thompson lui ayant prescrit un puissant analgésique pour atténuer la douleur, il décida d'en prendre.

Il remplit un verre au distributeur d'eau fraîche du réfrigérateur, regarda distraitement par la fenêtre et aperçut le vieux pick-up de Will dans l'allée. Un voisin coiffé d'un béret écossais promenait son chien sur le trottoir en jetant des petits coups d'œil furtifs vers la maison, comme le font les gens trop curieux.

Tout d'un coup, Joe se figea, le comprimé sur la langue, le verre d'eau à quelques centimètres de ses lèvres, plusieurs pensées défilant dans sa tête.

Des traces de drogue.

Le pick-up de Will.

L'individu qui s'était introduit dans son jardin cette nuit-là, les bruits sourds contre la maison.

Il venait de comprendre comment ils faisaient.

Et ce qu'ils étaient en train de lui faire, à lui.

Il reposa son verre, cracha le comprimé et ouvrit la porte. Le voisin le regarda en écarquillant les yeux avant de lui adresser un sourire de soulagement.

– Mon Dieu, j'ai cru un instant que vous étiez…

– Je sais, dit Joe.

Perplexe, l'homme poursuivit sa route.

Joe ouvrit la portière du pick-up et braqua sa lampe torche sur l'enchevêtrement des fils de couleur sous le tableau de bord. Il mit un moment à trouver ce qu'il cherchait. Et lorsqu'il le toucha du bout des doigts, il fut parcouru d'un frisson à la pensée de ce qu'ils avaient réussi à faire.

Il sortit du véhicule en hochant la tête.

– Hé, vous avez une minute ? cria-t-il en s'adressant au voisin qui s'éloignait.

– Moi ? répondit l'homme en tirant sur la laisse de son chien pour le faire revenir en arrière.

Joe attendit que le voisin soit près de lui.

– Vous vivez ici depuis longtemps, n'est-ce pas ? Vous connaissiez Will Jensen ?

– Oui, dit l'homme prudemment.

– Est-ce que vous promenez votre chien tous les soirs ?

Le voisin acquiesça d'un hochement de tête.

– Oui, si le temps le permet.

Les pensées se bousculaient dans la tête de Joe.

– Avez-vous sorti votre chien le soir où Will Jensen est mort ?

# 34

En plus des vigiles armés chargés de la sécurité, des agents des services secrets vérifiaient les invitations à l'entrée de la résidence des Ennis. Arrêté derrière un gros 4×4 Lexus noir qui attendait l'autorisation de passer, Joe se disait qu'il aurait dû nettoyer son pick-up avant de venir.

Un agent de sécurité braqua sur lui le faisceau de sa lampe torche et lui demanda de sortir son permis de conduire de son portefeuille.

– Je vous connais, dit l'homme en voyant son nom. C'est vous qui avez tiré sur Smoke Van Horn.

Joe hocha la tête et détourna le regard. Un agent des services secrets apparut derrière le vigile, contourna le véhicule et ouvrit la portière côté passager. Jeune et mince, il portait une oreillette dont le cordon disparaissait dans sa veste.

– Transportez-vous des armes dans ce véhicule ? demanda-t-il en examinant l'intérieur.

– Mes armes de service, dit Joe en désignant la carabine sous le siège, le fusil dans le râtelier et le pistolet armé à blanc dans la boîte à gants.

Il avait bien fait de laisser son holster et son arme de poing à la maison.

– Ça pose problème, dit l'homme en reculant de quelques pas et en parlant dans un micro caché dans sa manche.

Joe attendit patiemment et plusieurs véhicules s'immobilisèrent derrière lui.

Au bout d'un moment, l'agent grimpa dans la cabine à côté de lui et ferma la portière.

– Désolé pour le dérangement, mais le vice-président ne devrait pas tarder. Nous allons devoir garer votre véhicule en dehors de la propriété. Je vais vous accompagner jusqu'à la porte d'entrée et vous me remettrez vos clés. Lorsque vous serez prêt à partir, dites-le à un de mes collègues et je viendrai vous attendre à la porte pour vous reconduire à votre véhicule.

La demeure des Ennis était vaste : hauts plafonds, sols de marbre et grandes baies donnant sur les Teton Mountains. Les meubles étaient en pin verni, style typique de la région, et un énorme lustre en bois de wapiti surmonté d'une multitude de petites lumières était suspendu au plafond par une fausse chaîne de bûcheron. La foule des invités se pressait autour des bars en attendant d'être servie par des serveurs en smoking. Joe balaya la première pièce du regard à la recherche d'un visage familier, mais ne reconnut personne. Tous ces gens respiraient la santé et semblaient en excellente condition physique. Les hommes portaient des chemises à col ouvert et des vestes sur des jeans de marque ou des pantalons de toile et les femmes arboraient des robes de soirée ou des tenues décontractées ultra-branchées. Comme d'habitude, il se sentait déplacé. Ce sentiment ne fit que s'aggraver quand il s'aperçut que les gens le montraient du doigt en hochant la tête d'un air entendu. Manifestement, on parlait de lui.

Un homme de haute taille à la chevelure blonde et au teint bronzé – Pete Illoway, le Gourou de la bonne viande – se détacha d'un groupe et se dirigea vers lui, la main tendue de manière ostentatoire. Méfiant, Joe lui serra la main en se demandant ce qu'il voulait. Illoway se pencha vers lui.

– Vous avez fait du beau travail dans les montagnes, monsieur Pickett, dit-il en lui serrant vigoureusement la main. Smoke Van Horn ne nous manquera pas. Cet homme était un véritable anachronisme, complètement dépassé par les événements.

Joe se garda bien de remercier son interlocuteur pour le compliment ou de réfuter ses dires. Il repensait à Smoke qui s'était qualifié d'« arachnéisme ».

– Puis-je vous offrir un verre ? lui demanda Illoway.

– Merci, mais je peux aller m'en chercher un moi-même.

Illoway lui adressa un sourire paternaliste avant de faire un signe au serveur et de lui désigner Joe.

– Bourbon et eau, s'il vous plaît, dit-il.

Don Ennis fit irruption dans la pièce et fendit la foule d'un pas décidé. Il aperçut Joe et s'arrêta net, comme s'il venait de heurter un mur invisible. Il le regarda froidement un instant avant d'afficher un sourire convenu et de se diriger vers lui, au moment où on apportait son verre à Joe.

– Content que vous ayez pu vous joindre à nous, monsieur Pickett, dit-il. Stella sera ravie, j'en suis sûr.

Joe se demanda ce qu'il voulait dire par là.

– Tout le monde parle de ce qui s'est passé dans le Thorofare, poursuivit-il. Vous êtes devenu célèbre.

– C'était vraiment une fusillade, comme dans les westerns ? demanda Illoway avec empressement.

Joe fit non de la tête.

– Pas vraiment. C'était plutôt moche, dit-il en revoyant les yeux vides de Smoke en train de répéter : « J'ai mal, j'ai très mal, j'ai très mal. »

– Vous avez fait du beau boulot, s'empressa d'ajouter Ennis.

– Je vous ai dit que c'était moche, répondit Joe d'un ton sec. Ce n'est pas quelque chose dont je suis fier ou dont vous devriez vous réjouir tous les deux.

– C'est juste que vous avez bien choisi votre cible, dit Illoway en levant son verre comme s'il n'avait rien entendu de ce que Joe venait de dire. C'était un vrai connard, ce type, passez-moi l'expression. Il était totalement opposé à notre projet de Beargrass Village et le gueulait haut et fort dans les réunions publiques. Il faisait partie d'une époque révolue, pas de notre monde moderne, si vous voyez ce que je veux dire.

– À propos, l'interrompit Ennis, avez-vous pris une décision concernant Beargrass Village ? Je sais qu'il vous reste encore quelques jours, mais…

Joe s'attendait à cette question, mais n'avait pas imaginé qu'Illoway et Ennis considéreraient qu'il leur avait rendu un grand service en abattant Smoke.

– Je n'ai pas encore mis tout ça par écrit de manière officielle, dit-il d'une voix calme, mais je vais recommander la suspension du projet tant que vous n'accepterez pas d'installer des portails et des ponts permettant la migration de la faune sauvage. Il est inadmissible que les animaux soient obligés de traverser la route principale pour descendre à basse altitude. C'est beaucoup trop dangereux pour les automobilistes et pour les troupeaux.

Une expression sombre et glacée passa sur le visage d'Ennis, comme s'il venait d'être trahi. Joe avait aperçu cette même expression la semaine précédente, lorsque Stella avait fait irruption dans la salle de réunions.

– Vous vous foutez de ma gueule ? murmura Ennis d'une voix tendue à l'extrême. Vous plaisantez, n'est-ce pas ?

– Non. Comme vous le savez fort bien, c'était aussi l'avis de Will Jensen. J'ai trouvé son dernier carnet, dans lequel il dit arriver à cette même conclusion.

Illoway posa la main sur le bras d'Ennis, mais celui-ci se dégagea, les yeux rétrécis comme des fentes.

– Don… dit Illoway en essayant de le mettre en garde. Le moment est mal choisi.

Puis, se tournant vers Joe :

– Vous savez qu'en pénétrant dans notre village des espèces sauvages risqueraient d'infecter notre troupeau de viande pure. Je suis sûr que vous le comprenez.

Joe haussa les épaules.

– C'est possible, en effet. Mais je ne crois pas qu'on puisse parfaitement contrôler l'environnement au milieu d'une région comme celle-ci. Un homme éclairé m'a dit un jour que la vraie nature était rude et compliquée.

Sa propre remarque l'amusa, mais il essaya de ne pas sourire.

– Qui était-ce ? demanda Illoway qui semblait offensé par un tel jugement.

– Smoke Van Horn, dit Joe, la veille du jour où je lui ai tiré dessus.

– Je vous croyais plus malin que Jensen, cracha Ennis. Lui n'était qu'un pauvre drogué coureur de jupons. Un insecte minable par rapport à la taille et à l'envergure de notre projet.

Joe regarda Ennis et but une gorgée.

– Comment savez-vous qu'il se droguait ?

Ennis était sur le point d'exploser et Joe n'attendait que ça. Il voulait voir comment il allait réagir sous l'effet de la colère. Seule l'arrivée du vice-président et de son épouse permit d'éviter une explosion de violence. Ennis se détourna pour aller l'accueillir, mais avant de s'éloigner il regarda par-dessus son épaule et lança :

– C'est pas fini, nous deux !

– En effet, répondit Joe posément. Il y a beaucoup de choses dont nous devons discuter.

Illoway regarda Joe et hocha la tête tristement.

– Qu'essayez-vous d'accomplir ? Et qu'insinuez-vous en disant que nous savions quelle serait la décision de Will Jensen ?

– Oh, dit Joe, d'une voix plus calme et plus posée qu'il pensait. Je crois que vous connaissez déjà la réponse.

Il trouva Stella dans le salon, dos au bar et un grand verre à la main. Elle était élégamment vêtue : grande chemise d'un blanc éclatant, jupe courte noire et bottes montantes de la même couleur. Il se dit que les ongles de ses orteils devaient être peints en rouge. Elle semblait amusée de le voir là, amusée par la soirée en général. Elle éclata de rire lorsque la femme d'un chasseur de trophées, qui essayait désespérément d'apercevoir le vice-président dans la pièce voisine, laissa tomber un cracker couvert de fromage blanc crémeux sur son pantalon couleur ivoire.

– Ravie que vous ayez pu venir, dit-elle lorsqu'il l'eut rejointe.

– Je n'en dirais pas autant de votre mari.

– Qu'est-ce qui s'est passé entre vous ? On aurait dit que vous cherchiez à le provoquer.

– C'était le cas, en effet.

– Vous êtes sûr de savoir ce que vous faites ?

– Je n'en suis jamais sûr, répondit-il en souriant. Il m'arrive d'avancer à tâtons jusqu'à ce que je me heurte à quelque chose.

Elle vida son verre et le tendit au serveur.

– Un autre gin tonic, s'il vous plaît. Et pour vous ?

– J'ai déjà un verre.

– Prenez-en un autre, dit-elle en se tournant vers le bar. Ed, voulez-vous bien servir un bourbon à l'eau à mon ami ?

Le serveur leva les yeux. Plus grand que Joe, il avait un visage large et impassible et posait sur lui un regard de défi. Avant l'incident du cracker, il devait raconter quelque chose à Stella et Joe les avait interrompus. Visiblement, il n'avait pas apprécié.

– Ed me racontait qu'il avait descendu le Grand Teton en ski, dit-elle à Joe, les yeux écarquillés. Il n'y a que douze personnes qui ont réussi cet exploit.

– Onze, la corrigea Ed.

– Avec Ed, ça fait la douzaine, enchaîna-t-elle.

Joe comprit qu'elle se moquait gentiment du serveur, mais celui-ci ne sembla pas s'en apercevoir. Il versa les boissons en bombant le torse.

– C'est impressionnant, dit Joe qui repensait à Don et à Pete Illoway en se disant qu'Ennis avait failli lâcher quelque chose.

– Il pourra vous montrer ses photos, ajouta Stella. Il me les a fait voir cinq minutes à peine après notre première rencontre.

Alors là, elle exagère, se dit Joe. Mais Ed semblait flatté. Il prépara son gin tonic et le lui tendit.

– Tenez, madame Ennis.

– Et n'oubliez pas le bourbon de Joe.

– OK, grommela Ed.

Joe et Stella échangèrent un regard. Elle s'efforça de ne pas sourire.

– Avez-vous déjà vu un coucher de soleil sur les Teton Mountains ? lui demanda-t-elle en montrant les portes vitrées coulissantes.

– Oh, dit-il d'un ton songeur, une bonne douzaine de fois.

– Pff.

– Mais j'ai besoin de prendre l'air. Merci pour le bourbon, Ed, dit Joe en accompagnant Stella vers la terrasse.

– Vérifiez qu'il n'a pas craché dedans, dit-elle en riant. Ed a un faible pour moi.

– N'est-ce pas notre cas à tous ?

– C'est mon cadeau aux hommes, dit-elle en souriant d'un air aguichant.

Mais elle lui adressa un regard dans lequel il lut de la peur.

La terrasse était déserte. Tous les invités se pressaient dans le grand salon pour saluer le vice-président. Joe et Stella se dirigèrent vers le coin le plus reculé, à l'abri de la lumière. Il percevait son parfum au milieu de l'odeur douce et légère de l'armoise et des pins.

– Il ne fait pas très chaud, dit-elle en posant son verre sur la balustrade et en serrant ses bras autour d'elle. Ne souhaitez-vous pas rencontrer le vice-président ?

– Peut-être plus tard.

– Demain, nous allons faire du rafting. C'est probablement la dernière fois cette année, avant l'arrivée de la neige. Nous voulions proposer au vice-président de se joindre à nous pour que Don puisse le convaincre d'acheter une résidence à Beargrass Village, mais cet après-midi les services secrets sont allés inspecter la section de la rivière que nous devons descendre et après avoir repéré tous les endroits où un tireur pouvait s'embusquer – sans parler des rapides de niveau quatre –, ils se sont opposés à notre projet. Aimeriez-vous nous accompagner à sa place ?

– C'est gentil de me le proposer, dit Joe, mais pas cette fois.

– Vous devriez vraiment venir. C'est la dernière descente de l'année, et peut-être la dernière pour moi avant un bon bout de temps, dit-elle d'une voix étrangement sombre.

– Que voulez-vous dire ?

Il distinguait l'éclat de son regard sous les étoiles.

– Don est sur le point de me remplacer par un modèle plus récent, dit-elle. J'en suis convaincue. L'autre jour, il m'a regardée par-dessus la table et m'a dit : « Tu sais que tu as des cheveux blancs ? » Comme quand il regarde l'odomètre et qu'il annonce : « Cent cinquante mille kilomètres. » Et ça, ça veut dire que dans la semaine qui suit nous avons une nouvelle voiture.

« Il n'a pas encore repéré celle qui va me succéder, ajouta-t-elle, mais ça ne lui prendra pas longtemps. Il veut toujours ce qu'il y a de mieux et… disons que je ne rajeunis pas. Son trophée ne brille plus suffisamment. J'ai toujours su que ça allait arriver. Après tout, c'est la raison pour laquelle nous avons signé un contrat prénuptial. Je savais que ça ne durerait pas. Mais je m'étais promis que même si le voyage était court il en vaudrait la peine. Et que j'aurais l'occasion de faire beaucoup de rafting.

Le regard de Joe se perdit dans l'obscurité des arbres, au-delà de la terrasse. Il ne voyait quasiment rien, mais il ressentait quelque chose à l'intérieur de son corps, comme une vague de chaleur qui montait en lui.

– Pourquoi me dites-vous tout ça ? demanda-t-il.

– À qui d'autre pourrais-je en parler ? À Ed ? À Pete Illoway ? À une des épouses trophées présentes ce soir ? À ma mère ? Elle se contenterait de me dire : « Je t'avais avertie ! »

– Mais vous ne l'avez pas quitté. Et vous avez eu une liaison avec Will Jensen. Je crois que malgré tout vous aimez bien tout ça, dit-il en faisant un geste vers la maison, plus que vous ne voulez l'admettre.

– Vous êtes cruel, Joe, dit-elle d'une voix éteinte.

– C'est vrai, mais je ne suis pas d'humeur très charitable ce soir. Ma femme et mes filles me manquent plus que je ne saurais le dire. Il me tarde d'aller les retrouver. Marybeth est ma meilleure amie. Quand je suis avec vous, j'ai l'impression de la tromper. Et je déteste ça. Je ne peux pas remplacer Will, Stella. C'est une des choses que j'ai comprises ce soir.

Il garda le silence un moment, sans oser la regarder. Il savait qu'elle était en train de pleurer et ça lui faisait de la peine, mais il ne pouvait pas la prendre dans ses bras, pas encore.

– Stella ?

Elle essuya rapidement les larmes qui coulaient sur ses joues et leva les yeux vers lui.

– Pourquoi avez-vous tué Will Jensen ?

– Oh, mon Dieu ! dit-elle comme s'il venait de la gifler.

Les yeux écarquillés, elle avait vraiment l'air effrayée.

– Je sais que c'est vous. À la façon dont le coup est parti, je sais que quelqu'un d'autre que lui a appuyé sur la détente. Ce soir, avant de venir ici, j'ai compris que Will avait été drogué à son insu et comment ils avaient fait. J'ignorais que c'était vous jusqu'à ce que je parle à un voisin qui promenait son chien. Il m'a dit vous avoir vue entrer chez Will ce soir-là après qu'il lui eut parlé. Le voisin n'a pas entendu la détonation, mais quand il a regardé dans la rue après minuit, votre voiture n'y était plus.

Elle serra un peu plus les bras autour de sa taille et se berça doucement. Le sentiment de chaleur qu'il avait ressenti plus tôt s'intensifia. Il avait des picotements dans les bras et la poitrine et avait du mal à se concentrer. Quelque chose était en train de se passer.

– Ne me détestez pas, Joe, finit-elle par dire. J'aimais cet homme authentique et ordinaire. C'était vraiment un type bien, comme vous.

Sentant que ses jambes faiblissaient, Joe s'appuya à la balustrade pour ne pas perdre l'équilibre.

– Je ne savais pas qu'ils le droguaient, poursuivit-elle. Jusqu'à ce matin, quand vous m'avez appris que le docteur avait trouvé des traces de drogue dans votre sang. Je me suis renseignée auprès de mon médecin et il m'a dit que quelqu'un de déprimé qui prenait du Valium ou du Xanax pouvait très bien devenir suicidaire, surtout si cette personne était droguée à son insu. Il m'a dit que quelqu'un lui avait déjà posé cette question – mon mari en l'occurrence. Don voulait connaître les effets de ce genre de drogue. Il lui avait dit soupçonner un de ses employés, mais manifestement il avait un tout autre objectif en tête. Tout ce que je sais, c'est que le problème de Will allait en s'aggravant et qu'il perdait le contrôle de ses actes. Il se sentait humilié. Les gens commençaient à se moquer de lui. Il avait déjà perdu sa famille et était en passe de perdre son travail, et ça me brisait le cœur. C'était un homme tellement bon.

« Quand je l'ai accompagné au refuge, continua-t-elle, le premier jour, il était à nouveau dans son état normal. Il se sentait coupable d'être là-haut avec moi, mais il était normal. Je croyais avoir réussi à le tirer d'affaire. Mais il a recommencé à trembler et à avoir des nausées. Je sais maintenant qu'il était en état de manque, mais il l'ignorait et moi aussi à ce moment-là.

Joe avait la sensation que des doigts chauds lui agrippaient la nuque, qu'on empoignait son cerveau à pleine main, comme une balle en mousse. Il essayait de concentrer son attention sur les mots de Stella, mais il n'y parvenait pas.

– Quand je suis allée chez lui ce soir-là, il était dans un état lamentable, dit-elle en reniflant. Son arme était sur la table et il était incapable de bouger. Il s'était vomi dessus. Peut-être croyait-il qu'en mangeant toute cette viande il se nettoierait l'intérieur, mais ça n'a pas marché. Ça m'a fait mal au cœur de le voir comme ça. Il m'a dit que j'étais la seule personne qu'il aimait, mais qu'il ne pouvait pas en supporter davantage. Je l'ai supplié de me laisser le conduire à l'hôpital, mais il a refusé. Il était pathétique, lui si droit et si honnête. Si différent de tous les hommes que j'avais connus.

Le regard perdu dans l'obscurité, Joe agrippa la balustrade à deux mains pour éviter de perdre l'équilibre. Ses yeux brûlaient, les paroles de Stella résonnaient trop fort dans sa tête.

– À deux reprises, il a essayé de s'enfoncer le canon de son arme dans la bouche, mais il en était incapable. Il pleurait de manière hystérique, alors je lui ai pris le revolver des mains, je lui ai dit que je l'aimais et je l'ai fait pour lui, dit-elle précipitamment. Si j'avais su qu'il était dans cet état à cause de mon mari… que Don voulait se débarrasser de lui et me punir en même temps…

Elle détourna le regard et eut un hoquet de surprise. Joe se tourna vers elle en vacillant pour voir ce qu'elle avait vu. Il venait de comprendre qu'il avait été drogué, qu'Ed, ou le serveur précédent, voire Pete Illoway avait mis quelque chose dans son verre. Il avait des bourdonnements dans les oreilles et n'arrivait plus à se concentrer sur ce que Stella lui disait ou sur les silhouettes qui se découpaient sur la porte vitrée. Il entendit nettement la voix de Don Ennis: « Stella! » et aperçut le vice-président, debout à côté de lui, qui regardait Don, puis Stella, puis lui. Voyant son hésitation, les agents des services secrets qui l'entouraient franchirent la porte vitrée et surgirent sur la terrasse.

Joe se propulsa en avant, manqua tomber et décocha un crochet du droit qui frappa Don Ennis en plein dans le nez et envoya sa tête heurter la porte vitrée qui vola en éclats, projetant des débris de verre sur les tapis du salon et sur la terrasse. En un éclair, Joe fut maîtrisé et immobilisé. Il vit le bois rouge de la terrasse se précipiter vers son visage en brillant de mille éclats de verre, puis plus rien.

À quatre cents kilomètres de là, sous les mêmes étoiles et le même croissant de lune, un 4×4 immatriculé en Virginie roulait en direction d'un canyon reculé appelé Savage Run. Celui qui l'avait conduit jusque-là par des chemins incroyablement tortueux et accidentés mit l'embrayage au point mort et bondit hors de la cabine tandis que le véhicule prenait de la vitesse avant de disparaître par-dessus le bord. Il fallut quatre bonnes secondes pour que le fracas de tôles écrasées remonte du fond du canyon.

# 35

Un rayon de soleil tombant d'une lucarne embrasait d'un rouge ardent ses paupières closes lorsque Joe se réveilla, couvert de sueur et souffrant d'une horrible migraine, sur une couchette métallique de la prison du comté de Teton. Il tourna la tête pour éviter la lumière et ce simple mouvement lui donna la nausée. D'un pas chancelant, il se dirigea vers un coin de la cellule, où il vomit dans les toilettes en métal avant de s'adosser aux parpaings glacés en respirant profondément. Il avait un goût bizarre dans la bouche, comme s'il avait sucé des pièces en cuivre.

– Salut, mon mignon ! lui lança un agent des services secrets, debout devant sa cellule.

Joe le reconnut immédiatement. C'était l'homme qu'il avait vu dans le bureau du shérif.

Joe jeta un coup d'œil à son poignet, mais ne vit qu'une pâle marque ovale à l'emplacement de sa montre.

– Quelle heure est-il ? demanda-t-il d'une voix éraillée en s'apercevant qu'on lui avait aussi retiré sa ceinture et ses bottes, et vidé les poches.

– Midi.

– Bon Dieu, dit-il, qu'est-ce que j'ai mal au crâne !

– Vous avez ramassé quelques bosses, dit l'agent. Au fait, vos points ont lâché hier soir et le doc a dû vous recoudre.

Joe leva le bras et aperçut des taches de sang séché sur ses vêtements, puis, soulevant sa chemise, il contempla ses nouveaux pansements. Il n'y avait pas de miroir dans la cellule, mais en passant la main sur son visage pas rasé il sentit les entailles et les hématomes sous ses doigts. Sa lèvre inférieure était enflée et douloureuse. Bon sang, pensa-t-il, si Marybeth me voyait, elle serait fière de moi.

– Je suis l'agent Cameron, dit l'homme, et vous, mon vieux, vous êtes dans une sacrée merde.

Joe le regarda d'un air incrédule.

– Qu'avez-vous contre le vice-président ? demanda Cameron sans ménagement.

– Ben, marmonna Joe, rien du tout.

– Alors pourquoi vous être jeté sur lui comme ça ?

– C'est sur Don Ennis que je me suis jeté.

Cameron changea de position, sans le quitter des yeux à travers les barreaux.

– Oui, c'est bien ce qu'on a pensé. Mais M. Ennis a essayé de nous convaincre que vous visiez le vice-président et qu'il s'était seulement interposé pour le protéger.

– Mais vous étiez là, n'est-ce pas ? Vous savez très bien que ça ne s'est pas passé comme ça !

– Nous ne vous aurions pas laissé faire une chose pareille. Mais peut-être que vous visiez le vice-président et que vous avez frappé la mauvaise personne.

– J'ai frappé celui que je voulais frapper, répondit Joe.

Cameron ébaucha un sourire.

– Oui, manifestement vous en vouliez à Ennis et pas au vice-président. Je voulais juste vérifier. Mais M. Ennis semble avoir beaucoup de pouvoir dans la région et, d'après moi, il aimerait bien vous voir moisir quelque temps ici.

Joe se passa les doigts dans les cheveux. Il avait des bosses sur le crâne et la douleur le fit grimacer.

– Quelles sont les charges retenues contre moi ? Puis-je parler au shérif? demanda-t-il.

– Je ne crois pas que le shérif soit de retour. Il a dû partir tôt ce matin à cause d'un accident sur la rivière. Apparemment, quelqu'un s'est noyé dans les rapides.

Joe faillit ne pas faire le lien, mais, lorsqu'il comprit, il lâcha un simple : « Oh, mon Dieu ! »

– À mon avis, ils sont en train de chercher le corps en aval de la rivière.

Joe serra les paupières et se laissa glisser par terre.

– Méritait-elle qu'on cogne son mari et qu'on finisse en prison ? demanda Cameron.

Oui, pensa Joe, elle le méritait.

Joe prit place à la table de conférences dans le bureau du shérif, en compagnie de Randy Pope, Trey Crump et Tassell. Il avait posé ses mains menottées sur la table, devant lui. Il s'était écorché les doigts en frappant Ennis et des croûtes s'étaient formées sur les articulations de ses phalanges.

Trey était assis à côté de lui.

– Je suis venu dès que j'ai appris ce qui s'était passé. M. Pope m'a appelé hier soir.

– Marybeth est-elle au courant ? demanda Joe. Je n'ai pu passer aucun coup de fil.

Trey haussa les sourcils d'un air compatissant.

– Je l'ai appelée ce matin.

Joe baissa les yeux. Il ne pouvait pas imaginer ce qu'elle avait dû penser.

– Comment a-t-elle réagi ?

– Pas bien, dit Trey, mais je lui ai dit qu'on allait arranger les choses. (Puis, se penchant vers Joe :) J'ai appris ce qui s'était passé avec Smoke Van Horn. Je sais que tu n'es pas fier de ce que tu as dû faire, mais moi je suis sacrément fier de toi, Joe. Après le coup de l'ours, j'étais un peu inquiet.

– Moi aussi, reconnut Joe.

Tassell se racla la gorge. Il avait l'air épuisé et furieux.

– Je tiens à rappeler que M. Pickett est actuellement en état d'arrestation pour coups et blessures et je préférerais éviter ce genre d'apartés. Nous vous avons fait une faveur en lui permettant de quitter sa cellule pour vous parler.

– Merci, dit Joe en s'adressant à Tassell.

Puis, se tournant vers Trey, il ajouta :

– Merci pour ce que tu as dit à Marybeth, mais oui, ce type, je l'ai vraiment frappé. Mon seul regret est de ne pas lui avoir tiré dessus…

– Joe, l'interrompit Trey, fais attention à ce que tu dis.

Vu la pertinence de ces paroles, Joe décida de garder le silence.

– Nous avons peut-être un moyen de vous tirer de là, dit Pope.

Joe se tourna vers lui. Pope était assis de l'autre côté de la table, à côté de Tassell.

– Il y a une heure de ça, j'ai parlé avec Don Ennis, à l'hôpital. Comme vous pouvez l'imaginer, il est éperdu de douleur. Le pauvre homme a perdu sa femme ce matin. Mais il a quand même dit qu'il retirerait sa plainte si on vous transférait ailleurs.

– Se trouvait-il dans l'embarcation lorsque l'accident a eu lieu ? demanda Joe.

Pope le regarda, perplexe.

– Qu'est-ce que ça peut faire ? Vous m'avez entendu ? Il a dit qu'il envisageait de retirer sa plainte.

– Qui était avec elle ?

Furieux, Pope frappa du plat de la main sur la table et s'adressa au superviseur de Joe.

– Trey, comme vous pouvez le constater, nous avons un gros problème. Un de nos gardes-chasse risque d'être accusé de coups et blessures – et c'est le deuxième à se faire arrêter dans ce district. Si Ennis porte plainte, le gouverneur aura l'air d'avoir complètement perdu le contrôle du département. Je risque ma réputation à essayer de sortir ce type du pétrin dans lequel il s'est mis et il a l'air de s'en foutre complètement !

Trey poussa un long soupir et se pencha vers Joe.

– Joe, qu'est-ce qui se passe ? On risque de se faire virer sur ce coup.

– Sa femme s'est noyée, mais il a quand même la présence d'esprit de négocier mon transfert ? demanda Joe. C'est ça, un veuf éploré pour toi ?

– Le choc peut affecter les gens de différentes manières, protesta mollement Pope en s'adressant à nouveau à Trey, comme s'il ne pouvait pas traiter directement avec Joe. Don Ennis est un ami personnel du gouverneur. Ce n'est pas quelqu'un qu'on peut manipuler aisément. Vous avez été conciliant avec Will

Jensen et avec Joe, et nous vous avons laissé faire. Mais les choses n'auraient pas pu être pires sous votre supervision. Maintenant, nous devons penser à notre survie à tous, et c'est de tout le département que je veux parler.

– Que lui avez-vous offert en échange ? demanda Joe à Pope. Avez-vous promis d'approuver la construction de Beargrass Village ?

Pope s'empourpra, mais ne répondit pas.

– C'est donc ça, laissa tomber Joe.

– J'essaie de vous éviter la prison ! hurla Pope. Ne comprenez-vous pas ?

Lorsque Joe se leva, Trey et Tassell reculèrent leur chaise, prêts à le retenir.

– C'est Don Ennis qui a fait craquer Will Jensen, dit-il. Et il a voulu faire la même chose avec moi. C'est probablement lui qui a tué sa femme ce matin. Et vous, ajouta-t-il en montrant Pope d'un geste maladroit de ses poignets menottés, vous venez de lui donner ce qu'il voulait depuis le début.

Tous gardèrent le silence jusqu'à ce que Pope demande :

– Êtes-vous en mesure de prouver une seule de ces accusations ?

Joe hésita un instant.

– En partie, dit-il. Mais vous devrez m'accorder quelques heures pour que je puisse prouver le reste.

Le regard de Trey passa de Pope à Tassell.

– Donnons-lui une chance. Vous êtes d'accord, shérif ?

– Je n'aime pas du tout la tournure que prennent les événements, répondit Tassell en hochant la tête. Vraiment pas du tout.

En route pour la maison du garde-chasse au volant de sa Cherokee, le shérif Tassell n'arrêtait pas de hocher la tête.

– Tous les ans, les rapides font une ou deux victimes. Contrairement aux homicides, ça n'a rien d'inhabituel ici, dit-il.

Il avait expliqué à Joe, Pope et Trey qu'en descendant les rapides Stella avait apparemment lâché la corde de sécurité et été propulsée dans l'eau. D'après Don Ennis elle avait dû rester coincée sous l'embarcation, parce qu'il ne l'avait pas vue resurgir. Plusieurs équipes recherchaient le corps, mais elles n'avaient encore rien trouvé.

– Il nous arrive de retrouver des corps après plusieurs semaines, ajouta le shérif, parfois même plusieurs mois. Si la victime reste coincée sous l'eau entre les rochers, on n'a plus qu'à attendre. Il y a même un type qui a été retrouvé au bout d'un an. Le cadavre avait été entraîné jusqu'au réservoir de Palisades et c'est un pêcheur qui l'a découvert en perçant un trou dans la glace.

– Qui d'autre se trouvait dans l'embarcation ? demanda à nouveau Joe.

– Don, bien sûr, Pete Illoway et un certain Shane Suhn qui bosse avec Ennis. Ils ont tous confirmé sa version.

– Comment être sûr qu'elle était avec eux ?

– Des gens qui faisaient du rafting au même endroit l'ont vue alors qu'ils étaient en train de mettre leur embarcation à l'eau, répondit Tassell.

– Où a eu lieu l'accident ? À quel endroit de la rivière ?

– Au début de la zone des rapides les plus dangereux. C'est d'ailleurs l'endroit où ont lieu la plupart des noyades. Les gens passent sans problème les premiers rapides, mais quand ils arrivent là ils ne sont pas préparés aux difficultés qui les attendent.

– Vous avez dû voir toutes ces photos de rafteurs en train de descendre la Snake River. C'est à cet endroit qu'elles sont prises, parce que les remous y sont très impressionnants.

Joe pensa aux photos qu'il avait vues dans la vitrine de Wildwater Photography.

– Elle avait pas mal d'expérience, dit-il. Elle a franchi ces rapides de nombreuses fois.

– Mais pourquoi Don aurait-il tué sa femme ? demanda Tassell.

– Elle avait découvert quelque chose sur lui et il avait prévu de la quitter.

Trey le regarda en plissant les paupières.

– Est-ce que vous la connaissiez bien ?

– Suffisamment bien, dit Joe.

– Je croyais que vous alliez dire : « Pas assez bien », ajouta Pope avec un sourire railleur.

Joe le foudroya du regard et Pope se détourna.

Arrivé au domicile du garde-chasse, Joe leur montra comment on pouvait retirer une partie du revêtement à l'arrière de la maison. Ils le regardèrent en enlever un morceau, puis détacher une couche d'isolant rose qui révéla une conduite en cuivre et une sorte de valve à vis métallique soudée dessus.

– Cette conduite relie directement le puits du sous-sol avec le distributeur d'eau du réfrigérateur, dit Joe. C'était la façon la plus sûre de droguer Will. Ils ne pouvaient rien mettre dans sa nourriture, parce qu'il mangeait souvent à l'extérieur et qu'il cuisinait rarement, sauf son dernier soir. Mais en introduisant les drogues dans l'eau qu'il buvait, ils étaient sûrs de réussir, ajouta-t-il en leur montrant la valve sur laquelle une bouteille de narcotique liquide pouvait être branchée.

Il leur montra comment il était possible de régler la quantité de produit dans la conduite. La valve était restée ouverte d'un quart de tour, libérant suffisamment de drogue pour affecter Joe, mais pas pour l'invalider complètement.

– Nom de Dieu ! lâcha Tassell en observant le mécanisme.

– Dès ma première nuit ici, j'ai entendu des bruits sourds à l'extérieur, dit Joe. C'était probablement quelqu'un en train de brancher la bouteille et de remettre le revêtement en place. Mais je n'ai compris tout ça qu'hier. Dès que j'ai su que j'avais été drogué à mon insu, j'ai commencé à comprendre des choses.

– Et donc, ils ne l'ont pas vraiment assassiné, dit Trey. Ils ont mis en place un système qui allait le conduire à se faire renvoyer, se faire arrêter ou se flinguer tout seul.

– Exactement, dit Joe. Il était très affecté par le départ de sa femme et c'est le moment qu'ils ont choisi pour installer tout ça. Ils savaient que lorsque Susan serait partie il serait mal en point et plus vulnérable. Ennis savait aussi qu'il allait s'opposer à la construction de Beargrass Village et il lui suffisait donc de le faire disparaître ou de le discréditer pour assurer la réussite de son projet. Will n'a pas compris ce qui lui arrivait… on s'en rend compte en lisant ses carnets. La drogue n'a fait qu'empirer les choses, au point qu'il ne voyait plus comment s'en sortir.

Joe avait décidé de ne pas leur parler du rôle qu'avait joué Stella dans cette affaire. Il n'en voyait pas l'intérêt, maintenant qu'elle avait disparu et qu'on avait conclu au suicide de Will.

– Mais on ignore qui a monté tout ça, dit Pope. Vous n'avez avancé que des hypothèses.

– C'est exact, dit Joe. Mais qui en dehors d'Ennis avait les moyens de mettre en scène un tel scénario ? À qui cela pouvait-il servir de voir Will disjoncter à ce point ?

– C'est vrai, dit Trey.

– Autre chose, ajouta Joe. Susan Jensen m'a dit qu'un individu anonyme avait payé les frais d'incinération de Will. D'après elle, ce devait être quelqu'un qui aimait bien son mari, quelqu'un de la famille peut-être. Je parie que si on pose la question aux employés du crématorium, on découvrira que l'addition a été réglée par Ennis, ou Beargrass Village, ou une autre de ses sociétés.

– Pourquoi aurait-il fait une chose pareille ? demanda Pope.

– Au cas où quelqu'un aurait voulu déterrer le corps pour faire une autopsie, répondit Joe. Pour empêcher qu'on retrouve des traces de drogue dans le corps de Will.

Tassell se frotta le visage dans les mains en ronchonnant.

– Laissez-moi vous montrer autre chose, dit Joe en contournant la maison et en se dirigeant vers l'allée.

Il leur expliqua que la veille, juste avant de se rendre à la réception des Ennis, il avait découvert un émetteur dans le pick-up de Will. Après avoir inspecté l'espace entre le châssis et les roues, les pare-chocs et le moteur, il l'avait trouvé sous le tableau de bord, au milieu du réseau des fils électriques. « Ils connaissent tous mes déplacements et épient mes moindres mouvements. » C'était cette phrase, lue dans le carnet de Will, qui lui avait fait penser à vérifier le pick-up.

– Ils connaissaient ses déplacements et enregistraient ses

conversations sur la radio de bord, dit Joe. Vu que les gardes-chasse passent plus de temps dans leur véhicule qu'ailleurs, c'était comme s'ils avaient mis son bureau sur écoute.

Trey hocha la tête et se pencha à l'intérieur de la cabine pour jeter un coup d'œil sous le tableau de bord.

– En vérifiant la fréquence d'émission, on pourra connaître celle du récepteur et retrouver celui qui écoutait ses conversations.

– Je parie que le récepteur se trouve quelque part dans un bureau de Beargrass Village, dit Joe. C'est comme ça qu'ils ont appris sa décision sur leur projet. Ils l'ont entendu parler à des biologistes et à d'autres experts sur les problèmes de migration qui résulteraient de la construction d'une clôture autour de Beargrass.

– Et c'est pour ça qu'ils ont mis le feu à votre véhicule, dit Tassell d'un air affligé. (On aurait dit qu'il souffrait de plus en plus au fur et à mesure que Joe annonçait ses découvertes.) Ils ne voulaient pas se faire prendre en train de placer un autre émetteur dans votre pick-up. Ils savaient que vous utiliseriez celui de Will et c'est exactement ce que vous avez fait.

Joe se tint légèrement à l'écart pendant que les autres exploraient différentes théories et établissaient des liens entre divers éléments. Trey était convaincu par les explications de Joe ; Pope était perplexe, mais restait sur ses gardes parce que si Joe avait raison l'accord qu'il avait conclu avec Ennis allait lui retomber sur le nez ; et Tassell était déprimé à l'idée de devoir affronter un des hommes les plus puissants et les plus obstinés du comté. Tout en écoutant la conversation, Joe vit le voisin au béret écossais sortir de chez lui pour promener son chien. Il n'avait toujours pas mentionné Stella, en se disant que c'était la moindre des choses qu'il pouvait faire pour elle. Bien qu'il ait appris sa disparition, il n'avait pas vraiment intégré l'idée de sa mort.

– Retournons au bureau, dit-il en les interrompant. Je crois savoir comment faire admettre à Ennis le meurtre de sa femme.

Pope et Tassell le regardèrent, incrédules.

Ils montèrent dans la Cherokee avant que le voisin n'arrive jusqu'à eux et Joe se sentit soulagé. La veille, il s'était rendu compte que cet homme aimait bien bavarder.

# 36

Pi Stevenson était en train de placer l'écriteau FERMÉ dans la vitrine de Wildwater Photography lorsque Joe frappa à la porte. Elle lui montra d'abord l'écriteau du doigt, mais dès qu'elle l'eut reconnu elle alla lui ouvrir.

– Qu'est-ce qui vous est arrivé ? lui demanda-t-elle avec une grimace de dégoût en voyant les bosses et les hématomes sur son visage.

– Birdy est là ? demanda-t-il sans prendre le temps de lui expliquer la situation.

– Il est dans l'arrière-boutique. Voulez-vous entrer ?

– Il y a des collègues qui m'accompagnent, dit-il.

Il la vit jeter un coup d'œil par-dessus son épaule vers le 4×4 du shérif, garé le long du trottoir.

– J'ai encore des ennuis ? s'enquit-elle.

– Pas que je sache, répondit-il en entrant dans la boutique et en faisant signe à Tassell et à Trey de le suivre.

Le studio était exigu et les murs recouverts de photos de skieurs et de rafteurs, sans oublier les obligatoires levers de soleil sur les Teton Mountains. Un long comptoir séparait la zone réservée à la clientèle d'un petit bureau et d'une chambre noire protégée par un rideau. Une ampoule rouge étant allumée au-dessus de l'entrée de la chambre noire, Joe pensa que Birdy devait s'y trouver.

– Que voulez-vous ? demanda Pi. Nous étions sur le point de fermer pour la journée.

Joe la regarda droit dans les yeux.

– Aimeriez-vous vous joindre à nous pour faire passer un sale quart d'heure à Don Ennis et à tous les gens de Beargrass Village ?

Son regard s'éclaira et son visage s'épanouit en un large sourire. Puis elle se retourna et, d'un air résolu, appela par-dessus son épaule :

– Birdy !

– Vous devrez être extrêmement prudents, dit Joe à Pi et à Birdy. Pas question de mentir, ni d'insinuer quoi que ce soit, même s'il vous presse de questions ou s'il veut négocier par téléphone. Vous m'avez bien compris ?

Pi acquiesça d'un hochement de tête en essayant de contenir son enthousiasme. Elle était à la fois excitée et nerveuse. Birdy, lui, avait l'air content de la voir aussi réjouie qu'il ait accepté la proposition de Joe.

– Je vais passer un coup de fil dans le bureau, les avertit Tassell en regardant tour à tour Pi, Birdy et Joe. À la moindre tentative de chantage ou la moindre manœuvre pour l'amener à avouer son crime, je laisse tomber. N'oubliez pas que l'appel va être enregistré et il faut qu'il soit nickel pour pouvoir être entendu par un juge si ça s'avère nécessaire.

Le petit bureau était plein à craquer. Un des adjoints de Tassell y avait amené le propriétaire du Radio Shack local qui était en train d'ouvrir les cartons contenant un magnétophone et une caméra huit millimètres. Randy Pope était reparti au siège du département Chasse et Pêche pour appeler le directeur et le gouverneur et les mettre au courant. Joe se demandait pourquoi Pope s'était montré si pressé de partir, mais ne regrettait pas son absence.

– Et s'il a l'air de ne pas savoir de quoi nous parlons ? demanda Birdy.

– Pas de problème, répondit Joe. Ça voudra dire qu'il est innocent ou qu'il essaie de gagner du temps pour pouvoir s'occuper de vous plus tard. Mais à mon avis il voudra régler ça tout de suite. Il risque de ne pas vous croire, mais il est trop impulsif pour ne pas vérifier. C'est un homme d'action. Si c'est le cas, espérons qu'il viendra ici. Nous ne voulons pas d'une rencontre ailleurs. Vous devrez faire bien attention à ne pas lui mettre la puce à l'oreille, parce que sinon nous perdrons une occasion unique.

Par-dessus son épaule, Tassell demanda à son adjoint si les écoutes téléphoniques étaient opérationnelles et celui-ci répondit que oui. Le propriétaire de Radio Shack avait l'air tout excité à l'idée de participer à l'opération.

– Et la caméra ? demanda Tassell. On la met où ?

Le propriétaire de Radio Shack et l'adjoint du shérif balayèrent la pièce du regard pour trouver un endroit adéquat.

– Peut-être sur l'étagère, derrière le comptoir, avec tous les autres appareils ? Si on masque la petite lumière rouge, il ne s'apercevra pas qu'elle est en marche, dit Trey en montrant du doigt l'étagère au-delà de la tête de Tassell.

Birdy avait exposé plusieurs modèles de caméras, neuves ou usagées, qu'il utilisait pour photographier les skieurs et les rafteurs.

– Bonne idée, dit Tassell, en levant les yeux au ciel devant l'évidence de la réponse.

– Laissez-moi une minute, dit le propriétaire de Radio Shack. Il faut que je vérifie le matériel.

En attendant, Joe répéta les consignes à Pi et Birdy.

– Et quand je pense que tout ça, c'était pour de la viande, dit Pi d'un air triomphant. Les mangeurs de chair perdent toute moralité quand ils ne peuvent pas avoir ce qu'ils veulent, en l'occurrence plus de viande. Ou ici, plus de viande de meilleure qualité.

Joe, que ce discours avait rendu perplexe, remarqua que Tassell avait les yeux braqués sur lui. Le shérif lui fit signe de le suivre dans le bureau.

– Elle est complètement fêlée, dit-il. Elle va tout foutre en l'air et nous allons nous faire enguirlander pour avoir manœuvré dans le but de coincer Ennis.

– Vous avez une meilleure idée ? lui demanda Joe.

Tassell hésita un instant.

– Non.

Joe rouvrit la porte et se dirigea vers le comptoir. Pi et Birdy le regardaient avec l'air d'attendre quelque chose.

– C'est bon ? demanda Birdy.

– Oui, c'est bon.

– Coinçons ce salaud, dit Pi, les yeux brillants.

Joe s'assit, soudain empli de doutes. Il avait mis plus d'une heure à convaincre Tassell de monter cette opération, et le shérif avait fini par accepter à contrecœur – et seulement après avoir parlé au procureur du comté. Tassell craignait que l'engagement de Pi et de Birdy dans la lutte pour les droits des animaux ne les incite à faire ou à dire n'importe quoi dans le but d'impliquer leur cible. Chaque mot qui serait prononcé allait être enregistré sur bande audio et vidéo et pourrait être examiné attentivement par des avocats et des juges officiant dans un tribunal qui risquait de se montrer hostile. En voyant la jubilation de Pi, il se demanda si le shérif n'avait pas raison.

Joe prit place en face de Pi et de Birdy tandis que la jeune femme plaçait le téléphone à haut-parleur devant eux, sur le comptoir. Sa tâche à lui était de les guider si nécessaire et de les avertir au cas où ils se laisseraient entraîner en terrain glissant au cours de leur conversation téléphonique. Joe lui tendit la carte de visite qu'Ennis lui avait remise quinze jours plus tôt et sur laquelle il avait écrit : « Bienvenue en ville. J'ai travaillé avec Will. Je vous contacterai. »

Tandis que Pi composait le numéro, Joe se tourna vers Tassell, son adjoint, le propriétaire de Radio Shack et Trey en posant un doigt sur ses lèvres. Ils répondirent par un petit hochement de tête.

À la troisième sonnerie, une réceptionniste répondit.

– Beargrass Village.

– Puis-je parler à Don Ennis, je vous prie ? dit Pi.

– De la part de qui ?

– Pi Stevenson et Birdy Richards, dit-elle en regardant Joe avec un sourire. C'est extrêmement important.

– Veuillez patienter, je vous prie.

Il y eut un petit clic, puis le silence fit place à une douce mélodie classique.

Joe se retourna et haussa les sourcils en direction du propriétaire de Radio Shack et de l'adjoint du shérif, tous deux munis d'écouteurs. Les deux hommes levèrent les pouces pour indiquer que tout allait bien. Le matériel d'enregistrement fonctionnait.

– Réponds au téléphone, espèce de salopard, dit Pi avec une moue méprisante.

Joe lui fit signe de se taire.

– C'est un connard, poursuivit-elle. Qu'est-ce qu'on fait s'il ne prend pas notre appel ?

Joe haussa les épaules et fit un geste en direction du téléphone. Il ne voulait pas engager une conversation qui risquait d'être entendue si la réceptionniste reprenait la ligne.

– Il est probablement assis dans une chaise longue en train de manger de la chair crue, dit-elle, faisant glousser Birdy.

Joe les regarda tous les deux d'un air exaspéré.

Mais dès que la réceptionniste reprit la ligne, Pi redevint sérieuse.

– M. Ennis a vécu un événement traumatisant aujourd'hui et il se repose, dit-elle. Puis-je prendre votre nom, votre numéro et un message pour qu'il puisse vous rappeler ?

Joe aperçut une étincelle dans le regard de Pi.

– Vous feriez mieux d'aller le réveiller, dit-elle. Nous voulons justement lui parler de cet événement traumatisant. Et, je vous le répète, nous avons quelque chose d'extrêmement important à lui dire.

Hou là ! pensa Joe, en essayant de capter son attention. Surtout ne pas insister davantage.

La réceptionniste hésita un instant, se demandant ce qu'elle devait faire.

– C'est quelque chose que M. Ennis voudra entendre lui-même, poursuivit Pi.

Lorsqu'elle leva enfin les yeux vers lui, Joe lui fit signe de ne pas insister. Elle lui sourit et, d'un regard, lui fit comprendre qu'il n'avait pas à s'inquiéter.

– Ne quittez pas, dit la réceptionniste.

Et la musique revint sur la ligne.

Tassell s'était rapproché et tournait en rond derrière Joe.

– Je sais, lui chuchota Joe, l'estomac noué.

– Je crois qu'on l'a ferré, l'animal, dit Pi d'un air mutin. Maintenant, il va comprendre ce que ressentent les poissons.

– Pi… commença Joe, lorsque la musique cessa brusquement.

– Ici Don Ennis, dit une voix profonde de baryton. Le moment est mal choisi pour appeler. Qu'avez-vous de si important à me dire ?

Pi fit mine de rembobiner un moulinet de pêche tout en répondant :

– Monsieur Ennis, Pi Stevenson à l'appareil…

– Y a-t-il quelqu'un d'autre avec vous ? l'interrompit Ennis. Il m'a semblé entendre une autre voix.

Merde, pensa Joe.

– Oui, en effet, dit Pi d'une voix doucereuse qui donna la chair de poule à Joe. Je suis avec Birdy Richards, le propriétaire de Wildwater Photography pour qui je travaille.

Joe poussa un long soupir silencieux.

– Je croyais que vous étiez la dingue des droits des animaux.

– En personne, monsieur Ennis, mais ce n'est pas la raison de mon appel.

– C'est quoi, alors ? Je vous ai déjà dit que le moment était mal choisi.

– Nous pensions que vous aimeriez savoir.

– Savoir quoi ?

Birdy se pencha vers le téléphone.

– Monsieur Ennis, ici Birdy Richards. Savez-vous ce que nous faisons à Wildwater Photography ?

– Non et j'en ai rien à foutre !

Offensé, Birdy jeta un coup d'œil à Joe qui lui fit signe de continuer.

– Nous avons des appareils photo sur les berges de la Snake River. Au niveau des rapides. Nous prenons des photos des rafteurs qui passent à cet endroit. En général, ils ne le remarquent même pas, parce qu'ils s'amusent trop ou qu'ils ont trop peur pour regarder l'objectif. À l'arrivée, on leur distribue des brochures disant qu'ils peuvent acheter leurs photos en venant dans ma boutique, à Jackson. Le temps qu'ils arrivent ici, les épreuves sont déjà prêtes et ils peuvent les voir. Je les leur vends sur papier ou sur disque. Entre cinq et sept pour cent des gens décident d'acheter des photos, en souvenir de leur aventure sur la Snake River.

Au fur et à mesure que Birdy parlait, Joe se détendait. Il avait sorti son baratin assez souvent pour être parfaitement à l'aise dans ce rôle. Il n'avait pas de mal à imaginer ce qui se passait dans la tête d'Ennis, comment il devait interpréter ce qu'on était en train de lui dire.

– Bien sûr, reprit Pi, ça veut dire que quatre-vingt-quinze pour cent des photos ne sont jamais vendues. Parfois, ce sont pourtant les plus intéressantes.

Joe lui fit signe de ne pas en dire plus.

– C'est quoi, ce bordel ? hurla Ennis. Qu'est-ce que vous êtes en train de me raconter ?

– Juste que nous avons beaucoup de photos dont nous ne savons que faire, dit Birdy.

Pi se pencha en avant et Joe articula du bout des lèvres : « Non ! » Elle se recula en faisant la moue.

– Est-ce que vous essayez de me dire que vos appareils ont pris des photos de tous ceux qui ont descendu la Snake River aujourd'hui ? demanda Ennis d'une voix étouffée.

Birdy regarda Joe, l'air effrayé. Manifestement, il ne savait pas comment répondre à cette question, quels mots choisir pour ne pas mentir. En réalité, les appareils de Birdy ne prenaient des photos que pour les sociétés qui achetaient ses services à l'avance et qui acceptaient de prendre des cellules photoélectriques sur leurs embarcations, lesquelles envoyaient un signal aux appareils photo. Les autres embarcations, y compris celle d'Ennis, n'apparaissaient jamais sur les photos.

Lorsque Pi prit la parole, l'appréhension se lut sur le visage de Joe.

– Monsieur Ennis, ce que nous essayons de vous dire, c'est que nous possédons de nombreuses photos qui ne devraient pas se perdre inutilement. Certaines valent leur pesant d'or.

C'est bon, pensa Joe en faisant un geste vers Pi. Ses propos étaient suffisamment vagues.

– Bordel de Dieu ! grogna Ennis.

– Nous pensions bien que ça vous intéresserait, poursuivit Pi en adressant un sourire radieux à Joe et en faisant mine de se passer une corde autour du cou.

– Envisageriez-vous de vendre certaines photos prises aujourd'hui ? demanda Ennis.

– Les vendre ? demanda Pi d'un air innocent.

– Vous avez très bien compris, alors arrêtez de m'emmerder avec ça. Je veux voir ces photos et peut-être en acheter certaines. Je veux que vous me les apportiez.

L'adjoint de Tassell éternua au fond de la pièce.

Ennis se tut.

Joe se couvrit le visage des mains.

– Qui était-ce ? demanda Ennis.

Birdy s'était figé, son large front couvert de sueur. Pour la première fois, Pi avait l'air effrayée.

Joe articula en silence : « Le chien. »

– Juste le chien, dit Pi.

– Le chien ?

– Pi lui fait suivre un régime végétarien, dit Birdy en improvisant sur sa lancée. Il n'a pas suffisamment de protéines et il est toujours en train de s'enrhumer. Je n'arrête pas de lui dire que, contrairement aux humains, les chiens ont besoin de viande.

– Les chiens peuvent très bien vivre sans manger de viande, renchérit Pi avec passion. Si on les nourrit de soja et de produits naturels, ils ont toutes les protéines qu'il leur faut.

– Nom de Dieu, vous êtes incroyables ! lâcha Ennis, dégoûté.

Joe commençait à se détendre.

– Monsieur Ennis, poursuivit Pi, nous ne pouvons pas vous apporter ces photos. Elles sont ici, sur notre ordinateur. Mais si vous le souhaitez, vous pouvez venir les voir au magasin.

À nouveau, le silence. Ennis devait réfléchir.

– Quelqu'un d'autre a-t-il vu ces photos ?

– Non, pas encore, dit Birdy en insistant sur le « pas encore ».

– Ne bougez pas. Quelle est votre adresse ? aboya Ennis. Je serai là dans une demi-heure.

Dès qu'ils eurent raccroché, Birdy, à bout de nerfs, s'effondra en avant, épuisé, Pi levant le poing en l'air en lâchant un « Oui ! » retentissant.

Joe se retourna et regarda l'homme qui avait éternué : il était écarlate. Puis, s'adressant à Pi et à Birdy, il lança :

– Bien joué !

# 37

Randy Pope arriva au magasin alors que le shérif et son adjoint étaient partis garer leurs véhicules dans les rues adjacentes. Près du comptoir, Pi et Birdy attendaient nerveusement l'arrivée d'Ennis. Joe et Trey Crump s'étaient cachés derrière le rideau de la chambre noire et Trey fit signe à Pope de venir les rejoindre au cas où Ennis passerait devant la boutique en voiture.

– Le directeur n'aime pas ça, dit Pope lorsque Joe eut refermé le rideau derrière lui. Il vous demande d'arrêter avant qu'on se retrouve tous devant les juges pour incitation au délit.

Heureusement qu'ils étaient dans l'obscurité, parce que Joe aurait pu être accusé d'insubordination si Pope avait surpris le regard qu'il venait de lui lancer.

– Il est trop tard maintenant, dit Trey. On ne peut plus faire marche arrière, Ennis devrait arriver d'une minute à l'autre.

– Vous m'avez entendu ? dit Pope. Je vous ai dit que le directeur ne voulait pas qu'on se mêle de tout ça. D'après lui, Ennis a déjà parlé au gouverneur de l'agression dont il a été l'objet. Cette opération a tout l'air d'une vendetta montée par le département contre un des plus gros supporters du gouverneur.

– C'est ma vendetta à moi, dit Joe, ma vendetta contre un individu qui a causé la mort d'un garde-chasse et de sa propre femme.

Pope se tourna vers Joe et, posant un doigt sur sa poitrine, il le poussa doucement.

– Vous ne devriez même pas être ici. Depuis la fusillade dans les montagnes, vous êtes officiellement démis de vos fonctions. Vous êtes allé tellement loin que vous êtes carrément sorti de mon champ de vision. Et n'imaginez pas une seconde que vous allez pouvoir être affecté ici.

– Si vous posez encore un doigt sur moi, il va y avoir de la casse.

Trey se glissa entre eux et Joe recula en essayant de reprendre son calme. Malgré la pénombre, des éclairs orangés dansaient devant ses yeux ; il était à deux doigts de se jeter sur Pope.

– Randy, dit Trey posément, Ennis n'a pas reconnu avoir tué sa femme, loin de là. Il vient ici pour essayer d'acheter des photos afin de ne pas être impliqué dans cette affaire. La conversation a été enregistrée et même Tassell pense que le procédé est tout à fait correct et légal.

– Mais ces photos n'existent pas, dit Pope. Le pauvre type croit sans doute que ces deux barjos sont en train de lui tendre un piège et il ne sait pas quoi faire.

Derrière le rideau, Joe entendit Tassell, son adjoint et le propriétaire de Radio Shack entrer dans la boutique et refermer la porte du bureau derrière eux. Tout était en place.

– Vous n'étiez pas là, dit Trey. Ils n'ont jamais dit à Ennis qu'ils avaient des photos de lui en train d'assassiner sa femme. C'est ce que lui a pensé et c'est pour ça qu'il vient ici. Une fois qu'il sera dans la boutique, s'il dit quelque chose qui l'incrimine, le shérif Tassell l'arrêtera, sinon, il ressortira d'ici en toute liberté.

– Je n'aime pas ça, dit Pope. Et le directeur nous a ordonné de laisser tomber.

– Il peut dire ce qu'il veut, dit Trey d'une voix tendue que Joe ne lui connaissait pas. Il n'en a plus que pour deux mois, après ça nous aurons un nouveau gouverneur. Peut-être même quelqu'un qui aura plus à cœur d'arrêter un assassin que de lécher le cul de ses donateurs.

Joe entendit Pope pivoter sur ses talons et se diriger vers le rideau pour partir.

– Ne bougez pas d'ici, dit Trey.

Joe vit la silhouette indistincte de Trey avancer le bras vers le directeur adjoint pour le retenir. Pope s'immobilisa.

– Quand tout ça sera terminé et que Don Ennis sera sorti d'ici, siffla Pope, je veillerai à ce que vous soyez suspendus tous les deux.

– Je le suis déjà, murmura Joe. Est-ce que je vais l'être doublement ?

Pope allait répondre lorsque la sonnette de l'entrée retentit. Quelqu'un venait de pousser la porte avec une force telle qu'elle alla claquer contre le mur.

Joe se pencha vers le rideau et tendit l'oreille pour entendre ce qui se passait. Pourvu que la caméra fonctionne correctement et que Tassell soit en train de regarder la scène sur écran.

Il lui sembla entendre les bruits de pas de plusieurs personnes – Don avait dû amener du renfort. La sonnette retentit à nouveau lorsque la porte se referma et il entendit le bruit d'un verrou qu'on tirait.

– C'est vous, Pi Stevenson ? demanda Ennis.

– Oui, c'est moi.

Elle avait l'air moins nerveuse que Joe en ce moment même.

– Et vous, c'est quoi votre nom ?

– Birdy Richards.

– Putain, mais c'est quoi comme nom ça, « Birdy » ? Ah, je vous jure !

– Don, occupons-nous juste de ce qui nous amène.

Joe reconnut la voix de Pete Illoway.

Ennis : D'accord. Alors, première chose : est-ce que vous avez fait des copies ?

Birdy : Non, aucune copie.

Ennis : Reste-t-il des photos dans les caméras au bord de la rivière ?

Birdy : Non. Elles ont toutes été téléchargées sur l'ordinateur.

Ennis : Dans ce cas, je vous paierai pour l'ordinateur. Shane, on embarque ce truc et on se tire.

Puis Joe entendit Shane Suhn, le secrétaire personnel d'Ennis.

Suhn : C'est juste le moniteur, Don. Ça ne nous avancera pas à grand-chose. Vous ne connaissez rien aux ordinateurs.

Ennis : Eh bien, prenez l'engin qui contient les photos, bordel !

Birdy : Un instant, je vous prie. Je n'ai jamais dit que vous pouviez prendre mon ordinateur. C'est mon outil de travail.

Pi : Ça, c'est sûr. Et combien allez-vous nous payer, hein ? Pas question de vous laisser embarquer le matos de Birdy et de vous laisser filer comme ça. Peut-être qu'on devrait appeler le shérif après tout.

Ennis : Vous allez la boucler, oui ! Je vous signale que vous jouez dans la cour des grands, au cas où vous ne vous en seriez pas aperçus.

Illoway : Don…

Pi : Vous n'avez aucune intention de nous dédommager, n'est-ce pas ? Vous allez juste faire ce qu'il faut pour que nous ne parlions pas.

Ennis : Dites-moi ce que vous avez vu sur ces photos.

Pi : Pas tant que vous ne nous aurez pas dit ce que vous avez l'intention de faire.

Ennis : Shane, vous vous rappelez ce dont nous avons discuté en venant ici ?

Suhn : Vous voulez que je le fasse ici ? Maintenant ? On pourrait nous voir à travers la vitrine.

Ennis : J'en ai rien à foutre. Elle ne veut pas la boucler.

Illoway : Écoutez, combien voulez-vous pour l'ordinateur ? Donnez-nous un chiffre.

Ennis : C'est mon argent que vous dépensez, Illoway.

Illoway : Donnez-nous un chiffre.

Suhn : Nous devrions peut-être voir les photos d'abord. Si ça se trouve, y a rien du tout. Juste notre groupe en train de s'amuser sur la rivière et quelqu'un qui tombe à l'eau. Ça ne prouvera rien.

Ses propos furent suivis d'un long silence. Joe avait envie d'écarter légèrement le rideau pour voir ce qui se passait.

Illoway : Shane a raison, Don. Si ça se trouve, les photos ne prouvent rien.

Ennis : Allumez l'ordinateur et jetons un coup d'œil.

Birdy : Il est déjà allumé.

Joe perçut nettement la terreur dans sa voix. Il se demandait à quel moment Tassell déciderait qu'il en avait assez entendu et sortirait du bureau. Allait-il laisser Pi et Birdy chercher des photos qui n'existaient pas ?

Ennis : Où sont ces photos ?

Birdy : Laissez-moi une minute. L'ordinateur était en veille et il lui faudra un moment pour redémarrer.

Ennis : C'est quoi, ça ?

Birdy : Il demande un mot de passe.

Ennis : Dépêchez-vous, bordel !

C'est alors que Pi prit la parole.

– Mais qu'est-ce que vous croyez ? dit-elle sur un ton de défi. Qu'on ne voit pas Don en train de couper les lanières de son gilet de sauvetage ? Qu'on ne le voit pas la balancer par-dessus bord en amont des rapides ? Et la frapper d'un coup de rame pour l'empêcher de remonter ?

Ennis : Je ne l'ai pas frappée avec ma rame, bordel !

C'est le moment, pensa Joe. Allez, Tassell, faut sortir maintenant.

Pi : C'est peut-être Pete Illoway, le consultant en diététique, qui a balancé le coup de rame, j'en sais rien.

Illoway : On est foutus, Don.

Suhn : Allez, vous deux, écartez-vous du comptoir.

– Pas besoin de sortir vos flingues, cria Pi, paniquée en insistant sur le dernier mot. Je suis sûre qu'on va pouvoir s'arranger.

Ennis : C'est un peu tard pour ça, ma jolie.

Joe était sur le point d'ouvrir le rideau et de bondir dans le magasin lorsque la porte du bureau s'ouvrit et que la voix du shérif retentit.

– Les mains sur le comptoir ! Tous les trois ! Et plus vite que ça !

N'étant pas armé, Joe s'écarta pour laisser passer Trey qui avait dégainé son Beretta. Ennis leva les yeux, blême et défait. Illoway regardait la porte. Shane Suhn tenait un pistolet semi-automatique braqué sur Pi.

– Lâchez ça ! hurla Tassell.

Suhn baissa immédiatement son arme qui fit un bruit sourd en tombant.

– J'ai cru que vous n'alliez jamais sortir de là, dit Pi, en colère.

– Gardez les mains bien en vue sur le comptoir, ordonna Tassell.

– Nous aussi ? demanda Birdy.

– Éloignez-vous d'eux, lança Tassell.

Birdy et Pi s'exécutèrent prestement.

– Espèce de salaud, vous nous avez piégés, lâcha enfin Ennis en lançant un regard furieux au shérif.

Il avait les yeux au beurre noir et un pansement blanc en travers du nez. Joe avait causé plus de dommages qu'il ne le pensait. Quand Ennis le vit, ses yeux se rétrécirent encore plus.

« Vous… » fut la seule parole qu'il prononça.

Tassell annonça aux trois hommes qu'ils étaient inculpés pour le meurtre de Stella Ennis.

– N'oubliez pas celui de Will Jensen, dit Trey.

– Ce sera pour plus tard, répondit Tassell.

Illoway semblait sur le point de pleurer. Mais au lieu de ça il grimaça, regarda un instant Ennis et dit :

– C'est Don qui l'a fait.

– Salopard… dit Ennis en se tournant vers Illoway.

– Nous ne savions même pas qu'il avait prévu de la balancer par-dessus bord, dit Illoway. Peut-être que Shane était au courant, mais pas moi.

Suhn réagit comme si on venait de le gifler.

– Je n'étais pas au courant pour Stella, dit-il. Mais je peux vous dire tout ce que vous voulez savoir sur le garde-chasse.

Joe se sentit soulagé et son regard croisa celui de Trey.

Ennis était livide.

– Putain, les mecs, vous allez la boucler, oui ?! Où est passée votre loyauté ?

– Je suis fidèle au Mouvement pour la bonne viande, dit Illoway. C'est plus important pour moi qu'un promoteur.

– Je vais nous tirer de là, dit Ennis. Contentez-vous de la boucler !

– Tirez-vous-en tout seul, dit Suhn. Vous ne me payez pas assez pour que j'aille en prison pour vous.

Ennis, écarlate, tremblait de rage. Il braqua son regard sur Pi qui n'essayait même pas de contenir sa joie.

– Putains de photos ! lâcha-t-il.

– Quelles photos ? dit Pi avec un sourire railleur.

# 38

Debout devant le comptoir, un carton contenant ses affaires dans les bras, Joe attendait que Mary ait terminé sa conversation téléphonique. Lorsqu'elle raccrocha et leva les yeux vers lui, il lui tendit la main.

– Merci pour tout, Mary. Merci de m'avoir fait bon accueil.

Son visage s'empourpra tandis qu'elle lui serrait brièvement la main avant de détourner le regard.

– Je viens juste d'appeler Susan Jensen, dit Joe. Et j'ai été un peu surpris par sa réaction.

– Que lui avez-vous dit exactement ? demanda Mary.

Joe réfléchit un instant.

– Je lui ai dit que Don Ennis avait drogué son mari à son insu et que c'était ça qui l'avait tué. Je lui ai dit que j'avais répandu ses cendres à Two Ocean Pass. Elle n'a pas paru aussi soulagée que je l'aurais cru.

– Pas un mot de Stella ? demanda-t-elle.

Joe se demanda un instant ce que Mary voulait dire, mais il décida qu'elle ne devait rien savoir des derniers instants de Will.

Joe fit non de la tête.

– Je n'ai pas jugé nécessaire d'en parler. De toute façon, Stella n'a fait irruption dans la vie de Will qu'après le départ de Susan et des garçons.

Mary haussa les sourcils d'un air qui signifiait que Joe se trompait sur ce point. Mais elle n'en dit pas plus.

– Vous savez probablement que Don Ennis a engagé Marcus Hand comme avocat, dit-elle.

Hand était un avocat haut en couleur qui vivait à Jackson et qui était connu dans tout le pays pour son habileté à faire libérer ses clients coupables.

– Je sais.

– Hand a déjà déclaré qu'il s'agissait d'un coup monté pour faire tomber Ennis, et que Pete Illoway et Shane Suhn mentaient pour éviter la prison. Si on ne retrouve pas vite le corps de Stella, il n'hésitera pas à affirmer qu'Ennis ne l'a pas tuée.

Joe hocha la tête. Il pouvait très bien imaginer comment les paroles et les images enregistrées pourraient être déformées et réinterprétées par un jury. Il essaya de ne pas penser à l'état dans lequel serait le corps de Stella quand on le retrouverait. Cette seule vision le faisait frémir. Il serait probablement impossible de prouver qu'elle avait été blessée avant de se noyer et Hand ne se priverait pas de le faire remarquer.

À Beargrass Village, les hommes de Tassell avaient découvert un récepteur dans le bureau de Shane Suhn qui correspondait au micro trouvé dans le pick-up de Will, ainsi que plusieurs cassettes audio contenant les conversations radio du garde-chasse. Ils avaient aussi le journal des appels d'Ennis. Le plus intéressant était celui qu'il avait reçu tout de suite après le coup de fil de Pi et Birdy. C'était Randy Pope qui lui demandait de le contacter immédiatement. Heureusement, Ennis était déjà en route pour Wildwater Photography et n'avait pas pu être prévenu.

– D'après moi, Don Ennis sera libre dans moins d'un an, déclara Mary.

Joe haussa les épaules d'un air impuissant.

– Mais je crois que c'en est fini de Beargrass Village, poursuivit elle avec une expression de soulagement qui révélait, pour la première fois, ce qu'elle en pensait. Sans Pete Illoway, le projet ne verra pas le jour. Sans sa bénédiction, ce ne serait plus qu'une énième résidence pour millionnaires et ce n'est pas ce qui manque à Jackson.

Joe ne savait pas quoi dire.

– J'ai loué une voiture en attendant qu'on remplace mon pick-up, dit-il en soulevant son carton. Celui de Will servira de preuve au procureur pendant le procès.

– Vous reviendrez ? demanda-t-elle en levant les yeux vers lui.

– Vous voulez dire pour le procès ou pour de bon ?

– Pour de bon.

Il détourna le regard.

– Je ne sais pas, dit-il en pensant aux menaces de Pope et en se disant que sa carrière était probablement entre les mains de celui qui serait élu gouverneur. Pour le moment, je suis suspendu de mes fonctions.

– J'espère que vous reviendrez, dit-elle avec un regard d'une douceur qu'il trouva touchante. Vous êtes un type bien.

Pas aussi bien que vous le croyez, songea-t-il.

– Pour le moment, j'ai hâte de rentrer chez moi, dit-il en emportant le carton et en se dirigeant vers la sortie.

Il se sentait bizarre au volant de sa petite voiture de location alors qu'il traversait le National Elk Refuge. Habitué à conduire un gros pick-up surélevé, il avait l'impression d'être pratiquement assis sur le bitume et, dans le rétroviseur, il n'apercevait que le capot et les phares des véhicules derrière lui, pas les automobilistes.

Tout en conduisant, il repensait à ce qui s'était passé à Jackson. Il avait joué un rôle clé dans l'arrestation d'un multimillionnaire et la suspension d'un projet basé sur le Mouvement pour la bonne viande et avait réussi à venger partiellement la réputation d'un garde-chasse. Il avait aussi tué un homme contre lequel il n'avait aucun ressentiment. Et maintenant qu'il était suspendu de ses fonctions, il retournait à Saddlestring avec un sentiment de culpabilité qui ne l'avait pas quitté depuis sa rencontre avec Stella. Et il conduisait une petite voiture, dont le moteur peinait déjà dans les premières montées. Mais il était terriblement impatient de rentrer chez lui. Il avait l'impression qu'une année entière s'était écoulée depuis son départ.

L'éclat opalin des Teton Mountains dans le rétroviseur ne lui fit aucun effet. Pas plus que l'idée que Don Ennis risquait de s'en tirer grâce aux machinations d'un célèbre avocat.

La première fois qu'il avait parlé au shérif Tassell après les funérailles de Will Jensen, le shérif lui avait dit : « Ici, certains individus croient être au-dessus des lois. » Et, plus tard, Smoke Van Horn avait déclaré que tout ça n'était qu'un jeu. Ils avaient raison tous les deux.

Il songeait à Marybeth, Sheridan et Lucy. Ces derniers temps, il n'avait pas eu beaucoup de temps pour penser à elles ; il avait dû se débattre tout seul avec ses problèmes. Et il avait bien failli s'égarer. Il s'arrêta sur le bas-côté pour laisser refroidir le moteur et se prit la tête dans les mains.

Il ne s'était jamais senti aussi petit.

# 39

C'est vers le milieu de l'après-midi qu'il quitta Bighorn Road pour rentrer chez lui. Voir sa maison l'emplit de joie et d'impatience – là le vélo de Lucy dans le jardin, Toby qui hennissait doucement dans l'enclos, les feuilles mortes qui attendaient qu'on les ramasse. Malheureusement, le 4×4 de sa belle-mère était garé dans l'allée, à côté du van de Marybeth.

Il descendit de voiture et s'étira, peu habitué à rester assis plusieurs heures d'affilée dans un espace aussi exigu. Maxine ne le reconnut que lorsqu'il fut descendu de voiture – elle attendait son pick-up – et franchit la porte moustiquaire en bondissant vers lui.

– Papa ! cria Lucy de la fenêtre de sa chambre.

C'était ce qu'il avait entendu de plus beau depuis longtemps. Marybeth, souriante, s'encadra dans la porte, blonde, belle et en pleine forme. Ils s'étreignirent juste devant le portail de l'entrée, Lucy se précipitant vers eux au pas de course.

– Pourquoi n'as-tu pas appelé pour nous avertir de ton arrivée ? demanda Marybeth.

– Mon portable a disparu dans l'incendie, dit-il.

– Ton visage, dit-elle en passant les mains sur sa figure. Tu es couvert de bleus. Il faut que tu me racontes tout ce qui s'est passé.

Lorsqu'il leva les yeux, Joe aperçut Missy sur le seuil de la maison et se dit que son sourire n'avait rien de spontané.

– Plus tard, dit-il.

– Je peux décongeler des steaks, dit Marybeth. Je veux te préparer un bon dîner.

Joe ne put réprimer un sourire.

À la grande déception de Joe, Missy resta dîner. Elle parla de l'Italie, de la nourriture et du style vestimentaire des Italiens, sans oublier le service en première classe. Joe faillit exploser, il avait tant de choses à raconter à Marybeth et tant de choses à entendre.

Sheridan s'était enfermée dans un silence maussade et Joe sentait la tension entre elle et Marybeth, même si aucune des deux ne lui avait dit quoi que ce soit.

À un moment, alors que Missy était en train de leur décrire Venise, Sheridan redressa la tête et dit :

– Je suis contente que tu sois rentré, Papa.

– Moi aussi, dit-il.

Elle leva les yeux au ciel d'un air de dire que ça n'avait pas été facile et replongea le nez dans son assiette. Joe nota que Marybeth n'avait rien perdu de leur échange et se demanda ce qui se passerait dès que Missy serait partie.

Il y avait quelque chose de différent chez Marybeth. Elle avait l'air ravie de le voir, mais trop conciliante et un peu sur ses gardes. Si elle n'était pas en colère contre lui, pensa-t-il, c'est qu'il y avait autre chose. Quelque chose avait changé entre eux, mais il n'arrivait pas à savoir quoi. Était-ce parce qu'il était suspendu de ses fonctions ? Parce qu'il avait tué un homme ? Ou bien parce qu'il s'était fait arrêter ? Tout cela ensemble ? Ou bien était-ce seulement la distance ? En quinze ans de mariage, ils ne s'étaient jamais séparés aussi longtemps. À nouveau, un sentiment de culpabilité le submergea lorsqu'il pensa à Stella. Il décida de ne pas lui en parler. Ce n'était pas le moment. Et il ne savait pas si ce moment viendrait jamais. Il ne lui demanderait pas non plus ce qui n'allait pas, pourquoi elle semblait différente, sur la défensive, coupable même. Il allait manger son steak et se taire.

Après avoir débarrassé la table, il prit le couloir pour aller aux toilettes et jeta un coup d'œil dans la chambre de Sheridan.

Quelque chose avait changé et il lui fallut un moment pour voir ce que c'était.

– Où sont tes posters de faucons ? lui demanda-t-il.

Au cours des trois dernières années, elle avait couvert les murs de sa chambre d'images de faucons et d'aigles d'Amérique du Nord, et de photos de *National Geographic* représentant des faucons en vol ou en train de fondre sur leur proie. Mais elles avaient été remplacées par des photos de cow-boys de rodéo et de musiciens de rock découpées dans des magazines. En regardant sur ses étagères, il s'aperçut que tous les livres que Nate lui avait donnés sur l'art de la fauconnerie avaient disparu.

Sheridan leva la tête de ses cahiers.

– Disons que j'ai de nouveaux centres d'intérêt.

– Ça a été plutôt rapide.

– Papa, Nate est parti. Maman ne te l'a pas dit ?

– Non.

– Après tout, ce n'est pas si étonnant que ça.

Joe poursuivit son chemin, perplexe.

Toujours à table, Marybeth et Missy étaient en train de prendre leur café lorsque Joe revint dans la salle à manger.

– C'est quoi cette histoire avec Nate ? demanda-t-il en interrompant Missy qui parlait de verroterie vénitienne.

L'expression de Marybeth le frappa. Son visage exprimait à la fois de l'inquiétude et de la retenue.

– Ça fait trois jours qu'il est parti, dit-elle.

– Ce n'est pas surprenant, dit Joe en pensant aux longues absences dont il était coutumier.

– Cette fois, il a débranché son téléphone.

Joe ne comprenait toujours pas la gravité du ton de Marybeth.

– Joe, il s'est évanoui dans la nature le soir où le shérif Barnum a disparu.

– Bon débarras, dit Missy.

Joe comprit.

Ce n'est que tard dans la soirée qu'il revint chez lui. Missy était enfin partie et Marybeth s'était endormie sur le canapé, devant la télévision allumée. Joe accrocha sa veste dans l'entrée et la réveilla doucement.

– Tu l'as trouvé ? demanda-t-elle en se frottant les yeux et s'étirant.

De manière provocante, pensa-t-il.

Il fit non de la tête.

– Le bison n'est plus là, dit-il. La volière est vide et la maison a été barricadée. Sa Jeep n'y est pas non plus.

– Joe, tu crois que…

– Non, dit-il en s'asseyant à côté d'elle. Il est quelque part. Mais c'est quand même bizarre qu'il ne t'ait pas dit qu'il partait alors qu'il s'était engagé à veiller sur vous.

Une expression qu'il ne parvint pas à déchiffrer passa sur le visage de Marybeth, quelque chose qu'il n'était pas sûr de vouloir comprendre.

Ils restèrent assis en silence.

– Je suis contente que tu sois revenu, dit-elle au bout d'un moment.

– Moi aussi, répondit-il en hochant la tête.

– Qu'est-ce qu'on va faire, Joe ?

– Bonne question. Tu veux dire pour mon travail ?

– Ça, dit-elle sans poursuivre sa pensée.

– Ça dépendra de l'élection du prochain gouverneur. D'après Trey, beaucoup de choses dépendent de cette élection et de celui qui sera nommé directeur du département.

– J'ai entendu dire que Randy Pope pourrait être nommé.

– Moi aussi, dit Joe avec un soupir.

Il lui sembla qu'elle voulait ajouter quelque chose, mais elle garda le silence.

Ils ouvrirent une bouteille de vin qui restait du mariage de Missy et l'emportèrent dans la chambre avec eux. Ils firent l'amour avec voracité une première fois, puis tendrement une deuxième. Il fut frappé de constater combien elle lui avait semblé différente au début et combien elle lui était vite redevenue familière.

Il la regarda se laver le visage devant le miroir au-dessus du lavabo et ne la lâcha pas du regard jusqu'à ce qu'elle revienne se glisser près de lui dans le lit.

– Ne pars jamais plus aussi longtemps, dit-elle en se pelotonnant contre lui.

– D'accord. Mais nous avons quelques petites choses à régler tous les deux, tu ne crois pas ?

Il la sentit se crisper, puis se détendre doucement.

– Oui, c'est vrai.

La semaine suivante, alors qu'ils étaient tous les deux assis sur le canapé, Joe se pencha vers Marybeth et repoussa une mèche de ses cheveux derrière son oreille.

– Tu te souviens quand tu m'as parlé de ce faon dans le jardin ?

– Oui ?

– Tu m'as dit que Nate l'avait ramassé et l'avait emporté.

Elle acquiesça d'un hochement de tête.

– Vers les sources d'eau sulfureuse qu'il m'avait montrées, c'est ça ?

– Oui.

– J'y suis allé aujourd'hui. Ça n'a pas été facile d'y arriver avec cette petite bagnole, mais j'ai pu m'approcher suffisamment et finir à pied.

Elle l'écoutait attentivement, les yeux de plus en plus écarquillés.

– J'ai vu les restes du faon, dit-il. Un pauvre morceau de crâne et quelques os. Tout ça aura complètement disparu dans quelques semaines. Mais il y avait d'autres os dans la source.

– Oh, non ! dit-elle en portant une main devant sa bouche.

– Deux cadavres d'hommes, dit-il. La chair avait été presque entièrement rongée, mais d'après leur taille il s'agissait manifestement de deux hommes. Les crânes avaient tous les deux un gros trou au front.

Elle porta son autre main à son visage et regarda Joe par-dessus le bout de ses doigts.

– Et j'ai trouvé ça près de la source, dit-il en plongeant la main dans sa poche de chemise.

Il lui tendit un objet. C'était un stylo dont le plaquage doré avait presque entièrement disparu. Mais on pouvait encore y lire : AU SHÉRIF BARNUM POUR SES 28 ANS DE SERV.

Marybeth posa sur Joe un regard acéré.

– Qu'est-ce que tu vas faire ?

– Je vais le signaler à la police, répondit-il, parfaitement conscient des répercussions d'une telle découverte. Mais de manière anonyme.

Trois jours plus tard, après avoir reçu un coup de fil de Trey Crump lui annonçant que l'enquête sur la mort de Smoke était close et qu'il était disculpé, Joe entra enfin dans son bureau. Il l'avait évité jusque-là, un seul coup d'œil ayant suffi à confirmer son appréhension sur la quantité de paperasserie qui avait dû s'y accumuler. Il s'assit dans son fauteuil et regarda le tas d'enveloppes et de paquets sans savoir par où commencer. Il tria le courrier, séparant les lettres relatives au département, celles des chasseurs et des pêcheurs et le reste. Il trouva aussi une petite enveloppe qu'il ne sut comment classer. Elle était adressée à J. Pickett et ne portait pas l'adresse de l'expéditeur. Le tampon de la poste disait AÉROPORT DE LA GUARDIA – NEW YORK CITY et datait de quarante-huit heures.

Nate ? pensa-t-il.

Il ouvrit l'enveloppe et en sortit une carte.

« Beau travail, mon héros. Contente d'être une si bonne nageuse.

Moi qui étais presque sûre d'avoir enfin trouvé ce que je cherchais, vous voilà chez vous maintenant. Et comme je n'ai jamais rêvé de m'interposer, surtout sans y être invitée, je dois poursuivre ma quête, mais au moins ai-je maintenant une référence solide.

J'ai un grand respect pour les valeurs de la famille. Je parie que vous ne le saviez pas.

Un jour, peut-être, je changerai d'avis. Et vous aussi. »

C'était signé d'un simple « S », qu'il reconnut aussitôt.

# *REMERCIEMENTS*

Je tiens à remercier tous ceux qui m'ont aidé dans mes recherches et dans mon travail d'écriture, en particulier Bill Long, garde-chasse du Wyoming, originaire de Jackson, qui m'a permis de « chevaucher » en sa compagnie. Les lecteurs qui souhaiteraient contribuer à une bonne cause peuvent adresser leurs dons au Bill Long's Trumpeter Swan Fund : The Wyoming Wetland Society / TSF, P.O. Box 3216, Jackson, WY 83001, association 501c(3), code des impôts 74-2487790.

Merci au Dr D. P. Lyle, auteur de *Murder and Mayhem*, pour ses compétences d'expert en pharmacologie et en médecine légale ; à Tom Reed pour ses *Great Wyoming Bear Stories* qui m'ont appris comment on s'y prenait pour piéger les grizzlis du Wyoming ; et à Gary Ferguson pour son livre *Hawks Rest – A Season in the Remote Heart of Yellowstone* qui m'a aidé à mieux connaître le Thorofare.

Un grand merci à mon agent, Ann Rittenberg, qui a lu les premiers brouillons et m'a offert son soutien, ses encouragements et sa plume avisée ; à mon exceptionnelle directrice littéraire, Martha Bushko, grâce à qui mes livres sont toujours meilleurs ; et à Michael Barson et Dan Harvey pour leur soutien professionnel.

Ken Siman mérite des remerciements particuliers pour m'avoir donné l'idée d'écrire sur le Mouvement de la bonne viande et m'avoir communiqué ses sources d'information.

Les sources utilisées et citées dans ce livre abordent tous les angles des thèmes traités. Michael Pollan, « The Unnatural Idea of Animal Rights », paru dans le numéro du 10 novembre 2002 du *New York Times Magazine* ; Gary Snider, *The Practice of the*

*Wild: Essay*; North Point Press, 1990 ; Peter Singer, *Animal Liberation*, deuxième édition, A New York Review Book, Random House, 1975, 1990 ; Matthew Scully, *Dominion : The Power of Man, the Suffering of Animals, and the Call to Mercy*, Saint Martin's Press, 2002 ; Jim Harrison, *The Raw and the Cooked*, Grove Press, 2001 ; Richard K. Nelson, Ann S. Causey, Bruce Woods, *A Hunter's Heart*, Henry Holt and Company, Inc., 1996 ; Henry David Thoreau, *Walden* ; Thomas McGuane, *An Outside Chance*, Houghton Mifflin, 1992 ; Stephen E. Ambrose, *Undaunted Courage, Meriwether Lewis, Thomas Jefferson, and the Opening of the American West*, Simon & Schuster, 1996 ; James Swan, *In Defense of Hunting*, HarperSanFrancisco, 1994 ; et Aldo Leopold, *A Sand County Almanac*, Ballantine Books, nouvelle édition, 1990.

RÉALISATION : PAO ÉDITIONS DU SEUIL
IMPRESSION : NORMADIE ROTO S.A.S. À LONRAI
DÉPÔT LÉGAL : OCTOBRE 2007. N° 84741 (073036)
IMPRIMÉ EN FRANCE

## DANS LA MÊME COLLECTION

Brigitte Aubert
*Les Quatre Fils du Dr March*
*La Rose de fer*
*La Mort des bois*
*Requiem caraïbe*
*Transfixions*
*La Mort des neiges*
*Funérarium*
*Une âme de trop*

Peter Blauner
*Le Dernier Beau Jour*

Lawrence Block
*La Balade entre les tombes*
*Le diable t'attend*
*Tous les hommes morts*
*Tuons et créons, c'est l'heure*
*Le Blues du libraire*
*Même les scélérats*
*La Spinoza Connection*
*Au cœur de la mort*
*Ils y passeront tous*
*Le Bogart de la cambriole*
*L'Amour du métier*
*Les Péchés des pères*
*La Longue Nuit du sans-sommeil*
*Les Lettres mauves*
*Trompe la mort*
*Cendrillon mon amour*
*Lendemains de terreur*
*Le Cambrioleur en maraude*
*Les fleurs meurent aussi*
*Le Blues du tueur à gages*

C. J. Box
*Détonations rapprochées*
*La Mort au fond du canyon*
*Winterkill*
*Sanglants Trophées*

Jean-Denis Bruet-Ferreol
*Les Visages de Dieu*

Jan Burke
*En plein vol*
*Lignées sanglantes*

Leonard Chang
*Pour rien, ou presque*
*Brûlé*
*Protection trop rapprochée*

Sarah Cohen-Scali
*Les Doigts blancs*

Michael Connelly
*Les Égouts de Los Angeles*
*La Glace noire*
*La Blonde en béton*
*Le Poète*
*Le Cadavre dans la Rolls*
*Créance de sang*
*Le Dernier Coyote*
*La lune était noire*
*L'Envol des anges*
*L'Oiseau des ténèbres*
*Wonderland Avenue*
*Darling Lilly*
*Lumière morte*
*Los Angeles River*
*Deuil interdit*

*La Défense Lincoln*
*Chroniques du crime*
*Echo Park*

Robert Crais
*L'Ange traqué*
*Casting pour l'enfer*
*Meurtre à la sauce cajun*

Eno Daven
*L'Énigme du pavillon aux grues*

David Laing Dawson
*La Villa des ombres*
*Minuit passé, une enquête du Dr Snow*

Ed Dee
*Des morts à la criée*
*L'Ange du Bronx*
*Pas d'erreur sur la personne*
*Un saut dans le vide*
*La Fille de l'arnaqueur*

Bradley Denton
*Blackburn*

William Olivier Desmond
*L'Encombrant*

Robert Ferrigno
*Pas un pour sauver l'autre*

Stephen W. Frey
*Offre Publique d'Assassinat*
*Opération Vautour*

Sue Grafton
*K… comme killer*
*L… comme lequel?*
*M… comme machination*
*N… comme nausée*
*O… comme oubli*
*P… comme péril*
*Q… comme querelle*
*R… comme ricochet*
*S… comme silence*

George Dawes Green
*La Saint-Valentin de l'homme des cavernes*

Dan Greenburg
*Le Prochain sur la liste*

Denise Hamilton
*La Filière du jasmin*
*Par peur du scandale*
*Trafic d'anges*
*Dans un jardin sauvage*

Steve Hamilton
*Ciel de sang*
*Un chapeau dans la neige*

Veit Heinichen
*Les Requins de Trieste*
*Les Morts du Karst*

Jack Hitt
*Meurtre à cinq mains*

Steve Hodel
*L'Affaire du Dahlia noir*

Anthony Hyde
*China Lake*

David Ignatius
*Nom de code : SIRO*

Thierry Jonquet
*Mon vieux*

Faye Kellerman
*Les Os de Jupiter*
*Premières Armes*

Jonathan Kellerman
*La Clinique*
*La Sourde*
*Billy Straight*
*Le Monstre*
*Dr la Mort*
*Chair et Sang*
*Le Rameau brisé*
*Qu'elle repose en paix*
*La Dernière Note*
*La Preuve par le sang*
*Le Club des conspirateurs*
*La Psy*

Faye & Jonathan Kellerman
*Double Homicide*

Philip Kerr
*Une enquête philosophique*

Michael Koryta
*La Mort du privé*

Paul Levine
*L'Héritage empoisonné*
*Cadavres incompatibles*
*Trésors sanglants*

Elsa Lewin
*Le Parapluie jaune*

Herbert Lieberman
*Nécropolis*
*Le Tueur et son ombre*
*La Fille aux yeux de Botticelli*
*Le Concierge*
*Le Vagabond de Holmby Park*

Michael Malone
*Enquête sous la neige*
*Juges et Assassins*
*First Lady*

Henning Mankell
*Le Guerrier solitaire*
*La Cinquième Femme*
*Les Morts de la Saint-Jean*
*La Muraille invisible*
*Les Chiens de Riga*
*La Lionne blanche*
*L'Homme qui souriait*
*Avant le gel*
*Le Retour du professeur de danse*

Dominique Manotti
*Sombre Sentier*

Alexandra Marinina
*Le Cauchemar*
*La Mort pour la mort*

*La Mort et un peu d'amour*
; *La Liste noire*
*Je suis mort hier*
*Le Styliste*
*Ne gênez pas le bourreau*
*L'Illusion du péché*

Petros Markaris
*Le Che s'est suicidé*

Andreu Martín
*Un homme peut en cacher un autre*

Deon Meyer
*Jusqu'au dernier*
*Les Soldats de l'aube*
*L'Âme du chasseur*
*Le Pic du diable*

Chris Mooney
*Déviances mortelles*
*L'Enfant à la luge*

Walter Mosley
*Le Casseur*
*Little Scarlet*
*Noirs Baisers*

Dallas Murphy
*Loverman*

Håkan Nesser
*Retour à la Grande Ombre*
*Le Mur du silence*

Kyotaro Nishimura
*Les Dunes de Tottori*

Sara Paretsky
*Refus de mémoire*
*Canailles & Co*
*Chicago, banlieue sud*

Michael Pearce
*Enlèvements au Caire*

George P. Pelecanos
*Hard Revolution*
*Drama City*

Michael Pye
*Destins volés*

Sam Reaves
*Le taxi mène l'enquête*

Barbara Seranella
*Tous des rats*
*Sans penser à mal*

Edward Sklepowich
*Mort dans une cité sereine*
*L'Adieu à la chair*

Ake Smedberg
*Disparitions à la chaîne*

April Smith
*Montana Avenue*

Mike Stewart
*Mon frère en Alabama*

James Swain
*Le Sens de l'arnaque*
*Funny Money*

Austin Wright
*Tony et Susan*

L. R. Wright
*Le Suspect*
*Mort en hiver*
*Pas de sang dans la clairière*